KB061451

사랑만큼 서툴고 어려운

사랑만큼 서툴고 어려운

현정 지음

예담

차 례

생애, 첫

2부 둘의 이기심

새벽 세 시의 외로움

네 번째 홀로서기

 5부 오감을 자극하는 판타지

프롤로그

I Gotta Find Peace of Mind

그때 나는 순진했다. 사랑에 빠지고 연애를 시작하면 샤갈의 그림처럼 두 발이 바닥에서 붕 뜬 채로 하늘을 날아다닐 것 같았다. 천국에서 천사들과 어울려 어화둥둥 춤을 추리라고 굳게 믿었다. 연애가 내 인생의 행복보증서가 되어줄 거라고 믿었다. 연애, 그 시작은 지나칠 정도로 달콤했다. 주변에서는 예뻐졌다고 했고, 내 입가에는 미소가 떠나지 않았다. 자신감이 넘쳤고 세상을 다 가진 것 같았다. 세상이 온통 분홍분홍으로 보였다. 그의 품은 따스했고 입술은 부드러웠다. 미지의 첫 경험을 해야 하는 순간에도 사랑이 충만한 상태였기에 두려움조차 없었다. 나는 오히려 강렬하게 그 체험을 원하고 있었다.

하지만 첫 섹스는 상상하던 것만큼 순조롭지 못했다. 둘 다 모든 면에서 미숙한 상태였기에 그럴 수밖에 없는 노릇이었다.

그럼에도 나는 처음 하는 사랑과 연애 그리고 섹스에 거는 기대가 높았다. 더 많은 관심과 노력을 요구했다. 그는 버거워했고, 나는 불만을 품기 시작했다. 그렇게 균열이 가기 시작한 두 사람의 시간이 대책 없이 흘러가고 있었다.

그토록 꿈꾸었던 사랑과 연애를 하고 있는데 분홍빛이던 내 마음은 잿빛으로 변하기 시작했다. 거기에 섹스라는 문제까지 더해지면서 마음은 더없이 어지러워졌다. 더 이상 마음은 평화롭지 않았다.

두 사람 사이가 가장 가까워질 수밖에 없는 섹스라는 행위가 이뤄지고 나면 감정적으로 단순해지기 어렵다는 걸 느꼈다. 상황을 더욱 복잡하게 만드는 일, 감정을 좀 더 소용돌이치게 만드는 것이 섹스다. 밤을 같이 보내며 몸을 섞는다는 것은 욕구나 선택이라는 단어로 단순하게 말할 수 없는 그 무엇이었다. 내 삶에서도, 이 책을 들고 답을 찾고 싶어 하는 사람들에게도 마찬가지일 것이다.

결론부터 말하자면 이 책에는 정답이 없다. 나는 아직도 헤매고 있다. 어쩌면 뻔히 보이는 답을 앞에 두고 눈이 먼 채 헤매고 부딪히고 넘어지는 것일지도 모른다. 사랑이라는 이름의 안개 속에서는 한 치 앞도, 눈앞의 왼손조차도 보이지 않았다. 하지만 이만큼 걸어왔다. 눈, 코, 입을 빼고 온몸이 상처투성이가 되었지만 이렇게 걸어왔고 걸어갈 것이다. 그런 마음이다.

이 책에는 사랑 속에서 헤매고, 섹스라는 행위 때문에 아파하고 상처 받은 여자들의 이야기가 담겨 있다. 자신의 감정과 욕구에 솔직했던 여자들이 겪어야 했던 문제와 그 경험을 통해 비슷한 상황에서 '내가 잘못된 것은 아니구나' '내가 이상한 사람은 아니구나' 하는 위로가 되었으면 좋겠다. 답은 어디에도 없다. 선택과 후회가 있을 뿐이다. 하지만 다른 선택을 한다고 해서 후회를 남기지 않을 것이라 확신할 수도 없다. 그저 지금 할 수 있는 것을 하고 최선의 선택을 할 뿐이다. 그것이 멍청한 결과를 가져온다고 하더라도 받아들일 수밖에 없는 것이다.

글을 쓰는 동안 로린 힐의 〈MTV Unplugged No. 2.0〉 앨범에 실린 〈I Gotta Find Peace of Mind〉를 가장 많이 들었다. 9분이 조금 넘는 이 곡에서 조금씩 감정을 극으로 몰고 가며 자신을 토해내는 솔직하고도 따뜻한 목소리를 들으며 힘을 얻었다. 눈물을 흘리고 흐느끼며 부르는 노래를 들으며 그녀가 찾으려는 마음의 평화를 나는 잠깐이라도 느낄 수 있었다.

오롯이 나에게 집중해야 하는 시간에도 사람과 사랑과 연애와 섹스는 여전히 나를 흔들어놓았다. 그럼에도 나는 계속 사람을 만나고 사랑에 빠지고 연애를 하고 섹스를 할 것이다. 결국 그것이 나라는 사람이다. 나는 다른 사람에 비해 삶에서 즐거움을 추구하려는 욕망이 조금 더 클지도 모른다. 이것은 섹스에 한정된 것이 아니다. 누군가를 사랑하는 일과 누군가와 연애를 하는 일, 그리고 누군가와 섹스를 하는 일이 각자 분리된 채 돌아갈 수 있다는 것 정도는 나도 잘 안다. 하지만 섹스의 대가로 가장 좋은 것은 사랑이다. 나는 그것을 믿는다. 사랑을 바란다. 이런 드글거리는 욕망을 품은 채 마음이 평화롭길 바라는 것은 처음부터 불가능한 일이었다. 그럼에도 나는 멈추지 않을 것이다. 영원한 사랑은 있다고 믿으면서, 찾으려고 노력하면 그런 사랑을 할 수 있다고 믿으면서도 언젠가부터 지쳐 포기하려고 했다. 모른 척하려고 했다. 하지만 다시 그 영원한 사랑을 찾아보려고 한다. 물론 여기서 '영원한 사랑'이란 소녀 시절에 꿈꾸었던 것처럼 물리적으로 영원한 시간 동안 변함없이 헌신적인 애정을 보여주길 바라는 사랑이 아니다. 서로를 있는 그대로 받아들여주는, 그래서 그것이 어떤 결실을 맺지 않는다 하더라도 마음 한 곳에서 나를 따뜻하게 만들어주는 온기로 남게 되는 그 영원함을 찾을 것이다.

멍투성이가 된 마음은 '쉽게 가자'는 유혹을 한다. '적당히 하자'는 타협의 목소리를 낸다. 그것이 마음의 평화를 얻는 지름길인지도 모른다. 이제는 어릴 때처럼 대단한 생의 에너지를 가진 게 아니어서, 한 번 타격을 받으면 심각한 내상으로 이어질지도 모른다. 두렵긴 하지만 비겁해지고 싶지 않다. 멍청해 보여도 좋다. 사랑은 어렵고 쓸쓸하기만 할지도 모른다. 게다가 이 책 속에서 그녀들이 경험한 사랑과 섹스처럼 찰나의 기쁨에 비해 지불해야 할 대가는 가혹할지도 모른다. 사랑만큼 서툰 섹스라 하더라도 욕망하는 것을 멈추진 않을 것이다. 욕심을 부릴 것이다. 상처 받고 실패하면서 제자리를 걷는 것 같아도 조금씩 앞으로 나아가기 때문이다.

내 삶에서 우선되어야 할 것은 마음의 평화를 찾는 일이겠지만, 사랑 없이 그것은 불가능할 것이다. 탐욕스러워 보여도 좋다.

내가 원하는 것은 그저 Love & Peace!

아마 당신도 원하는 바로 그것.

1부

생애, 첫

섹스를 말하다

우리나라에 〈섹스 앤 더 시티〉가 방영된 이후, 여자들이 섹스에 대한 자신의 경험담이나 생각을 말하는 것이 조금 수월해진 것 같다. 물론 이른 아침부터 멋지게 차려입고 근사한 카페에 모여 브런치를 먹으며 어젯밤 섹스에 대해 이야기하는 것이 도시 여자의 세련된 감성인 양 포장된 부분이 없진 않다. 그렇지만 〈섹스 앤 더 시티〉가 긍정적인 영향을 더 많이 끼친 여성의 섹스 바이블이자, 섹스의 백과사전이라는 것은 누구도 부정할 수 없을 것이다.

현실에서 섹스에 관한 이야기는 학교 기숙사, 친구의 자취방에 모여 앉아 처음 하게 될지도 모른다. 도란도란 모여 앉아 이것저것 정신없이 수다를 떨다가 연애를 막 시작한 누군가가 조심스레 고민을 토로하기 시작하면 자연스레 섹스 토크로 이어지게 된다.

우리는 태어날 때부터 성적인 존재였다. 성과 떨어져 자신을 설명할 수 없다. 남성과 여성으로 차이를 인식하고 서로에게 설명하기 힘든 끌림을 간직하며 자란다. 섹스는 성인이 되어야 할 수 있는 일이라고 교육하고 통제하지만, 2차 성징이 나타나기 시작하면 생물학적 나이에 맞게 성적 호기심이 생겨나기 마련이다. 스무 살이 채 되지도 않은 아이들도 섹스를 욕망하고 이야기한다. 성적 경험이 없는 어린 소녀들의 욕망은 상상력이 가미되어 폭발적이고 농염하다. 그것이 과연 잘못된 것일까?

TV를 켜면 아이돌 가수들은 섹스를 연상시키는 은유적인 노랫말을 예사롭게 부른다. 옷을 찢으며 근육을 드러내 보이고, 마른 몸에 풍만한 가슴이나 미끈한 다리를 드러낸다. 그들의 춤사위에서도 섹스를 읽을 수 있다. 메이저 신문사의 웹페이지에는 민망한 성인 광고들이 즐비하고 상업 광고는 노골적으로 섹스에 대한 욕망을 상품에 담아 사람들을 자극한다. 아침에 눈을 뜨고 잠자리에 들 때까지 섹스와 관련된 이미지에 무의식적으로 무방비하게 노출된다. 세상은 온통 섹스 코드로 가득하다. 그것을 보고 듣고 자라는 아이들에게 섹스에 대해서 보지도 듣지도 말하지도 말라는 것은 우습고 불가능한 일이다.

섹스에 대한 현실적이고 도움이 될 만한 정보를 구하는 것은 여전히 어려운 일이다. 학교 성교육 시간에 피임을 가르치고 콘돔을 나눠주기도 한다지만, 섹스란 어떻게 이루어지는 것인지 아무도, 아무것도 알려주지 않는다. 물론 두 사람 간의 내밀한 사건인 만큼 섹스 전에 준비해야 할 마음가짐이나 섹스 후에 필요한 행동 안내서를 만들 수는 없을 것이다. 하지만 그에 대한 이야기까지 숨어서 몰래 해야 하는 건 아니라고 생각한다. 건강하고 바른 섹스를 하기 위해서 섹스에 대해 말하는 일이 반드시 필요하다.

구글이나 위키피디아를 통해 필요한 정보를 얻고, 세계 보편의 상식으로 세상을 바꿔나가는 젊은이들이 가득함에도, 섹스라는 영역에는 과장된 정보나 올바르지 않는 상식이 유통된다. 또래 친구들이 자신의 경험을 공유해주거나 연애 커뮤니티를 통해 섹스에 대한 정보를 얻기도 하지만 한계를 느낄 수밖에 없다. 여자들이 궁금한 것은 기술뿐 아니라 아주 사소한 것이라도 섹스를 하면서 느낀 감정들을 다루는 방법일 것이다. 보편적이고 일반화된 섹스는 존재하지 않기에 그녀들은 다양한 이야기들을 나누면서 도움을 받고 싶어 한다.

여자들의 욕망을 이렇게 이야기하는 것을 위험한 것인 양 금기시하는 분위기는 여전히 존재한다. 섹스에 대해 이야기하는 여자들에 대한 오해와 편견도 존재한다. 섹스를 탐구하고 욕망에 솔직한 태도는 음란한 것으로 치부한다. 하지만 여자들이 나누는 섹스 이야기는 단지 섹스로 끝나는 것이 아니다. 여자들은 섹스를 욕망하지만, 그 말은 결국 사랑을 갈구하고 있다는 뜻이다. 여자들의 섹스 토크는 행복을 추구하기 위해서다. 함께 따뜻해지기 위해서다. •

처음, 기대를 버릴 것

이기적이고 바보 같은 20대 남자의 사랑을 그래도 따뜻한 시선으로 덤덤하게 그려낸 영화 〈조제, 호랑이 그리고 물고기들〉. 결국 추억이라는 이름으로 미화될 사랑, 순간의 진심, 짧은 친절에 대한 그저 그런 이야기를 오랜 여운이 남게 만든 감성적인 영화다.

여주인공 조제는 첫 섹스를 하고난 뒤 "섹스란 좋은 거구나"라고 말한다. 건조한 목소리로 툭 내던지듯 "자기랑 하는 게 좋아"라고 덧붙인다. 과연 그럴까? 여느 20대 남자아이와 다를 바 없이 섹스에 대한 욕망으로 가득 찬 녀석, 츠네오. 그의 기술이 그렇게 뛰어났을까? 화면을 조금 뒤로 돌려보자. 섹스를 하기로 결심한 조제는 작은 방에 이불을 펴고 눕는다. 처음 경험하는 이 상황이 두려워진 조제는 츠네오에게 아무 말

이라도 좀 해보라고 부탁한다. 그러나 피스톤 운동에 치중하고 있던 츠네오에게 돌아오는 대답은

"지금은 그럴 여유가 없다."

츠네오의 심정은 이해할 수 있다. 츠네오와 비슷한 또래의 남자들은 페니스를 삽입한 순간부터 상대방을 만족시키는 일보다는 자신의 쾌락에 집중한다. 달달하기만 한 사랑 영화가 아니기에 현실적인 면을 잘 포착했다고 생각했다. 다만 배려가 느껴지지 않는 그 섹스에서 만족감을 느끼고 저런 말을 내뱉다니, 조제도 어지간히 애정 결핍이구나 싶었다. 혹은 저런 말을 듣고 싶은 남자들의 환상이 반영된 것이던가.

물음표가 떠올랐다. 과연 둘은 좋은 섹스를 했을까? 감정적으로 충만함을 느꼈을 수는 있다. "드디어 나도 섹스라는 걸 했어" 어른스러운 방법으로 사랑을 확인한 것 같은 뿌듯함과 예전보다 두 사람의 관계가 좀 더 깊어진 것 같은 만족감이 밀려왔을 것이다. 사랑의 새로운 방식을 발견한 것은 기쁜 일이다. 하지만 반복적인 섹스를 통해서 서로에게 익숙해진 몸이 느낄 수 있는 쾌감에는 한참 미치지 못한다. 첫 섹스는 단지 처음으로 한 섹스일 뿐이다.

섹스는 삶을 바꾸는 대단한 경험이 아니다. 타인을 경험하는 방식 중 하나일 뿐이다. 그러나 '첫 경험'이라는 이름이 붙

어 있어 많은 여자들은 그 첫 번째 섹스에 신중을 기하게 된다. '처음' '첫'이라는 단어는 오래도록 마음에 남아 여러 가지 감정을 만들어낸다. 단 한 번밖에 없는 순간, 잘하고 싶고 실망하고 싶지 않다. 그렇기에 첫 경험에 많은 의미를 부여하게 되고 행동으로 옮기기 전부터 두려워하게 된다.

스물한 살, 그 나이에 어울리는 발랄한 미소를 가진 희정이 말했다.

"전 섹스에 대한 환상이 분명해요. 남자친구가 생긴다면 어떻게 해보고 싶다는 이미지도 가지고 있어요. 마음만 잘 맞는다면 남자친구와 사귄 지 하루 만에도 섹스를 할 수 있다고 생각해요. 네, 머리로는 그렇게 생각하고 있어요. 하지만 문제가 있어요. 처음이라는 게 무서워요. 첫 섹스는… 두려워요."

희정은 친구들에게 "섹스, 해보면 별거 없어"라는 말도 들었고, 섹스에 큰 의미를 부여하고 싶지 않다고 말했다. 그러면서도 막상 겪고 나면 실망할 것 같고 그렇게 되면 그 실망감을 어떻게 극복해야 할지 모르겠다고 덧붙였다.

섹스는 비밀스러운 행위이다 보니 경험하지 않은 어떤 일보다 이런저런 환상을 품기 쉽다. 돌이켜보면 나 역시 내 마음과 몸을 전부 사로잡은 그와의 첫 섹스를 상상하며, 그렇게 상상만 하다 수많은 밤을 지새웠다. 상상만으로도 온몸의 내부가 간질간질해지는 느낌, 첫 섹스를 앞두고 설레는 마음은 충분히 이해할 수 있었다. 하지만 '처음'이라는 단어는 기대를 주기 마련이다. 그런데 '기대감에 부풀었다'와 동의어는 '만족하다'가 아니라 '실망하기 쉽다'이다.

냉정하게 들리겠지만, 첫 섹스는 첫 키스보다 엉망진창이 될 확률이 높다. 특히 성경험이 전무한 어린 연인이 섹스를 하겠노라 마음먹은 경우라면 삽입에 성공하기도 쉽지 않다. 우선 진한 스킨십의 단계를 몇 번이나 거쳐야 한다. 둘만의 공간에서 키스는 좀 더 진해진다. 남자의 손은 여자의 티셔츠 안으로 들어오고 여자는 이 모든 것이 빠르다고 생각한다. 하지만 두려움과 함께 호기심, 그리고 자신의 내부를 촉촉하게 만드는 알 수 없는 기분에 이끌려 가슴을 허락한다. 다음 단계는 상의 탈의, 맨살로 서로를 부둥켜안으니 따스한 그의 마음이 전해지는 것 같아 만족할 만하다. 하지만 그의 손이 자꾸 팬티 쪽으로 내려가는 건 어쩐지 방어를 하게 된다. 몇 번의 철벽 방어를 해보지만 그 상황을 힘들어하는 그를 보며, 두렵고 아플지도 모르지만 모험을 하기로 결심한다.

그토록 기다리던 첫 섹스, 정확하게는 첫 삽입의 순간이다.

"잘 안 들어가."

"아프잖아. 거긴 아닌 것 같아. 그렇게 힘으로 밀어붙이지

마. 거기가 아니라고. 아프기만 해!"

어디를 어떻게 해야 되는지 제대로 배운 적도 없거니와 생전 처음 해보는 자세와 움직임으로 몸부림만 치다 본론에 도달하지도 못하고 지쳐 잠들어버릴 수 있다. 그런 식으로 몇 번의 끙끙거림과 민망한 시도를 하고서야 성공하게 되는 것이 첫 섹스이다.

뽀샤시한 렌즈로 촬영하고 감각적인 연출과 편집이 가미, 적절한 비지엠이 흐르는 영화처럼 되지 않는다. 어설프고 말로 표현하기엔 면구스러운 상황들을 거쳐 둘만의 첫 섹스가 만들어지는 것이다.

아직 섹스를 경험하지 않은 여자 아이들끼리 모여 "처음은 능숙한 사람과 하고 싶어" "처음이라 어디에 삽입을 해야 할지 몰라 진땀을 빼는 어린 남자보다 나를 섹스의 세계로 잘 인도해줄 수 있는 경험이 많은 남자와 하고 싶어"라는 이야기도 한다. 미안하지만 아무리 능숙하고 기술이 뛰어난 사람과 한다고 해도 첫 섹스에서 행위 자체만 두고 조제처럼 "아, 섹스란 좋은 거구나"라고 속 편하게 말하기는 쉽지 않다.

생소한 두 몸이 서로 맞춰지기 위해서는 일정 시간이 필요하다. 특히나 처음 쓰는 몸의 근육과 움직임에 낯설지 않을 사람이 누가 있겠는가. 사랑에 빠져 달콤한 연애를 하던 여자라고 해도, 첫 섹스에 대한 회고담을 들어보면 아무리 사랑하는 사이라 해도 섹스 자체가 완벽하게 만족스러웠다는 답은 듣기 힘들다.

정서적 만족이든 육체적 만족이든 첫 섹스에서 실망은 감수해야 할 부분이다. 첫술에 배부를 순 없다. 걸음마도 없이, 넘어지지도 않고 한 번에 걸을 수 없다. 실망하지 않겠다는 생각 자체가 욕심이다. 오늘의 실패를 각골난망하고 다음에 더 잘하면 된다. 한 번의 섹스 후 실망감을 느꼈다고 "섹스라는 거 진짜 별로군. 다시는 하고 싶지 않아"라고 포기하는 것이야말로 정말 실망스러운 일이다. 초보를 거치지 않은 프로는 없다. •

나만의 기준 세우기

섹스에 대한 쓸데없는 기대감을 덜어냈다면 그다음으로 반드시 해야 할 일이 있다. 내가 원하는 섹스의 기준을 세우는 것! 어떻게 기준을 세워야 할지 막연할지도 모른다. 하지만 자신이 어떤 섹스를 하고 싶은지 분명히 생각해두어야 한다. 섹스를 통해 얻고자 하는 것이 무엇인지도 알고 있어야 한다. 그것이 분명해야 선택지가 앞에 펼쳐졌을 때 최적의 선택을 할 수 있다. 물론 이러한 기준은 경험과 연륜 그리고 욕구에 따라 변할 수 있지만, 현재 자신의 상황에 맞는 자신만의 기준을 갖는 것은 꼭 필요한 일이다.

내가 제일 처음 세웠던 조건은 어떤 면에서 단순했다. '좋아하는 사람과 내가 원할 때, 내가 원하는 장소에서'였다. 세 가지 기준이 모두 만족될 때 섹스를 해도 좋다는 원칙을 세웠다.

자신만의 명확한 선을 정해놓으면 원치 않는 상황에 휘말렸을 때 브레이크를 걸 수 있다. 단순해 보이는 나의 기준은 생각보다 충족되기 쉽지 않았다. 하지만 이런 기준을 마련해두지 않았다면 눈을 현혹하고 귀를 달콤하게 만드는 감각에 빠져 후회만 가득 남을 섹스를 했을지도 모른다.

유진은 남자친구와 진한 스킨십까지 진도를 나간 상태였다. 사랑이 담긴 키스를 받으면서 즐겁고 행복한 기분이 든 건 사실이었다. 하지만 그의 손이 하체로 내려올 때는 저지하기 바빴다. 우선 부끄러웠다. 유진은 그곳을 제대로 본 적도, 만져본 적도 없었기에 거부감이 드는 게 당연했다. 하지만 둘만의 유희가 지속되자 유진은 용기를 내보기로 했다.

문제는 둘이 함께 있는 공간이었다. 그것이 유진을 불안하게 만들었다. 둘 다 부모님과 함께 살고 있고, 시간을 쪼개 아르바이트를 하며 학비와 용돈을 마련하는 입장에서 이런 욕구가 생길 때마다 숙박업소에 돈을 쓸 여유는 없었다. 사람이 없는 으슥한 공원의 벤치나 늦은 밤 놀이터에서 서로의 몸을 탐하곤 했다. 그럴 수밖에 없는 상황은 이해하지만 언제 누가 나타날지도 모르는 장소에서 섹스까지 해버리고 싶지 않았다.

유진의 불편한 마음을 아는지 모르는지 남자친구는 유진의 손을 자신의 허벅지 안쪽으로 가져가 "널 사랑해서 이렇게 된 거야"라고 말했다. 그 순간 유진은 아연실색이 되어 도망이라도 가고 싶었다. 하지만 남자친구가 상처를 받을까 봐 이러지도 저러지도 못한 채 단단해진 그의 페니스 위에 손을 올리고 있을 수밖에 없었다. 그러면서 마음 한구석에 의구심이 생겨났다. 달빛이 비치는 공원이 사랑을 나누기 로맨틱한 장소라서 이곳에서 이러는 건 아닐 테지? 단지 섹스를 위해서 이 달콤한 말, 사랑이라는 말을 내뱉는 건 아닐까?

나를 사랑해서 나와 섹스를 하고 싶다고 말하는 남자 앞에서 냉정하게 거절하기란 쉽지 않다. 나는 아직 준비가 되지 않았다고 말하면 남자는 온갖 힘든 내색을 하며 조금씩 밀어붙인다. 여자 입장에서는 지금 거절하면 연애 관계에 나쁜 영향을 미치게 될까 봐 두렵다. 그의 마음도 정말 사랑인지 의구심이 들지만 여기서 멈추면 정말 관계가 끝나버릴 것 같아 어쩔 수 없이 허락하게 되는 경우가 다반사이다.

결국 유진은 첫 섹스를 디브이디(DVD)방에서 하고 말았다. 남자친구와 섹스를 하길 원하긴 했지만 엉덩이에 달라붙는 느낌이 불쾌한 싸구려 가죽 소파 위에서 하길 바란 것은 아니었다. '모텔에라도 가자'라고 말하면 쉬운 여자로 보이거나 혹은 그에게 부담이 될지도 모른다는 과도한 배려심이 그녀의 첫 섹스를 암울하게 만들었다. 사람들이 문 앞을 지나갈 때마다 느꼈던 불안감, 탁한 공기 안에서 대충 팬티만 벗은 상태로 서둘러 끝내고, 불편한 마음으로 뒤처리를 하고, 씻지도 못하는 찝찝함 가득한 섹스를 바란 건 아니었다. 하지만 남자친구에게 이곳에서 하기 싫다는 말은 하지 못했다.

유진은 자신이 무엇을 원하는지 알고 있었다. 하지만 그걸 확고히 해두지 않았기 때문에 결정을 해야 하는 상황에서 의사표시를 제대로 하지 못했다. 여자들은 섹스에서 자신이 원하는 대로 해버리면 쉬운 여자로 보일까 두려워한다. 하지만 선택할 수 있는 힘을 가졌다는 걸 두려워해서는 안 된다. 그것은 여성의 매력을 반감시키지 않는다. 오히려 스스로를 지킬 수 있는 힘이다.

여자는 남자에게 많은 것을 줄 수 있다. 그를 사랑하는 마음과 그가 탐내는 몸, 그를 위해 헌신하는 시간. 하지만 의사 결정의 힘을 잃어서는 안 된다. 스스로 자유로운 선택을 할 수 없고 그에게 끌려가기만 한다면, 제대로 된 관계를 유지할 수 없으며 제대로 된 사랑 그리고 좋은 섹스는 절대 할 수 없다. •

"여자들도 능동적으로 섹스를 선택할 수 있다." 더 나아가 "여자도 섹스를 탐닉할 수 있다."

내가 지지하는 단순하고 명료한 두 개의 문장이다. 하지만 성적으로 자유롭다고 해서, 많은 사람들과 섹스를 한다고 해서 행복이 보장되는 것은 아니다. 섹스를 해도 좋을 대상을 알아보는 능력이 필요하다.

성적 만족감을 줄 수 있는 대상과 안전한 섹스를 하기 위해서는 어떤 남자가 나를 흥분시키는지 알아야 한다. 남자에게 섹시한 매력을 느끼는 부분은 개개인마다 다를 것이다. 아이돌처럼 예쁜 얼굴을 가진 남자와 자보길 원하는 여자들도 있고, 근육질 몸을 가진 남자를 보면서 하고 싶다는 충동을 느낄 수도 있다. 평범해서 부담스럽지 않은 남자가 섹스하기 좋다고 생각하는 여자들도 있다. 잘생긴 건 아니라도 유머 감각이 있으면 괜찮다. 대화가 막힘없이 잘 통한다면 그 대화가 침대로 이어져도 나쁘지 않을 거라고 나보다 뇌가 먼저 흥분하기도 한다.

하지만 여자와 침대로 갈 수 있는 남자는 결국 여자의 성적 긴장을 풀어주는 남자이다. 내가 옷을 벗어도 안심할 수 있는 남자. 나를 데리고 들어간 모텔 카운터 앞에서 민망하지 않게 그 순간을 자연스럽게 리드하는 남자. 쭈뼛거리며 소파에 앉아 TV 채널만 애꿎게 돌려대는 나를 침대로 이끌어 동물적 본능을 이끌어내는 그런 남자야말로 섹스를 해도 괜찮은 남자이다.

당신이 가진 육십억 세포 중에는 분명 섹스를 위한 세포도 존재한다. 남자친구의 바람을 눈치채기 위해서만 여자의 육감이 작동한다고? 그러기엔 당신은 너무 예민하고 뛰어난 육감을 가지고 있다. 당신의 세포는 그를 만난 순간 움직이기 시작한다. 당신의 몸이 말하는 소리에 귀 기울여라. 그리고 들어라. 그가 섹시하다고, 당신의 깊은 곳 세포가 말을 건다. 이미 당신은 직감적으로 알아차릴 수 있다. 그 소리에 집중해야 한다.

"오빠 못 믿어?"라든지, 진심이 전혀 느껴지지 않는 "사랑해"와 같은 고백 – 믿기 어렵겠지만 그 단어만 내뱉으면 여자들이 자신과 자줄 거라고 착각하는 어리석은 남자들이 지구상에 '놀랍게도' 너무 많이 존재한다. "한 번만 하자"고 밤새도록 찌질하게 매달리는 미숙한 남자들에게 넘어가지 마라. 준비가 될 때까지 기다려주겠다 호언장담을 하더니 매번 결정적인 순간 '잠깐만'이라고 저지하는 여자친구 때문에 사정하지 못했다. 그로 인해 생긴 아랫배 통증에 짜증을 내기 시작한 남자친구에게 미안하다는 이유로 섹스를 허락해서는 안 된다.

의혹과 의구심을 걷어낼 수 없다면, 섹스를 하고 싶다는 확고한 욕구가 생기지 않는다면 버티고 견뎌라! '첫 섹스'는 절대 성급하게 하지 마라.

나는 '첫 섹스'라면 — 생애 첫 섹스뿐만 아니라 새로운 대상과의 첫 섹스까지 포함하여 — 들뜬 몸의 욕구를 충족시키기보다 마음을 충만하게 채워야 한다고 믿는다. 섹스를 통해서 사랑받고 있다는 느낌을 탐욕스러울 정도로 충족시켜야 한다. 이 무슨 대책 없는 로맨티스트적 발언이냐고 반문할지도 모르겠다. '정말 촌스러운 생각이야. 그러다간 평생 처녀로 늙어죽게 될걸. 로맨스는 사라진 지 오래야. 몸의 즐거움이라도 추구해야겠어!' 이런 냉소적이고 부정적인 내 안의 목소리를 잠재우는 건 쉬운 일은 아니다.

하지만 첫 섹스는 나에게 충실할 사람을 선택해야 한다. 긴장을 풀어준다는 말은 경계하지 않는다는 말이고 본능적으로 그 사람을 믿을 수 있다고 판단한 것이다. 하고 싶다는 확신도 없이 상대가 몰아붙이는 상황에 떠밀려, 거절하기 애매해서 원하지도 않는 섹스를 해버린다면 하루 이틀 정도는 '드디어 섹스를 했다' '욕구를 해소했다'는 기분에 들뜰 수 있겠지만 삼일 째부터 더 큰 실수를 해서 '내 생애 삽질 순위 목록' 상위에서 이 기억이 밀려나는 날이 올 때까지 두고두고 후회하게 될 것이 분명하다.

물론 연애와 사랑, 그리고 섹스는 각각 개별적인 행위이다. 많은 사람들이 이것들이 서로 유기적이라고 믿고 싶어 하고 셋이 합쳐져야 좋은 것이라 생각한다. 때로는 사랑이라는 감정을 느끼기 때문이 아니라 외로워서 누군가와 연애를 한다. 서로 사랑하는 사이지만 연애로 이어지지 못하는 경우도 있고, 연애 외의 섹스, 필요에 의한 섹스도 존재한다. 그러나 대부분의 사람들이 섹스를 한다고 하면 사랑해야 하고 연애 중이어야 한다고 믿기 때문에 복잡하고 괴로운 일이 생겨난다. 그런데도 첫 섹스는 사랑하는 사람과 하라는 나의 주장에 당신은 당혹감을 느낄지도 모르겠다.

하지만 첫 섹스가 어렵다고 생각하고, 첫 섹스를 하기 전에 신중해지는 진짜 이유를 생각해보자. 과연 '해보지 않았는데 잘 할 수 있을까?'라는 이유 때문일까? 보통은 '내가 이 사람을 사랑하는 걸까? 그는 과연 나를 사랑할까?' 하는 심리적인 문제로 고민하게 된다. 이것들은 무시할 수 없는 중요한 요소이다.

우리는 끊임없이 누군가에게 사랑받고 싶어 한다. 우리 안에는 어머니의 무한한 사랑을 받았던 어린이나, 그런 사랑을 받고 싶었지만 욕구를 충족하지 못한 어린이가 살고 있다. 두 어린이 모두 탐욕스럽게 상대방의 사랑을 갈구한다. 그것이 좌절되었을 때 받는 충격이나 아픔은 이루 말할 수 없이 고통스럽다.

섹스는 두 사람이 1밀리미터의 틈도 만들지 않고 가까워지는 행위이다. 섹스는 어떤 사람에 대해 발설된 적 없는 것까지 읽어낼 수 있는 리더기와도 비슷하다. 그렇기에 섹스까지 했는데 이해받지 못했다, 사랑받지 못한다고 느낀다면 자존감에 커다란 상처를 입을 수밖에 없다. 섹스라는 행위가 중요한 이유는 여기에 있다. 단지 오르가슴을 느끼고, 두 사람만이 알고 있는 은밀한 일을 했기 때문에 즐거운 것이 아니다. 사랑받고 있다는 충만한 느낌이 여자를 오르가슴에 도달하게 만들기도 한다. 그렇기 때문에 충분히 사랑받고 있다고 느낄 때까지 버티고 견뎌야 한다.

상대를 애태우며 자신의 가치를 높인다고 생각하는 몹쓸 마음으로 섹스를 유예시키는 것이 아니라면, 이런 마음을 솔직하게 상대에게 전하고 성급하게 굴지 말아 달라는 요구를 해야 한다. 그에게는 인내심을 바라면서 다른 상대와 쉽게 섹스를 해버리는 그런 이율배반적인 여자가 아니라면 그에게 알려주라. 속칭 세상에서 제일 나쁜 년은 '나랑 자주지 않는 여자'가 아니라, '나 빼고 다른 사람이랑 다 자는 여자'라는 걸, 그가 처해 있는 상황이 최악이 아님을 인지시켜주면 그만이다. •

처녀와 순결 사이

나는 인간이 조금 더 진화하길 바란다. 지금보다 더 강한 뼈를 가지거나 예민한 시각과 청각을 가지는 것도 좋을 것 같다. 남성의 페니스가 조금 더 단단해지거나 굵어지거나 길어지는 방향으로의 진화도 나쁘지 않을 것 같다. 하지만 이 모든 것에 앞서 여성의 처녀막이 사라지는 진화를 원한다.

처녀라는 건 마치 여자의 인생에서 풀지 못할 족쇄 같은 것이었다. 예전에 처녀가 아닌 신부는 첫날밤 남편 몰래 닭피를 준비해야 했고, 처녀가 아님이 밝혀지면 수모와 멸시를 견뎌야 했다. 남편의 폭력을 묵묵히 받아들여야 하고 극단적인 경우 죽음에 이르기도 했다. 1994년 개봉되었던 장국영과 오천련 주연의 〈야반가성〉을 보면서 당시 중학생이었던 나는 처녀가 아니라는 이유로 시집에서 쫓겨난 뒤 비극적으로 생을 마감한 여주인공의 상황을 납득할 수 없었다. 그러나 동시에 나 역시 그렇게 될까 봐, 나의 처녀막은 안전한지 걱정하고 두려워하며 사춘기를 보내야 했다.

결혼의 조건으로 신부의 처녀성이 당연시되던 시대는 지나갔다. 이런 날이 올 줄 누가 알았던가. 내가 어렸을 때만 해도 "혼전 순결을 지키지 않을 거야. 섹스는 해보고 결혼할 거야"라는 말은 꽤나 도발적인 언사에 속했다. 지금 혼전 순결이란 단어는 고리타분하고 엄청난 위험을 감수하는 어리석은 행위처럼 여겨진다. 물론 각자의 가치관에 맞게 선택하는 것이지만, 평생 함께 살겠다고 약속하는 남자와 섹스를 해보지 않고 결혼하는 것은 시운전도 해보지 않고 차를 사는 것만큼이나 어리석은 일이다.

하지만 여자들은 순결함의 족쇄에서 벗어날 수 없는 상황을 여전히 경험하고 있다. 아직도 이런 상담 메일을 받는다. 남자친구와 잠자리를 가졌는데 처녀가 아니라는 이유로 화를 낸다. 어떻게 하면 좋겠냐고 물어본다. 미안하지만 답은 간단하다. "헤어지세요!" 자신의 여자친구가 당연히 처녀일 거라고 믿었던 그 남자의 태도는 오만방자하다. 게다가 시트에 묻은 혈흔으로만 처녀를 판단하다니 그토록 찌질한 남자라면 만나지 않는 것이 현명하다. 이런 시대착오적인 남자가 있다는 사실에 분노가 치밀어 올랐다.

남자들이 여자의 처녀에 집착하는 건 생물학적 이유에서 이해는 간다. 원시적인 열망을 여전히 품고 있는 것을, 사회적 진화가 덜 된 것을 탓할 수는 없다. 인간 사회가 일부일처제라는 안정적 제도를 도입하고 사회에 정착시키기 전까지 자신의 여자가 처녀라는 것은 그 여자에게 태어나는 아이가 자신의 아이임을 확신할 수 있는 유일한 수단이었을 것이다. 여자의 출혈을 통해 처녀를 판별하게 된 것도 남자들에게는 생존·번식과 관련된 중요한 발견이었을 것이다.

효율적인 피임법이 발달하고, 친자 확인이 가능해진 요즘 시대에도 자신과 자는 여자가 혹은 결혼한 여자가 처녀가 아니라는 사실에 거부감을 가지고 싫은 감정을 드러내는 것이 남자의 어쩔 수 없는 본능이라고 치자. 거기까지는 인내심을 가지고 이해해보겠다.

하지만 처녀가 아니라는 이유로 주체적으로 성생활을 영위하는 여자들에게 '가볍다'거나 '더럽다'라는 표현을 쓰는 건 시대에 덜떨어지는 촌스러운 짓이다. 능동적이고 당당하게 나의 욕망을 드러내고, 섹스를 말하는 것에 거부감이 없다는 이유만으로 내 생각이 속되거나 위험하고, 질서를 어지럽히고 윤리 도덕적으로 문제가 될 수 있다는 시선으로 바라보는 걸 느끼곤 한다.

그런데 성적으로 자유로운 여성을 보면서 남자들은 자신의 욕구를 채울 수 있는 기회라고 생각하는 동시에 자신이 사귈 여자는 조신하고 참하길 바라는 이중 잣대를 가진다. 웃기지도 않은 농담을 듣는 기분이다. 그렇다보니 여자들이 남자들처럼 평등하게 섹스를 즐기는 상황에서도 처녀인 척, 아무것도 모르는 척 방어적인 태도를 갖게 만든다. 이건 뭘까?

자신이 처녀가 아니라서 새로 맺는 관계를 앞두고 걱정하는 여자들에게 말해주고 싶다. 섹스의 경험, 과거는 문제가 될 수 없다. 현재의 관계에 충실하고 몰입하고 있다면 당신은 누구보다도 순결한 여자이다. 성적인 경험은 각 개인의 개별적인 역사이다.

그러므로 섹스에 대한 자기 기준이 중요하다. 그 기준 앞에서 정직하고 진실하다면, 허세와 허영으로 상대를 기만한 관계가 아니었다면 처녀냐 아니냐는 문제가 되지 않는다. 처녀성에 얽매여서 그 순간의 감정이나 느낌을 무시하고, 그 순간 누릴 수 있는 즐거움을 포기한 것이 과연 자신을 똑바로 지키는 일이라고 할 수 있을까?

좋아하는 사람에게 온몸으로 그 마음을 전달하는 일은 행복이다. 사랑할 때는 몸의 즐거움도 추구해야 한다. 마음뿐만 아니라 몸도 함께 느끼는 열정! 누구도 그런 사랑을 순결이라는 단어로 가치 판단할 수는 없다. 그 사랑을 통해서 자신에 대해서 알아가고 성장하는 경험치를 얻게 된다면 누구도 그럴 권리는 없다. •

첫 경험의 미정계수

주영은 스물일곱이 되었지만 한 번도 남자와 자본 적이 없었다. 그녀는 숙맥도 아니었고 여성으로 매력이 없는 타입도 아니었다. 이성 교제를 사뭇 진지하게 생각했던 덕분에 몇 번 데이트를 하더라도 사귀자는 말에 선뜻 예스라고 답하지 못했고, 고민 끝에 남자를 사귀게 되더라도 섹스에 대한 두려움을 극복하지 못해 거부만 하다가 어느새 나이를 먹게 되었다. 친구들끼리 나누는 섹스 경험담을 들을 때마다 자신도 하고 싶다고 생각을 하면서도 그런 상황이 찾아오면 주저하기만 했다.

"저는 여자가 처녀로 있을 수 있는 마지노선이 스물넷이라고 생각했어요. 그런데 그 나이가 지나버렸는데도 전 여전히 처녀예요. 남자와 데이트를 하다보면 섹스를 하게 될 것 같은 분위기를 느낄 수가 있어요. 하지만 스물일곱이나 먹었는데 여전히 처녀라는 사실을 알면 남자들이 부담스러워하고 무겁게 느낄까 봐 처녀라는 말도 못하고 섹스를 거부하게 되고, 결국 헤어지고 말아요. 요즘 어린 친구들은 스무 살도 되기 전에 섹스를 해버린다는데, 이 상태로 가다간 호호할머니가 되어서도 섹스를 못할 것 같아요."

주영은 울먹이며 고백했다. 처녀인가 아닌가 하는 문제로 치졸하게 구는 남자들이 여전히 존재하는 동시대의 또 다른 고민이 바로 처녀라는 자신의 상태라니, 여성의 처녀는 시대가 변해도 여전히 수모를 겪고 있었다. 그녀가 느낀 심적 부담이나 답답함은 충분히 납득할 수 있었다. 나 역시 또래 친구들에 비해 첫 경험이 늦은 편이었고, 빨리해치워 버리고 싶다는 생각도 했었다. 하지만 마지노선을 그어놓고 언제까지 해야 하는 일이라고 생각하지는 않았다. 나의 긴장을 풀어주고 자연스럽게 섹스로 이끌어줄 사람과 적절한 시기가 오리라 믿었다. 그렇기 때문에 주영의 사연을 듣고 놀라움을 금치 못했다. 스물네 살이 넘어서도 처녀인 것이 문제라고 생각했다는 바로 그 지점 때문이었다.

"그렇다면 스물넷이 되던 해에 눈 딱 감고 아무랑 해버리지 그랬니?"

주영은 어떻게 아무나와 섹스를 하냐고 반문했다. "자기가 세운 룰을 지키려고 노력하지 않았으면서 현재 처녀인 상태를 지긋지긋하다고 생각하는 것은 어리석지 않나?" 스스로에게 굴레를 씌우는 기준을 세워두고 자신을 괴롭히는 모습에 나도 모르게 욱하고 말았다.

나이가 일정 이상 넘어가면 섹스 경험이 없다는 사실이 자신의 여성적 매력이 빈약하다는 증거인 것 같아 조급하고 불안해지는 마음을 품을 순 있다. 하지만 첫 섹스의 시기는 정해져 있는 게 아니다. 주영에게 닥친 문제는 스물일곱이 되었는데도 섹스를 못한 것이 아니라, 그런 자신을 생각하며 '난 매력이 없는 걸까? 사랑받을 수 없는 존재일까?'와 같이 자존감에 부정적인 영향을 미치는 질문을 쏟아내는 것이었다.

어떤 남자들은 처녀는 부담스럽다고 느끼고, 섹스 후 여자가 자신에게 감정적으로 집착을 보일까 봐 두려워한다. 그런 남자들은 이기적이고 어리다. 사랑이 아닌 섹스에 관계의 포인트를 맞추고 있다. 그런 남자와 사랑하기 위해서 여태까지 기다리며 몸을 사린 건 아닐 것이다. 주영은 사람에 대한 예의와 배려를 갖춘 남자를 만나고 싶어 했다. 그런 남자라면 주영이 처녀라는 사실을 흠이라고 여기지 않을 것이다.

섹스를 하는 이유는 행복해지기 위해서이다. 사랑을 느끼고 몸의 즐거움을 추구하는 까닭은 그 속에서 행복을 느끼고 싶기 때문이다. 섹스를 하고 싶을 만큼 나를 자극하는 남자도 없고, 욕구도 생기지 않는다면 언제까지 섹스를 해야 한다는 것 때문에 스스로를 괴롭힐 필요는 없다. 자신의 선택에 당당해져야 한다. 당신의 진가를 알아보는 남자를 제대로 선택한다면 그런 걱정은 쓸데없는 것이라는 걸 알게 될 것이다.

생물학적인 측면에서 보자면 몸에 맞는 섹스의 시기란 오히려 2차 성징이 나타난 뒤 호기심과 욕구가 한창 혈기왕성한 10대에 하는 게 맞지 않을까? 줄리엣은 열네 살, 성춘향도 열여섯 살에 첫 경험을 해치워버렸다. 주영이 세운 스물넷 마지노선의 기준도 줄리엣과 춘향이 보기엔 호호할머니일 수 있다. 나이가 차서 섹스를 하는 게 아니라, 서로가 정신적 · 육체적으로 끌렸을 때 해야 할 일이라는 걸 유념해야 한다. 짝만 잘 만나면 만사형통이다. 처녀인 것이 문제라는 생각은 자격지심일 뿐이다. •

파우치 속 정말 있어야 할 것

뉴욕의 섹스칼럼니스트 캐리는 여자도 남자처럼 애정 없는 섹스를 할 수 있는가에 대한 실험을 성공적으로 끝내고 의기양양하게 걸어가던 중 마주 걸어오던 남자와 부딪혀 클러치백을 떨어뜨리게 된다. 우르르 쏟아져 나온 내용물을 서둘러 담던 캐리에게 지나가던 빅은 바닥에 떨어져 있던 콘돔을 주워 건네준다. 그렇게 빅은 캐리가 성능 좋은 콘돔을 상비한다는 사실을 알고 있는 상태에서 첫 만남을 시작했다. 그런 건 둘 사이에 아무런 문제도 되지 않았다. 오히려 그걸 주워 담으면서 눈빛을 교환한 캐리와 빅은 서로에게 호감을 느끼게 된다. 그렇게 데이트는 시작되고, 사랑에 빠진 둘은 훗날 결혼에 이른다. 둘의 첫 만남, 특히 콘돔을 건네주던 빅의 모습은 〈섹스 앤 더 시티〉라는 드라마에서 내가 손에 꼽는 장면 중 하나이다.

하지만 한국 사회에서 화장품 파우치에 콘돔을 넣어 다니는 여자가 있다면 그녀를 둘러싼 요상한 억측과 소문이 난무할 것이다. 그러나 여자들이 콘돔을 챙기지 않는다면 중요한 순간 콘돔을 미리 준비하지 않은 머저리 같은 남자친구한테 말리게 될 뿐이다. 여자친구의 임신 소동으로 혼쭐이 난 경험이 없는 남자들, 아니 그런 경험을 하고도 반성할 줄 모르는 남자들은 무슨 수를 써서라도 섹스할 때 콘돔을 사용하지 않으려고 한다. 매너가 좋고 착한 남자라 하더라도 막상 섹스를 할 때 콘돔 쓰길 달가워하지 않는 경우도 많다. 콘돔 사용은 인품과는 그다지 연관이 없다. 그러므로 '좋은 사람이니까 콘돔을 챙길 거야' 같은 막연한 믿음은 일찌감치 접어두는 게 좋다.

대학 시절 공강 시간, 친구들과 잔디밭에 누워 햇빛바라기를 하고 있는데 은주가 덤덤한 목소리로 "야, 나 이때 즈음 생리하지 않았냐?"라고 물어본다. 무심하게 툭 던진 말이었지만 내 귀에는 불안함과 초조한 마음이 느껴졌다. 생리 예정일이 지났는데 생리를 안 하고 있다는 말은 배란기 즈음 섹스를 했는데 피임을 안 했다와 이음동의어였다.

아마 은주는 친구들에게 '곧 할 거야. 안 한다고 신경 쓰고 스트레스 받으면 더 늦어져. 마음 편히 가져. 별 일 없을 거야'와 같은 위로와 토닥거림을 받고 싶었을 것이다. 하지만 나는 은주의 배에다 대고 "너네 엄마가 이래! 뭐가 그리 급했는지 콘돔 포장 뜯을 시간도 없으셨단다"라고 말했다. 은주는 질겁하며 울 것 같은 표정으로 나를 밀어냈다. "내가 콘돔 꼭 쓰라고 그랬지!" 내가 낼 수 있는 가장 차갑고 모진 목소리로 말했다.

"어쩔 건데? 진짜 임신이면 어쩔래? 대책은 있어? 오빠가 책임은 질 수 있대?" 성적 즐거움을 추구하고 욕구를 긍정적으로 해소하는 것은 좋다. 하지만 서로가 아무것도 책임지지 않는, 책임질 수도 없는 연애 관계는 불안전하고 위험하다. 여성에게 혼전 임신은 피해가 막심하고 커다란 상처를 남기는 일이다. 임신을 하는 순간, 둘 사이의 달콤한 로맨스는 잿빛 현실이 된다.

한 성인이 주체적으로 섹스를 즐겼다. 그리고 임신을 했다. 이것은 단순한 결과지만 아무도 결혼이라는 제도 밖에서 이러한 결과가 나오길 바라지 않는다. 그런데도 '설마 임신하겠어?'라는 자기 몸에 대한 미련스러운 믿음과 피임은 전적으로 남자가 알아서 하는 거라고 내버려둔 멍청한 자신의 태도가 불안을 자초하는 상황을 만들어낸다.

어릴 때는 정보도 부족하고 수줍기도 하고, 상대방에게 콘돔을 사용하자고 말하는 게 영 껄끄럽고 쉽지 않은 일이라 그런 실수도 할 수 있다고 치자. 그렇지만 스물셋이 넘으면 제발 그러지 말자. 친구들에게 "나 그날 피임 안 했는데 임신했을까 봐 눈물이 나올 정도로 무서워"라고 말하는 건 정말 쪽팔리는 일이다.

차라리 피임을 제대로 안 해 이런 불안함을 당신에게 안겨 준 상대를 집요하게 괴롭혀라. 그 사람에게는 아무 말도 못하고 끙끙 앓으며 친구들에게 위로를 받으려는 꼴은 정말이지 봐줄 수가 없다. 답답하고 괴로운 심정을 "다음에도 콘돔을 안 쓰면 그걸 잘라 버릴 거야!" "만약에, 정말 만약에 임신이라도 한다면, 난 이 아이 낳아서 너네 부모님 집 앞에 데려다 놓을 거야!" 같은 어둠의 에너지가 가득 담긴 말을 그에게 퍼부으란 말이다. 이 불안함의 책임은 두 사람에게 있다. 둘의 문제로 친구들을 괴롭히지 마라. 친구들에게 징징거리지 마라. 자신의 실수에 대해서 친구들에게 위로와 토닥임을 받고, 뒤늦게 생리를 시작하면 안심하고 똑같은 실수를 반복 또 반복.

자신의 실수에 커다란 대가를 치르지 않고선 나쁜 버릇은 고쳐지지 않는다. 예정일이 지났는데 혈이 비치지 않고 불안할 때는 친구 대신 산부인과를 찾아라. 임신 테스트를 받고, 초음파 검사를 받고, 의사 선생님께 눈물 쏙 빠지게 혼나고 와라. 돈과 시간을 들여 임신이 아니라는 걸 빠르고 확실하게 확인받고 안심해라. 산부인과에서 민망한 기분과 예상치 못한 지출의 쓰라림을 제대로 느껴라. 한동안은 정신을 빠짝 차리게 될 거다.

피임은 즐거운 성생활을 위한 필수품이다. 콘돔이 없다면 섹스를 하지 않겠다는 단호한 마음가짐을 가지지 않는다면 즐거움이 괴로움으로 바뀌는 건 한순간이다. •

왜 내겐 오시지 않는 건가요?

관계를 지속하다 보면 상대를 사랑하는 마음과 별개로 '섹스 자체의 즐거움'을 생각하게 되는 순간이 온다. '남자는 섹스를 하기 위해 사랑을 하고 여자는 사랑을 위해 섹스를 한다'고 흔히 말하지만 여자도 '몸의 즐거움'을 위해, '좋은 섹스를 하고 난 뒤의 한결 부드러워지고 여유로워지는' 자신을 느끼기 위해 섹스를 선택하기도 한다. — 심지어 그런 필요에 의한 섹스는 감정적 유대가 필요 없을 때도, 오히려 감정적 밀착이 거추장스럽다고 느껴질 때도 있다. 자신의 만족을 위해서라면 여자가 남자보다 훨씬 더 탐욕스러울 수도 있다.

오르가슴, 그 환희의 순간 몸에서 일어나는 변화와 심리적으로 느껴지는 막강한 즐거움이야말로 섹스를 원하게 만드는 동력이다. 그런데 갑자기 불안해졌다. 세상 절반 정도의 여자들은 오르가슴을 느끼지 못한다는 통계 자료를 보았다. 내가 그 절반에 속해 있는 게 아닐까?

누가 알려준 적 없지만 나는 본능적으로 몸을 움직일 줄 알았다. 어떻게 하면 내가 원하는 느낌을 한껏 누릴 수 있는지 섹스를 할수록 내 몸에 대해 더 잘 알게 되었고, 그걸 유도하기 위해 체위를 바꾼다거나 그의 움직임을 제어할 수도 있게 되었다. 사랑하는 사람의 맨살이 닿을 때 느껴지는 온기와 부드러움. 서로의 가슴이 밀착된 감각. 어깨를 감싸 안아주고 머리를 쓰다듬어 줄 때 충분히 사랑받고 있다는 만족감을 느낄 수 있었다. 눈물이 날 만큼 행복했다.

하지만 내가 섹스를 하면서 느낀 흥분과 즐거움이 막다른 곳까지 밀어붙여 얻어진 것일까? 조금 더 가야 할 곳이 남아 있는 느낌. 그때 친구들과 오르가슴의 경험에 대해 이야기를 나누게 되었다.

"그는 내가 언제 느끼는지 정확하게 알 수 있다고 했어." 결혼 후 섹스에 대한 솔직한 조언을 더욱더 아끼지 않는 K가 말을 이었다. "나의 질이 딸꾹질을 하는 것처럼 페니스에 전달이 된다고 하더라고." 오르가슴의 순간 강렬한 수축 현상이 일어나는 것을 K는 그렇게 표현했다. 나의 질은 그랬던가?

"나는 정신이 혼미해져. 그리고 그 순간 유체 이탈을 한 것처럼 그와 뒤엉켜 야한 몸짓으로 서로가 무너져 내리는 그 순간을 제3자의 눈으로 바라보는 듯한 기분이 들어."

나는 M처럼 잠깐이라도 정신을 놓아버린 적은 없었다. 본능에 따라 몸을 움직인다 하더라도 의식하지 않은 행동은 하나도 없었다.

친구들과 오르가슴에 대해 이야기하면서 내가 얼마나 소박한 쾌감에 만족하고 있는지 알게 되었다. 지구의 자전이 느껴진다거나 구름 위에 붕 뜬 것 같다거나 몸 안에서 불꽃이 '파밧' 하고 터지는 기분. 나는 그런 걸 한 번도, 단 한 번도 느껴보지 못했다. 그럼에도 불구하고 만족스럽다고 생각해도 괜찮은 것일까? 나는 감정적 즐거움에 비중을 더 두고 있었다. 그래서 욕심을 부린 적이 없었다. 결국 그들과 같은 경험은 해보지 못했다.

나는 울상이 되어 "나 아무래도 오르가슴은 모르는 것 같아"라고 털어놓고 말았다. 그런데 친구들은 누구 하나 심각하게 받아들이지 않았다. 그녀들 역시 자신의 즐거움을 찾기 위해 수없이 노력해왔고 아무도 그것이 오르가슴이라고 인정해주지 않았지만 스스로 자신의 즐거움이라고 인정하고 있었다. 굳이 다른 사람과 비교할 필요가 없다는 것이다.

섹스를 할 때, 수동적인 태도를 취하지 않는 사람이라면 자신만의 쾌감을 추구하게 되어 있다. 게다가 내가 사랑하는 사람과 섹스를 하며 행복에 겨운 순간을 묘사하는 걸 항상 들어주었던 친구들은 나만의 방식으로 섹스를 즐기고 있는 것이라고 생각해주었다. 굳이 오르가슴에 집착하며 섹스를 하지 않아도 좋은 것이라고 했다.

여자의 오르가슴은 남자들처럼 단순명쾌하지 않다. 사정을 할 수 있다면 오르가슴이 동반되는 남자들에 비해 여자들의 오르가슴은 그 지표가 확실하지 않고 정의하기가 어렵다. 남자처럼 눈에 보이는 쾌락의 증거를 갖지 못하는 여자 몸의 구조상, 오르가슴이 어떤 것인지 자기 자신조차 모를 수 있다. 대부분의 여자들이 섹스에 익숙해지기 전까지 육체적인 즐거움보다 사랑하는 사람과 함께한다는 감정적 만족에 치중하기에 오르가슴에 크게 신경을 쓰지 않기도 한다. 그러다 어느 날 문득 나처럼 오르가슴을 전혀 누리지 못하고 있음을 알게 되고, 자신에게 뭔가 문제가 있어서 그런 게 아닐까 자책하는 날이 올지도 모른다. 하지만 스스로를 탓할 필요가 전혀 없다.

오르가슴을 느끼지 못하는 이유 중 하나는 남자들이 만족스러울 정도로 충분한 자극을 주지 못하기 때문이다. 남자들은 여자의 만족을 위해서 섹스를 한다고 말은 하지만 정작 어떻게 해야 여자들이 만족하는지 모르는 경우가 많다. 여자 역시 어떤 식으로 자신을 자극해줘야 하는지 가이드를 해줄 수 없을 정도로 자기 몸에 무지한 경우가 많다. 그런 것들이 복합적으로 작용해 오르가슴을 방해하고 있는 것이다. 두 사람이 함께 쾌락을 찾아가는 길은 한 사람의 문제만으로 어긋나지 않는다.

게다가 오르가슴을 느끼지 못하는 여자들의 대부분은 섹스를 하는 순간에 집중을 못한다. 돌이켜보면 나 역시 섹스를 하는 내내 어떻게 해야 상대가 좋아할지를 머릿속으로 계속 생각하고, 이런 내가 상대에게 어떻게 비춰지는지 그 반응을 살피느라 정작 나의 쾌락에 집중하지 못했다.

직장의 일과 가사 노동에 대한 스트레스 역시 오르가슴을 방해한다. 데이트가 끝나고 다시 회사로 돌아가서 처리해야 할 업무가 남아 있거나 납기일이 오늘까지인 공과금 고지서가 떠올라 섹스하는 내내 잡다한 걱정을 하고 있노라면 바로 앞까지 찾아왔던 오르가슴도 발길을 돌릴 수밖에 없다.

섹스에 대한 이중적인 태도를 경험하며 자라온 한국 여성들은 자신이 성적 욕망을 느끼고 성적 쾌락을 추구한다는 사실에 죄책감을 느낄 가능성이 많다. 그것 역시 오르가슴을 방해하는 요소이다. 남자들처럼 여자들이 섹스를 즐기는 것을 인정하는 사회에서 자란 여자들이 훨씬 더 오르가슴을 잘 느낀다고 전문가들은 말한다.

여자들에게 오르가슴은 자연적으로 주어지는 것이 아니다. 그것을 느끼기 위해서는 오르가슴을 방해하는 요소가 무엇인지 찾아내고, 어떻게 하면 해소할 수 있을지 그 방법을 찾아내야 한다. 자신의 즐거움을 향유하기 위한 노력이 필요하다. 자신의 욕망을 구속하거나 제한할 필요는 없다. 성적으로 자신감을 갖고 자신의 욕망을 인정하고 받아들일 때, 나의 내부로 쾌락을 끌어들이는 강력한 힘이 오르가슴이 되어줄 것이다. •

남자들은 자신과 관계를 맺은 여자의 수를 의식적으로 늘리고, 여자들은 의도적으로 그 수를 줄인다. 여자를 많이 안은 남자의 평판이 훼손당하는 일은 거의 없다. 주변 남자들이 그를 비난하고 질투한다 치더라도 그 바탕에는 부러움의 감정이 깔려 있다. 여자들 역시 그 남자와의 가벼운 관계를 누설하고 싶지 않기 때문에 남자의 성적 모험은 보호되는 측면이 있다.

반면 여자는 여러 남자와 잠자리를 가졌다는 낙인이 찍히면 이성보다는 동성에게 더 노골적으로 배척당하고 험담을 듣는다. 동성에게는 친구로서, 이성에게는 장기적인 배우자로서 바람직하지 못하다는 여론이 만들어진다. 그래서 아무리 친한 친구라 하더라도 부도덕하게 여겨지는 내밀한 성적 욕망이나 경험을 털어놓기란 쉽지 않은 일이다.

남자들도 소위 헤프고 음탕하다고 평가되는 여자에게 경멸의 태도를 취한다. 재미있는 건 남자들이 겉으로는 어떤 입장을 취하고 있든 자신에게 내밀한 유혹이 들어온다면 누구도 쉽게 거절하지 못한다는 점이다. 물론 실제로 이런 일은 쉽게 발생하지 않는다. 어떤 여자가 헤프다는 소문도 결국 남자들이 입을 함부로 놀려 새어나온 이야기가 부풀려진 경우가 대부분이다. 동시에 자신의 아내나 애인은 그녀들과는 다르다고 생각한다.

그런 사실을 알기에 여자들은 자신의 욕망 표출을 최소화한다. 아닌 척, 모른 척하기의 달인이 된다. 물론 사회에서 여성에게 용인되는 성적 자유의 크기에 따라 전략적으로 행동하는 방식에는 차이가 생겨난다. 그렇다 하더라도 여자들의 성적 욕망이 남자의 것보다 과소평가되어선 안 된다.

사랑하는 사람과의 섹스가 가장 재미있고 감정적으로 만족도가 높은 건 사실이지만, 경험치가 어느 정도 쌓이고 나면 여자들도 필요에 의해 섹스를 원할 때가 있다. 사랑을 확인하는 방식이나 사랑받는 방법으로의 섹스가 아니라 육체적 즐거움과 심리적 안정을 취하기 위해서다.

단지 하룻밤을 위한 섹스. 여성의 섹스를 사랑에 한정짓고 싫어 하는 건 남자들의 이기심이 작용한 결과일 뿐이다. 남자들과 하룻밤을 보낸 여자들은 그날 하루만 자연 발생했다 소멸하는 존재가 아니다. 그녀들도 누군가의 아내이고 애인이 된다.

여자의 일탈이 쉬운 것은 아니다. 여자가 섹스만을 위해 남자를 취하는 일은 남자가 그러는 것보다 쉬울 거라는 오해를 하지만 앞서 말한 대로 여자들은 자신의 평판을 신경 써야 한다. 단순한 행위로의 섹스가 아닌 '감정적으로 만족할' 섹스를 원하기에 남자들보다 훨씬 까다롭게 상대를 찾을 수밖에 없다. 단지 섹스지만 몸만 남자면 되는 것이 아니라 취향을 고려한 섹스일 수밖에 없다.

남자의 뇌를 장착하고 아무 생각 없이 특별히 나빠 보이지 않는 남자와 술을 진탕 마시고 습관적으로 관계를 가지는 여자들도 분명 존재한다. 하지만 하룻밤 섹스라 하더라도 그것을 통해 자신감을 회복하고 여자로서의 매력을 확인하여 자존감을 고취시키는 것이 목적이라면 하룻밤은 쉽지 않다. 게다가 자신의 그런 선택이 결국 남자의 욕구만 채워준 것은 아닌지 혹여나 자신이 쉬운 여자로 낙인찍힌 것은 아닐까 하는 걱정스러운 마음이 솟아나는 것도 막기는 힘들다.

하지만 자신이 무엇을 원하고 어떤 행동을 하고 있는지, 자신의 욕망을 잘 파악하고 있다면 하룻밤을 위해 섹스를 즐기는 것은 결코 비난받아서는 안 되는 일이다. 오히려 술에 취해 의식불명이 된 상태에서 무엇을 하는지도 모른 채 남자친구에게 몸을 내맡기는 게 더 위험한 일이다. 하룻밤 일탈은 결코 남자만을 위한 것이 아니다. 여자의 만족스러운 쾌감과 욕망을 위해서도 필요한 일이다. 사랑한다는 이유로 아무 느낌 없는 섹스를 습관적으로 하기보다는 감각적이고 흥미로운 섹스를 위한 밤을 보내는 것이 더 이롭지 않을까? •

아침에 안녕

친구들과 키득거리며 나누던 말이 있었다.

"세상에 한 번도 안 해본 사람은 있어도 딱 한 번만 한 사람은 없어."

짙은 어둠 속에서 사랑을 확인했던 두 사람이 함께 잠들었다 일어난 아침, 서로의 부스스한 모습도 애정을 가득 담은 눈으로 바라볼 수 있다. 가볍게 나누는 입맞춤, 장난스러운 몸짓, 어젯밤보다 자연스러워진 서로의 몸을 다시 한 번 느껴보려는 시도가 이어지기 마련이다. 사랑하는 사람과의 섹스는 단 한 번으로 끝날 수 없다.

잡지를 뒤적이다 재미난 통계 수치를 발견했다. '나는 모닝 섹스가 좋다'에 여자들의 73퍼센트나 싫어한다고 답했다. 아주 의외였다. 하지만 곰곰이 생각해보니 싫다고 답한 이유를 알 수 있을 것 같았다. 격정적인 섹스를 나누고 잠들어버린 밤, 번진 화장을 미처 지우지 못하고 잠들었다면 아침에 일어나자마자 깜짝 놀라 화장실로 도망가고 싶은 기분일 것이다. 어둠이 가려주었던 동그란 아랫배와 통통한 허벅지가 아침 햇살에 그대로 노출되는 것도 내키지 않을 것이다. 맨얼굴에 자신이 있고, 군살 없이 예쁜 몸을 가지고 있는 여자도 밝은 곳에서의 섹스는 쉽지 않다. 이것은 개인적인 자신감 문제가 아니다. 섹스를 하는 것이 자연스러운 행위가 아니라 부끄럽고 비밀스러운 일인 것처럼 교육을 받고 자라온 섹스 초보에게 섹스는 항상 불 끄고 어두운 곳에서 하는 일이라는 생각이 지배적일 수밖에 없다. 나도 처음엔 아침에 하는 섹스가 편하지 않았다. 하지만 어느 순간부터 아침에 하는 섹스를 더 좋아하게 되었다.

창문을 통해 햇살이 쏟아지기 시작하면 자연스레 눈이 떠진다. 나를 안고 잠든 그의 팔을 살포시 들어 침대에서 빠져나온다. 양치질을 하고 세수를 한다. 굳이 기초화장을 하지 않더라도 어젯밤의 정사로 내 얼굴은 이미 자연 광채가 뿜어져 나오고 있었다. 좋은 섹스만큼 훌륭한 피부 영양제도 없다는 말을 실감하며 부스스한 머리를 빗질하기 시작한다. 꾸밈은 없지만 정돈된 모습으로 침대에 돌아온다. 그리고 그의 체취를 느끼며 다시 가벼운 잠을 청한다.

그가 잠에서 깨어나 뒤척일 때 나도 덩달아 잠에서 깨어난다. 서로 눈이 마주치면 자연스럽게 굿모닝 키스. 엉망이 된 그의 머릿결을 손으로 빗어주기도 하고, 부은 눈을 손가락으로 지그시 눌러주기도 한다. 잠이 덜 깬 그의 몸을 만지며 장난을 친다. 아침이면 자동 발기되는 것이 남자의 몸, 특별한 노력 없이 섹스를 하기도 수월하다. 페니스를 단단하게 만들려고 굳이 수고스럽게 노력하지 않아도 된다.

휴일 아침이라면 더욱 좋다. 늦잠을 자고 일어나 나른한 상태에서 여유롭게 즐기는 섹스는 격정적이진 않더라도 감미롭고 편안하다. 밤의 섹스와는 다른 묘미가 있다. 어둠 속에서 거침없이 움직이던 것과는 다르게 부끄러운 듯 이불 속으로 피하며 살짝 튕기는 모습을 보여줄 수도 있다. 밤은 청각의 섹스라면 아침에는 시각의 섹스를 즐길 수 있다. 어둠 속에선 볼 수 없었던 그의 흥분한 표정이나 몸의 움직임을 보는 것은 꽤나 자극적이다.

밤의 섹스는 종종 불만족스러울 때가 많다. 시험 준비와 레포트 작성, 혹은 야근과 회식. 술과 담배, 스트레스와 피로에 하루 종일 시달렸던 두 사람이라면 그냥 잠들고 싶은 마음이 더 간절할지도 모른다. 지친 몸으로 하는 섹스보다는 숙면을 취한 뒤 중추와 자율신경의 도움을 받아 양기가 충만한 상태에서 아침에 관계하는 것이 남자와 여자 둘의 만족을 위해 괜찮은 선택일 수도 있다. 게다가 모닝 섹스는 좋은 운동이다. 추운 겨울날에는 이불을 박차고 일어나는 것도 쉽지 않다. 움직임도 둔해지고 바깥 활동이 줄어들다보니 군살이 금방 늘어나는 것이 겨울의 함정. 그러니 침대를 벗어나지 않고도 눈을 뜨자마자 피하지방을 태울 수 있는 섹스는 얼마나 좋은 운동인가.

이런 모닝 섹스는 파트너십을 유지하고 정기적으로 관계를 맺는 사이에서는 자연스럽게 이뤄지는 행위이다. 위에서 나열한 모닝 섹스의 장점들은 특별할 것도 없고 새로울 것도 없는 모두 다 아는 것이다.

하지만 모닝 섹스가 예기치 못한 긍정적 신호로 작용할 때 진짜 감동을 준다. 밤에 남녀가 만나 한 침대에 들어가면 당연하다는 듯 관계를 맺게 된다. 하룻밤의 외로움을 달래거나 한 번의 쾌락을 위한 시간. 그 목적이 달성되고 나면 감정적으로 얽히는 것을 서로 두려워하고 경계한다. 그래서 관계가 끝난 뒤 누구 하나는 바로 침대에서 일어나버린다든지, 함께 잠들었다 하더라도 깨어났을 때는 어색해하며 옷을 주워 입고는 헤어질 것이다.

다음 날 아침, 서로를 유혹하기 위해 단장했던 모습은 사라지고 알몸으로 마주한 상태. 여자의 화장과 머리는 엉망이고,

남자의 얼굴에서는 기름이 흐른다. 단내 나는 입과 침 흘린 자국, 눈곱 낀 얼굴은 애정 없는 상태에서 마주하기란 쉽지 않은 일이다. 민망함과 부끄러움이 가득한 그런 상태에서 관계를 시도한다는 것은 '옆에 여자가 있고, 발기한 상태이니까'라는 동물적인 판단을 넘어서 긍정적 감정의 반응이라고 생각한다. 그래서 단지 하룻밤의 효용으로 끝나는 것이 아닌 새로운 시작이 될 수 있다는 긍정적인 신호가 되기도 한다. 그런 점에서 모닝섹스는 에로틱하거나 로맨틱한 환상이 아닌 현실성이 가득한 섹스이기에 좋아하지 않을 수 없다. •

Girl on Top

여자는 자신의 신체적 매력을 잘 알고 이용할 수 있게 되었을 때 선호하는 체위가 생기는 것 같다. 중학교 동창이었던 유정은 타고나길 풍만한 가슴을 가지고 있었다. 중학교 1학년이었지만 이미 D컵이었다. 당시 펜팔을 하던 남자아이에게 자신의 사진을 보냈는데 그 남자아이가 '섹시하다'는 답장을 보내와 교실 뒤에서 펑펑 울며 속상해하던 것이 기억 속에 선명하게 남아 있다. 그때까지만 해도 그런 표현은 지금처럼 보편적으로 쓰이는 수식어가 아니었고, 사전을 찾아본 유정은 그 말에 모욕감을 느낄 수밖에 없었다. 그녀는 체육 시간도 곤욕스러웠다. 운동장을 뛸 때마다 출렁이는 가슴 때문에 체육 시간 전에 압박 붕대를 감은 적도 있었다.

하지만 유정은 A컵도 다 차지 않는 가슴을 가진 여자가 대부분인 한국 사회에서 자신의 D컵 가슴은 더 이상 움츠리거나 숨길 필요가 없는, 오히려 이성을 유혹할 때 강력한 무기가 된다는 사실을 깨닫게 되었다. 유정은 침대에서 자신이 얼마나 돋보이는지 알게 되었다. 섹시하다는 말을 듣고 울음을 터뜨렸던 소녀는 이제 사라지고 없었다.

그리고 자신의 매력을 더 잘 어필하기 위해 섹스를 할 때면 여성 상위를 빠뜨리지 않았다. "정상위는 편해. 난 특별히 할 게 없으니까. 약간의 허리 근력 그리고 다리의 유연성만 있으면 아무 생각 없이 할 수 있는 자세야. 하지만 가슴이 퍼져 보이잖아. 남자는 자신의 체중을 팔에 싣고 버티느라 피스톤 운동을 하면서 내 몸을 만져주지도 않으니 좋아할 수 없는 체위야. 하지만 이 자세는 다르지. 질 입구 주변까지 확실히 자극이 전해지기도 하고 내가 움직여서 자극점을 찾을 수도 있어. 음핵 오르가슴 말고 삽입해서 오르가슴을 느낄 수 있었던 체위는 여성 상위가 유일했던 것 같아."

유정의 말대로 여성 상위 체위는 여성에게 큰 만족감을 안겨줄 수 있는 체위임에 분명하다. 하지만 의외로 많은 여성들이 어떻게 움직여야 하는지 모르고, 자기 자신이 뻣뻣하고 박자를 잘 맞추지 못한다고 생각하기 때문에 애초부터 시도 자체를 꺼려하기도 한다.

남자보다 여자가 적극적이고 능동적으로 움직여야 하는 이 자세에서 필요한 것은 유연하고 리듬감 있는 움직임이다. 하지만 본인에게 그런 것이 없다고 지레 포기해선 안 된다. 처음부터 잘할 순 없다. 남성의 도움을 받으면 된다. 어떻게 움직이는 것이 좋은 느낌을 주는지 설명해달라고 하고 움직임을 유도해달라고 하면 된다. 그렇게 노력하다보면 그와 몸을 맞추는 감각이 생겨난다. 섹스는 두 사람이 노력하면 얼마든지 나아질 수 있는 움직임이다.

동시에 여자에게는 약간의 허벅지 근력도 필요하다. 남자의 몸에 올라가 무게를 그에게 다 싣는다면 처음 한두 번은 참아줄 수 있을지 몰라도 그가 그 체위를 선호하지 않게 될 수도 있다. 아무리 마른 여자라 하더라도 버티기 쉬운 무게는 아니다. 자신의 무게를 허벅지에 나눠 싣고 움직여야 하고 허리도 앞뒤 좌우로 부드럽게 움직여야 하니 가만히 있기만 해도 괜찮은 대부분의 자세와 비교한다면 부담감을 느낄 수밖에 없다.

하지만 상대의 움직임에 맞춰주기만 했던 다른 체위에 비해 나의 쾌감을 스스로 찾아낼 수 있다는 것은 엄청난 힘을 느끼게 해주는 일이다. 섹스 도중 빠뜨리지 않아야 할 체위를 꼽으라고 한다면 나는 주저 없이 여성 상위 체위라고 하겠다. 또한 변형 자세로 여성이 충분히 즐기고 난 뒤, 남자가 상체를 일으켜 서로 껴안은 채로 섹스를 나누는 것은 감정적인 만족도도 높여준다. 사랑받고 있다는 기분이 충분히 느껴지는 자세다.

이 자세는 두 사람 사이의 섹스 고민을 해결하는 데도 도움이 된다. 사정을 쉽게 해버리는 남자와의 섹스라면 자극의 완급을 조절하기 위해 이 자세를 시도해보는 것도 하나의 해결 방법이다. 아무래도 남성보다는 여성에게 쾌감을 주는 체위이다 보니 페니스에 달아오른 감각을 다시 차분하게 만들어줄 수 있다. 또한 여성의 몸을 관찰하는 시각적인 즐거움과 자유로워진 팔로 그녀를 애무해 촉각적 즐거움도 줄 수 있다.

체위에 대한 세부적인 조언들은 여성 잡지나 전문가들이 집필한 책을 통해 얼마든지 접할 수 있다. 뭔가 대단한 기교와 체위들이 소개되어 있지만 실제 섹스에서 행해지는 것들은 한정적이기 마련이다. 하지만 호기심을 가지고 남자친구와 다양한 체위를 시도해보는 건 섹스를 하는 즐거움이 될 것이다.

종종 섹스 테크닉에 대해서 어떤 책을 참고하느냐는 질문을 받을 때가 있다. 10년 전 섹스에 대해 아무것도 모를 때 재야의 고수인 P양이 선물해준 책이 있다. 정독했다기보다는 그림 위주로 살펴보았다고 하는 게 정확한 책이다. 10년이나 지났으니 새롭게 발간된 근사한 책들도 많이 나왔을 거라 생각하고 조사해 보았는데 참고할 만한 색다른 책은 눈에 띄지 않는다. 오히려 내가 가지고 있는 책이 2011년 판으로 재출간되어 있더라. 그 책의 이름은 《최고의 연인 그를 사로잡는 섹스 테크닉》이다. 자신만의 체위를 찾는 데 참고가 되었으면 한다. •

뒤에서 안아주세요

핑크 영화제에서 상영되었던 〈OL 러브 채팅〉이라는 영화를 보았다. 2002년도에 제작된 영화라 다소 촌스러워 보이는 영상이 재생되었다. 하지만 세 여성의 삶과 그 삶을 이루고 있는 심리 상태를 반영한 각기 다른 느낌의 섹스 장면은 감각적으로 표현되어 있다. 영화를 본 여자들의 호평이 이어지는 작품이었다.

등장인물 중 출판사에서 일하는 요코는 가족과 단절된 생활을 하며, 사랑도 믿지 않은 채, 지독한 고독을 하룻밤 육체적 쾌락으로 해소한다. 네온테트라, 엔젤피시 등 물고기의 이름을 딴 닉네임으로 채팅을 통해 남자를 만난다.

평범하기 짝이 없는 전형적인 일본 회사원들이 입는 블랙 슈트 차림의 요코는 옷을 벗으면 마치 다른 사람처럼 보인다. 그녀는 검정색 브래지어와 관능적인 가터벨트를 하고 검정 스타킹을 신은 채 섹스를 한다. 요코는 언제나 이렇게 말한다. "뒤에서 해줘." 침대에 머리를 묻고 상대를 바라보지 않는다. 몸속으로 들어온 페니스만 충실히 느낄 뿐이다. 그렇게 섹스가 끝나면 요코는 상대방의 전화번호를 지워버린다.

후배위는 확실히 하룻밤 관계에 적합하다. 얼굴을 보지 않아도 되니 감정을 교류하는 척 가식 떨 필요가 없다. 동물의 방식, 그렇기에 동물적인 욕구에 잘 어울린다. 오직 육체와 육체가 서로를 탐할 때 더할 나위 없이 편리한 자세다. 감정을 차단하고 섹스의 쾌락만을 원한다면 추천할 만한 자세다.

이 자세는 그 어떤 자세보다 여성의 몸에 센 자극을 남긴다. 아랫배에 몽글몽글한 통증을 남기며 내 몸속으로 뭔가 더 깊숙하게 들어오는 느낌이다. 다른 체위에서는 느끼기 힘든 자극이 있다. 불쾌한 듯, 그 지점에서 묘한 쾌감이 느껴진다.

그러나 배란기의 비비원숭이 암컷도 아니고 상대에게 엉덩이를 노출시키는 행동은 남성의 페니스를 받아들이기 위해 굳이 엉덩이를 치켜들지 않아도 되게끔 진화한 인간 여성에게는 익숙하지 않은 방식이다. 탱글탱글한 엉덩이를 들어 올리며 남자의 시선을 사로잡으려는 행동도 포르노그래피에서나 보던 것이다.

그렇다보니 사랑하는 연인 사이라 하더라도 충분히 친밀해진 상태가 아니라면 이 자세를 시도했을 때 특히 우리나라 여성의 경우 수치감을 느끼는 경우가 많다. 나 역시 어느 정도 친밀해진 뒤 애인 씨의 요구로 처음 시도하게 된 것이지 내가 먼저 하고 싶다고 생각하던 체위는 아니었다.

성적 경험이 미숙하거나 수줍음을 많이 타는 여성은 자신의 성적 호기심이나 욕구를 앞세워 후배위를 시도하려는 남성에게 거부감을 가질 수밖에 없다. 원치 않는다면 'No'라는 의사 표현을 정확하게 하는 것이 좋다. 사랑하는 상대에게 맞춰주고 싶고 그의 즐거움을 위해 내가 조금 희생한다는 생각을 할 순 있다. 하지만 섹스에서는 나의 쾌락을 위해 이기적으로 임하는 게 오히려 관계에 좋은 효과를 준다고 생각한다. 남자들이 항상 말하지 않는가. '여자의 만족을 위해 섹스를 하는 것이다. 여자가 기뻐할 때 허무하지 않은 섹스를 했다고 생각한다.' 그렇다면 다른 체위로 변화를 시도할 때 내 몸의 쾌감을 얼마나 증폭시킬 수 있는지부터 생각했으면 좋겠다. 첫 섹스에서 서로 몸이 맞춰지기까지 시간이 필요하다.

물론 체위에 대한 선호는 개인 취향이나 그날 컨디션에 따라 다르게 나타날 수 있다. 후배위는 자궁경부에 직접적인 자극을 주기 때문에 세게 들이대기만 한다면 오히려 질에 상처만 남게 된다. 섹스를 하고 난 뒤에 염증이 생겨 산부인과를 찾아가는 일은 민망하다. 의사 선생님에게 훈계만 잔뜩 듣고 비싼 진료비를 내야 하는 걸 테크닉이 부족한 남자들은 잘 모른다. 후배위를 할 때는 정상위처럼 피스톤 운동을 빠르고 강하게 하면 불쾌한 통증만 일으킨다.

후배위를 할 정도라면 두 사람의 사이가 깊어졌다는 의미인데, 여자도 내숭 떨지 말고 자신이 느끼고 있는 것을 그에게 표현해줘야 한다. 허리나 어깨를 잡고 천천히 그러나 깊숙하게 삽입해달라고 요청해보라. 한쪽 팔을 뒤로 당기거나 조금은 과격하지만 머리채를 잡아당겨 목을 약간 꺾은 상태에서 후배위를 하는 것도 색다른 자극을 얻을 수 있다. 엉덩이를 찰싹 때린다거나 가슴을 움켜잡거나 혹은 등뼈를 만져달라고 할 수도 있다. 정상위가 서로의 눈을 마주 보고, 손도 맞잡으며 로맨틱한 무드를 연출할 수 있는 자세라면 후배위는 퇴폐적이고 파괴적이다. 섹스를 통해 인간이 가진 타나토스적 욕망을 실현시키는데 어울리는 자세이다.

후배위에서 여자는 자신에게 맞는 자세를 찾기 위해 몸을 적극적으로 움직여보는 것이 좋다. 두 팔을 곧게 뻗고 전형적인 후배위 자세를 계속 유지할 필요는 없다. 엉덩이의 높이, 몸을 지탱하는 팔과 다리의 각도, 다리를 벌린 정도에 따라서도 자극이 달라지므로 자신이 원하는 느낌을 찾아서 자세에 변화를 주도록 한다.

후배위는 허리를 가늘어 보이게 하고 엉덩이를 돋보이게 만들어주는 자세이다. 쾌락을 증폭시키며, 둘 사이에 은밀한 분위기를 만들어내기에 충분하다. 후배위가 가진 장점은 충분하다. 지금 당장은 힘들다 하더라도 언젠가는 뒤에서 찾아오는 즐거움을 누릴 수 있길 바란다. •

취향의 확장

"곱창은 내가 먹을 수 없는 음식이다." 나는 그렇게 단정 짓고 있었다. 회라는 음식이 그러했고, 가지라는 채소가 그러했다. 일반적으로 편식한다는 아이들이 싫어하는 콩이나 파, 당근, 오이 그 외에 쓴맛이 나는 나물 같은 건 잘 먹는 아이였기에 나는 음식 앞에서 까다로운 사람은 아니라고 믿고 있었다.

사람을 만날 때도 마찬가지였다. "나는 키가 크고 힐 신는 걸 좋아하니까 내가 만나는 남자의 키는 180센티미터는 넘어야 해." "나는 글을 쓰는 사람이니까 나와 대화가 통하려면 문화·예술 분야에 종사해야 해." 전혀 까다로운 기준이 아니었다. 내 입장에서는 충분히 논리적이었고 주변에서도 납득했다.

그러나 그런 조건들은 점점 더 편협해져갔다. "가슴에 털 있는 남자는 안 돼. 그의 가슴팍에 입 맞추는데 털이 입 안으로 들어오는 느낌은 정말 상상만 해도 싫어." "흡연자랑은 절대 키스하지 않을 거야. 재떨이를 핥는 느낌을 받고 싶지 않아." 아직 닥치지 않은 일에 대한 상상력을 과도하게 발휘하며 사람을 미리부터 잘라냈다.

그래도 나는 후회하지 않았다. 조건이 맞는 남자들은 주변에 차고 넘쳤다. 나는 그 리스트가 줄어들 거라는 생각은 전혀 하지 않았다. 그러나 그들과의 만남을 이어가다보면 키가 크고 어깨가 넓다고 해도 옷 입는 스타일이 마음에 들지 않아 결국 데이트하기 싫어졌다든지, 흡연자는 아니었지만 친구들이랑 모여 술 마시는 걸 너무 좋아해서 내게 소홀한 느낌을 주는 게 싫다든지 온갖 이유를 붙여 남자들을 정리하곤 했다.

그러다보니 어느새 데이트 상대가 확 줄어들었다는 걸 알게 되었다. 위기감에 봉착했다. 주변을 살펴본다. 173센티미터의 키를 가졌지만 재즈와 초현실주의 미술에 관심이 많아 만날 때마다 즐거운 대화를 나눌 수 있었던 오라버니는 최근 내게 청첩장을 보냈다. 내가 우울할 때면 언제나 달려 나와 토닥거려주던 맘 잘 통하던 175센티미터의 친구는 유학을 가더니 현지에서 금발 미녀와 연애 중이라는 소식을 전해주었다. 그들과 잘 통하고 매력을 가진 좋은 남자라고 생각하면서도 "연애는

180센티미터가 넘는 남자!"라는 편협한 나의 기준 때문에 주변에 괜찮은 사람들을 놓치고 있었다. 자기 배반이 필요했다.

"키 크지 않은데 괜찮겠어? 너 힐 신어야 하잖아." 소개팅을 주선하며 친구가 물었다. "힐? 그게 뭐냐? 굽 같은 거 보도블록 틈새에 끼기만 하지. 난 플랫한 여자야." "근데 그 사람 담배 핀다던데?" 나는 대답한다. "담배? 나도 간헐적 흡연자잖아. 뭐가 문제야." 뭔가 절박해보일지도 모르지만 증거를 찾고 싶었다. 내 조건을 깨고 만난 남자도 근사할 수 있다는 증명이 필요했다.

소개받은 남자는 성장기 때 영양이 얼굴로 모인 타입이었다. 정말 잘생긴 얼굴이었다. 키는, 딱 나만 했다. '얼굴이라도 잘생겼으니 이건 축복이야. 축복.' 나는 스스로를 세뇌시킨다. 그가 팔을 걷어 올렸다. 하얗고 가는 팔이 눈웃음을 치는 귀여운 얼굴과 잘 어울렸다. 그러나 그가 가슴을 숙인 순간 피케셔츠 사이로 보이는 무성한 가슴 털이 날 긴장하게 만들었다.

"곱창 어떠세요?" 그 남자가 물었다. 여태껏 세 번 시도했지만 세 번 다 먹는 데 실패했던 곱창이었다. 하지만 차마 못 먹겠다고 말하지 못했다. 눈을 딱 감고 잘 구워진 곱창을 입에 넣었다. 곱을 씹을 때 탁 터지는 육즙의 맛이 느껴졌다. 꼭꼭 씹어 보았지만 어금니에서 고기가 찢어지는 느낌이 아니라 물컹

거려 기분이 좋진 않았다. 그럼에도 꾹 참고 몇 번 더 열심히 씹다 꿀꺽하고 삼켜버렸다. 나는 드디어 곱창을 먹을 수 있는 여자가 되었다. 그리고 그와 연애가 시작되었다.

그와 첫 섹스를 한 다음 날 아침 괜히 웃음이 나왔다. 그는 왜 그렇게 웃는 거냐고 물었다. 대답할 순 없었다. 그러나 웃음이 멈추지 않았다. 그는 나와 아침을 먹고 싶어 했지만 나는 집으로 돌아와 지금 느끼고 있는 기분을 글로 남겨놓고 싶었다. 그에게는 미안하지만 대충 머리를 묶고 가방을 챙겨 그의 집에서 나왔다.

집에 돌아오자마자 책장을 뒤졌다. 전경린의 《열정의 습관》을 꺼내들었다. 예전에는 별 생각 없이 읽어 내려간 책의 서문이 지금 내 마음과 싱크로율 100퍼센트를 이루고 있었다. "나에게 잊히지 않는 섹스는, 처음으로 내 취향의 진실을 알게 된 섹스였어요. 나보다 체구가 작은 남자였는데… 그전까지 난 나보다 큰 남자하고만 섹스하는 것으로 알고 있었거든요…."

그랬다. 남자에게서 수컷의 매력을 느끼려면 언제나 나보다 크다는 느낌, 함께 걸어갈 때 누가 보아도 여자가 보호받고 있다는 느낌을 주는 게 중요했다. 초등학교 입학해서 졸업할 때까지 반에서 나보다 큰 남자아이가 하나둘 있을까 싶은 상황이었다. 그런 환경 속에서 자라난 탓에 반별 장기 자랑에서 포크

댄스라도 추게 되면 키가 맞는 남자아이가 없어 오히려 남자 역할을 해야 했다.

그게 어렸던 나에게 트라우마가 되어 '나같이 키 큰 여자아이는 여자로 보이지 않을 거야'라는 생각을 갖게 되었다. 해가 지나면서 그런 두려움은 더욱더 발전해서 '작은 남자랑 서면 내가 남자처럼 보일 거야'와 같은 결론에 이르고 말았다. 그런 탓에 지금까지 나보다 적어도 12센티미터 이상은 큰, 어깨가 넓고 체격이 좋은 남자들만 만났다.

남자에게서 호감을 느끼는 첫 번째 조건으로 키가 우선이 되니 어리석은 결정을 내릴 때도 많았다. 그때마다 주변에서는 키 큰 남자의 폐해를 설명해주기도 했다. "키 큰 남자들이란 예쁜 여자랑 비슷한 점이 있어. 노력하지 않아도 가지게 되는 것들로 인해 부지런하지 않다는 단점이 있지. 성공한 남자들을 봐. 키가 큰 남자가 몇이나 되니?" 그러나 나는 설득되지 않았다. 나랑 비슷한 혹은 나보다 왜소한 남자와의 섹스는 상상이 되지 않았다. 아니 그런 건 전혀 섹시하게 느껴지지 않았다. 그에게 안겼을 때 나의 존재가 그의 품 안에서 사라져버릴 정도로 내가 작게 느껴져야 안심할 수 있었다. 그런 게 나에게 섹스라는 행위였다.

"나보다 작은 남자와 섹스를 하면서 처음으로 남자의 몸이 예쁘고 사랑스럽다는 걸 느꼈어요. 내 속의 욕망이 정말로 소란거리기 시작했어요. 구석구석 살펴보고 키스하고 만지고 깨물고 핥고 장난치고 느낄 수 있었어요. 남자의 몸이 나를 전혀 억누르지 않았죠. 그 섹스 이후에 알게 되었어요. 전엔 내가 늘 75퍼센트쯤 강간당하는 섹스를 했었다는 걸요."

그 책에는 드디어 공감하게 된 구절이 이어졌다. 내 몸을 짓누르는 무게를 좋아한다고 생각했었다. 나보다 20센티미터나 더 큰 남자라면 나보다 15킬로그램 이상은 나갔다. 나는 그 무게를 감당하며 섹스를 하고 있었다. 가쁜 숨을 몰아쉬며 산소가 부족한 기분이 나를 흥분시키는 느낌이라고 믿고 있었다.

그러나 그날 밤. 가슴을 누르는 고통 없이도 나는 흥분하고 있었다. 섹스 중에 한없이 가볍고 시원한 산소가 몸 안을 순환했던 상쾌한 기억 때문에 실없이 웃게 되버린 걸 실토할 순 없었다. 지금까지와는 전혀 다른 섹스를 했기에 기분이 좋아져버렸다고 말할 순 없었다. 세상에 이런 섹스가 있었다는 걸 알게 되어 행복하다고 말할 수 없었다.

연애나 섹스의 대상을 까다롭게 찾는 것은 상처 받고 싶지 않은 자신을 보호하기 위해서라고 생각한다. 조건을 정하고 그것에 맞는 상대를 찾아낼 수 있다면야 금상첨화겠지만 그 조건 때문에 좋은 기회를 놓쳐서는 안 될 것이다. 절대 안 된다고 생각했던 상황에서 그 '절대'라는 단어를 꺾는 순간 좋은 섹스를, 경험하지 못했던 세상을 알게 될 수도 있다. 그러므로 어떤 순간에는 유연하고 편협하지 않은 태도를 가질 필요가 있다. •

겁부터 먹지 마!

나는 남자의 넓은 어깨와 견갑골, 커다란 손을 좋아한다. 남성의 몸이 주는 즐거움을 사랑하지 않을 수 없다. 그럼에도 페니스에 대해서는 거부감을 가지고 있었다. 그 존재는 알고 있었지만 생김새를 제대로 본 적도 없었고 남자의 벗은 몸에 달랑거리며 달려 있는 모습을 떠올리면 무척이나 거추장스럽게 느껴졌다.

그렇다보니 오럴섹스는 당연한 일이 될 수 없었다. 물론 섹스 경험이 없는 상태에서 머릿속으로 시뮬레이션을 해보는 것이었기에 현실적이지 못한 고민이었다. 친구들은 애인 씨의 페니스에 애칭을 붙이고, 립스틱으로 장난스럽게 그림을 그렸다. 자신을 만족시켜주는 작고 귀여운 페니스가 그녀들의 입 안에서 단단해지고 커지는 변화에서 즐거움을 느끼는 동안, 나는 공포만 키워가고 있었다.

"꼭 오럴섹스를 해야 하는 건 아니야. 네가 하기 싫다면 그가 억지로 강요할 순 없어. 그가 너의 머리를 아래로 누르며 오럴섹스를 받고 싶다는 제스처를 취한다면, 지금은 하고 싶지 않다고 말하면 돼. 그것 때문에 기분 상해서 분위기를 망치는 남자라면 그 남자가 문제인 거지, 네 잘못이 아니야. 그런 남자랑은 섹스를 하지 않는 게 차라리 나아."

포르노그래피에선 삽입 전에 오럴섹스 장면이 항상 빠지지 않는다. 남자들의 욕망이 반영된 것이기에 굉장히 거친 방식으로 이뤄진다. 그래서 더욱더 겁을 먹은 건지도 모른다. 하지만 동시에 남자들이 너무나도 원한다는 것을 알기에 섹스를 하면서 부채감 같은 걸 느끼고 싶지 않았다. 아니 내가 사랑하고 좋아하는 그를 만족시키기 위해서라면 이왕이면 오럴섹스를 잘하고 싶다는 것이 솔직한 마음이었지만 거부감은 어쩔 수 없었다.

"많은 남자와 자본 결과, 오럴섹스가 가능하려면 그 남자의 체취가 거북하지 않아야 해. 생긴 것도 괜찮고 몸도 좋은데 막상 품에 안겼을 때 맡은 냄새가 유쾌하지 않은 경우가 있어. 샤워를 하고 나와서 플로랄 향이 풍기는데도 그가 가진 본연의 체취가 나랑 맞지 않는 거지. 그럴 땐 나도 불가능해. 그러니까 미리 걱정할 필요 없어. 어떤 남자는 샤워하지 않고 섹스를 하는데도 그의 몸에서 나는 향이 나를 고조시킬 때가 있어. 그런 남자를 만나면 너도 오럴섹스에 도전할 수 있을 거야."

하늘을 쳐다보며 언제 무너질까 걱정하는 한심한 나를 친구들은 언제나 북돋아주었다. 실전에 임하기 전부터 '제대로 쳐다보기도 힘들 것 같은 페니스를 어떻게 입에 넣을 수 있지?'라는 걱정만 하고 있는 나에게 말이다.

나는 편도가 예민해서 목구멍을 조금만 자극해도 구역질이 나곤 했다. 페니스의 예상 길이와 내 입 안의 길이를 대충 비교해도 입 안에 페니스를 밀어 넣는 일은 불가능한 것처럼 여겨졌다. 숨을 쉬는 게 편치 않을 게 분명했고, 침이 흘러나오는 건 어떻게 처리해야 할지도 난감했다.

"오럴섹스를 할 때 입으로만 한다고 생각하면 힘들어. 손도 거들어야 해. 한 손으로 자극을 주는 거지. 손으로 감싸 잡은 만큼 입 안에서의 길이감도 줄일 수 있어. 입으로 계속 빨아들이는 건 한계가 있어. 네 말대로 숨도 쉬어야 하니까. 흘러나온 침은 윤활액처럼 그의 페니스를 마사지하는 데 쓰면 돼. 네 입은 쉬더라도 손은 계속 움직여주는 게 좋아. 그는 끊임없이 자극을 주는 걸 좋아할 테니까."

친구들은 오럴섹스의 노하우를 공유해주었다. 혀로 귀두 부분을 부드럽게 핥아주는 것만으로도 남자들은 강렬한 자극을 느낀다는 것. 이에 닿아 상처가 나지 않게 조심할 필요가 있다는 것. 그래도 뭔가 불편한 느낌을 받는다면 청량감을 느낄 수 있게 탄산음료를 마시고 시도해보라는 조언까지 더해주었다. 타고난 신체적 장점을 이용해 가슴으로 그의 페니스를 감싸면서 오럴섹스를 시도한다면 그들의 판타지를 만족시켜줄 수 있을 거라는 말까지….

대부분의 여자들은 나처럼 하기 전부터 지레 두려워하기 마련이고, 특히 오럴섹스에 대해서는 달가워하지 않는 경우가 많다. 처음부터 거부감 없이 받아들일 수 있다면 문제가 없겠지만, 하기 전부터 '절대 싫다'라는 부정적인 생각보다는 유연한 마음을 가진다면 언젠가는 시도해볼 수도 있는 행위이다. 물론 하고 싶은 마음이 전혀 들지 않는데, 상대가 강요한다고 해서 들어줄 필요는 전혀 없다. 섹스는 한 사람만의 즐거움을 위한 것이 아니기 때문이다. 익숙해지는 데 시간이 필요하다.

지금은 페니스라는 녀석을 꽤나 귀여워하고 있다. 돌이켜보면 내가 왜 그토록 긴장하며 겁을 먹었던 것인지 이해되지 않을 정도로 말이다. •

연인에게 필요한 시간

대학 새내기 시절, 나는 학교생활에 잘 적응하지 못했다. 성인이 되면서 얻게 된 자유와 대학의 자율적인 학습 방법에 어쩔 줄 모르고 있었다. 봄 학기 성적표를 받고 좌절감은 더 심해졌다. 학교를 그만두고 싶었지만 대책이 없었다. 결국 우유부단하게 가을 학기까지 등록하고 말았다.

그런데 그 학기에 선택한 교양 강좌 하나 덕분에 학교 다니는 즐거움을 발견하게 되었다. 소녀 시절에도 교생 선생님 한 번 좋아한 적 없는 나였는데, 그 강좌를 들으며 짝사랑에 빠져 버렸다. 교수님이 강의하시면서 언급하신 책이나 영화는 빠뜨리지 않고 읽고 보고 느끼는 데 온 에너지를 쏟았다. 당시 나는 문화 예술 분야에 취향이랄 것이 없었고 배경 지식도 고등학교 문학 교과서에 나오는 수준일 뿐이었다. 그렇기에 그런 식의 따라가기, 흉내 내기만 해도 나는 스스로 놀랄 만큼 성장할 수 있었다. 강의를 들을 때마다 교수님의 해박한 지식에 감탄하고 근사한 작품들을 접할 수 있어 행복했다.

다음 학기에도 교수님의 수업을 수강하거나 청강했다. 용기를 내서 과제 제출용으로 알려주신 메일로 새해 인사 메일도 보냈다. 며칠 뒤 짧지만 따뜻한 회신을 받았다. 그 메일을 몇 번이나 반복해서 읽으며 설레었던 기억이 난다. 그걸 계기로 아주 가끔씩 그렇게 메일을 주고받았다. 메일을 통해서도 나는 스펀지처럼 많은 것을 흡수할 수 있었다.

지금도 교수님을 좋아하는 마음은 그 시절과 별반 다르지 않다. 하지만 파릇파릇한 청춘 시절을 보내고 있는데 어떤 현실적 성과, 이를테면 에로틱한 사랑으로 이어지는 관계를 맺기 마련이고, 교수님에 대한 마음은 사랑이라기보단 동경에 더 가까운 감정이라는 걸 스스로도 잘 알고 있었다.

연애 감정에 도취되어 두근거리는 하루하루를 보내던 무렵, 교수님께 받은 답장의 마지막에는 요즘 누굴 좋아하는 것 같아 보인다, 이런 말을 해도 될지 모르겠지만 사람에게는 큰 기대를 하지 않는 게 좋다는 어른스러운 조언과 그냥 좋아하고 아껴주고 대화하고, 습한 듯하면 말려주고 그렇게 하면 될 거라는 말이 적혀 있었다. 그 메일을 읽으며 나의 미묘한 감정 변화를 알아봐주는 교수님의 세심함에 감동했다. 동시에 '그냥 좋아하고 아껴주고 대화하고, 습한 듯하면 말려주기'라는 말이 너무나 마음에 들어서 사랑의 행동 원칙으로 삼기로 했다. 하지만 그때 나는 사람에 대한 기대가 컸고, 상대의 습함을 어떤 식으로 말려줘야 할지 몰랐다. 몇 번의 관계를 거치고 나서야 저 단순한 행동 강령이 얼마나 어려운 것인지 깨닫게 되었다.

그런데 저 문구는 사랑이라는 감정뿐만 아니라 섹스의 행동 원칙에도 아주 적합한 말이었다. 연애가 시작되고 관계가 깊어지다 보면 연인들은 옷을 입고 있는 시간보다 옷을 벗고 함께하는 시간이 더 길어질 때가 있다. 무엇보다 서로의 몸에 집중하는 시기를 겪는다. 두 사람이 처음 섹스를 경험하게 되는 경우라면 더욱이 빠져들고 만다. 연인이 함께할 수 있는 다른 수많은 일들보다 섹스가 우선이 되는 시기, 데이트를 하러 나가서도 얼른 둘만 있을 수 있는 공간으로 돌아가고 싶어진다. 밥을 먹는 것도, 잠을 자는 것도 섹스를 위한 준비일 뿐이다.

연인에게 그런 시간도 반드시 필요하다고 생각한다. 두 사람이 무엇인가에 함께 몰입하는 것. 그것이 육체적 쾌락, 일차원적 욕망이라고 해도 나는 그 시간을 지지한다. 그런 시간도 과정이기 때문이다. 하지만 눈만 마주치면 서로에게 달려드는 단순한 열정, 자신과 상대의 마음이 표현되는 섹스를 나누며 격정적 사랑에 빠진 것 같이 들뜨는 건 경계해야 한다. 착각은 하지 않는 게 좋다. 사랑이나 관계는 열정만으로 이뤄진 것이 아니다. 뜨겁게 타오르는 열기는 곧 사그라지기 마련이고 지속적인 온기로 관계를 유지하기 위해서는 몸으로 이어진 것을 뛰어넘을 수 있는 교감이 필요해진다.

섹스는 몸의 대화라고 한다. 말로 하지 않아도 전해지는 감정들을 느끼며 충만감을 느낄 수 있다. 하지만 두 사람이 오직 섹스에만 치중하다보면 그 관계는 자폐적인 상태가 되어버리고 만다. 통풍이 잘되지 않은 습한 관계가 되고 만다. 이를 방지하려면 서로의 습기를 적절히 말려주고, 좋아하고, 아껴주고, 그리고 진짜 '대화'를 하는 것도 잊지 말아야 한다. •

2부

둘의 이기심

처음엔 그럴 수 있는 거야

휴일 새벽부터 전화가 미친 듯이 울렸다. 알람도 맞추지 않고 해가 중천에 뜰 때까지 자는 게 목표였던 그런 날, 여섯 시도 되지 않은 새벽에 비상사태를 선포한 정의 전화였다.

"나, 여자로서 별로야?"

앞뒤 상황 다 끊어먹고 던진 질문이 이 모양이다. 하지만 지금 정에게 필요한 것은 신경질적인 구박보단 토닥거림이라는 것을 직감했다.

"별로라니, 네가 얼마나 매력적인지 A4 가득 적어놓은 매력 리스트를 지금 당장이라도 꺼내서 읊어줄까?"

"그런데 왜 안 서? 아니, 왜 안 단단해져?"

사연인즉슨 만난 지 6개월 된 그와 드디어 자게 되었는데 결정적 순간, 단단함을 유지해야 할 그의 페니스가 흐물흐물해져버렸단다. 그는 당황하며 왜 그러는지 모르겠다고 민망해하고, 정은 괜찮다며 그의 기운을 북돋아주며 아무렇지 않은 척했다. 정은 그에게 꼿꼿함을 되찾아주기 위해 손과 입으로 가리지 않고 자극을 주었다. 그러나 삽입만 할라치면 흐느적거리고 마는 페니스를 반복해서 보게 될 뿐, 제대로 된 섹스를 하지도 못한 채 새벽을 맞았다. 정은 그와 아침이라도 먹고 헤어질 줄 알았는데 그는 정을 집에 데려다주고는 그냥 가버렸다고 했다.

"아마 긴장해서 그런 걸 거야. 별거 아냐." 100퍼센트 확신을 가지고 한 말은 아니었지만 당장 정을 위로해야 했다.

"대수롭지 않게 말하지 마. 당해보지 않으면 몰라. 내가 여자로 별로야? 나랑 하고 싶지 않은 거야? 어떻게 넣으려고만 하면 바람 빠진 풍선처럼 쪼그라들어? 나 지금 나의 여성성에 상처 입었어."

정의 반응이 유별스러운 것도 아니다. 충분히 그렇게 느낄 만하다. 기대하고 고대했던 두 사람만의 첫 관계에서 이런 경험을 하고 '그럴 만하지'라며 대수롭지 않게 넘기기란 쉽지 않은 일이다.

하지만 흥분한 마음을 차분히 가라앉히고 살펴보면 그럴 만한 일이기도 하다. 그 남자는 정을 만나기 전에 세 번 정도 연애를 했는데 그 연애는 모두 6개월도 채우지 못하고 끝났다고 한다. 그리고 5년 동안 연애를 하지 않은 채 살고 있었다. 연애 경험과 사귄 기간이 그리 많지 않은 걸 감안하면 섹스를 충분히 해보진 않았을 거라는 결론을 내릴 수 있다. 물론 이 모든 것은 가정법이지만 크게 벗어나지 않을 것이다. 그 남자가 돈을 지불하고 섹스를 경험했을 수도 있겠지만 어제 일어난 사태로 보건대 대한민국의 평균 남자들이 그러하듯 욕구는 스스로 해결해왔을 것으로 보인다.

"아주 오랜만에 진짜 여자랑 섹스한다는 사실에 엄청 긴장했을 거야. 게다가 남자니까 리드를 해야 하고 잘해야 한다, 너를 만족시켜야 한다는 압박감도 느꼈을 거야. 아마 너보다 섹스를 하기 전에 걱정을 더 많이 했을지도 몰라. 남자들은 무덤덤해 보여도 참 예민하고 나약하잖아. 지금 너보다 더 괴로워하고 자괴감에 빠져 있는 건 그 남자일걸?"

자위로 자신의 욕구를 해소하는 게 익숙해져 있는 남자들은 실제 섹스를 하는 상황에서 자기도 이해할 수 없는 이런 일을 경험하곤 한다. 아무래도 페니스에 자극을 주는 힘의 세기가 다르다보니 삽입하기 전 혹은 삽입하고 난 뒤 단단함을 제대로 유지하지 못하는 경우가 생기곤 한다. 남자의 손이 가진 힘과 실제 여자의 질이 조여 주는 힘의 차이가 다르기 때문이다. 게다가 상대보다 호감을 더 많이 느끼고 있는 쪽이 남성이라면 평소보다 긴장을 더 하기 마련이고, 섹스를 하면서도 계속 부담감을 느낄 수밖에 없다.

익숙하지 않아 그런 문제가 생기는 것이지 두세 번 섹스를 하다보면 자연스럽게 해결될 것이다. 좋은 섹스를 하기 위해서는 인내심도 필요하다. 둘 다 첫 섹스가 아니더라도 낯선 몸끼리 맞춰지는 데 시간이 필요하다. 선천적으로 문제가 있어서 그런 것인지 일시적인 긴장감 때문에 그런 것인지 판단하기 위해서는 세 번 정도는 자봐야 알 수가 있다.

물론 처음부터 서로 별다른 노력 없이 잘 맞는 사람들도 분명 존재한다. 하지만 처음 한 번의 섹스만 가지고 섣부르게 판단하고 실망하는 것은 어리석은 일이다. 여성으로서 자신의 매력을 의심하게 되는 상황이 달갑진 않겠지만 남자에게도 시간은 필요하다. •

그 남자, 별로야

"지금 만나고 있는 남자, 정이 많이 들었어요. 지금까지 만난 남자들과는 다르게 성격도 잘 맞고 나한테 잘해주기도 하고 같이 있으면 편해요. 이런 남자라면 결혼해도 좋을 것 같아요. 하지만 그게 다가 아니라는 걸 잘 아시잖아요. 우리 둘 사이에는 결정적인 문제가 있어요. 제가 원하는 건 절정이죠. 땀에 흠뻑 젖어서 탄성이 절로 터져 나오고, 눈앞이 새하얗게 되어버리는 그런 순간 말이죠. 그는 그런 걸 주지 못해요. 이 문제가 해결되지 않는다면 결혼을 해도 전 다른 남자와의 섹스를 늘 꿈꿀 것 같아요. 어떡하죠?"

성관계의 만족도도 연인 관계 유지에 중요한 요소로 작용한다. 마음도 잘 맞고 성격도 잘 맞지만 소위 속궁합이 별로인 남자와 만나게 되면 '이 관계를 계속 유지해야 할까?' 하는 의문이 생기는 것은 어쩔 수 없다.

여자들은 섹스를 통해 욕구를 해소하는 것 이외에 조금 더 풍부하고 충만한 감정을 느끼길 원한다. 이를테면 '충분히 사랑받고 있다'는 느낌이다. 상대의 테크닉이 약간 부족하더라도 그런 감정이 잘 공유되고 전달된다면 만족감을 느낄 수 있다. 그런 점에서 사랑에 빠진 여성의 섹스는 관대하다. 하지만 사랑이라는 감정은 호르몬에 의해 좌우되는 것이고, 처음 느꼈던 열정이 꾸준히 유지되기란 쉽지 않은 일이다. 시간이 흐를수록 사랑으로 이해하고 받아들이던 것이 하나둘 불만 사항으로 떠오르게 된다. 그런 시점에 섹스에 대한 불만도 함께 부각되기 마련이다.

연인과 속궁합이 맞지 않아서 헤어질까 고민하는 여성들에게 내가 항상 하는 말이 있다.

"100번 하고 나서 다시 이야기하죠. 한 번 할 때마다 두 번씩, 일주일에 두 번 이상. 그렇게 100번 하고 난 뒤에도 별로라면 그때 다시 이야기하는 걸로 합시다."

고민을 털어놓는 대부분의 여자들이 서로의 몸을 맞춰나갈 만큼 충분히 시도해보지도 않은 채 "그 남자, 섹스는 별로인 것 같아요"라고 성급하게 결론을 내리고 있었다. 덧붙여 섹스를 하는 도중에 자신이 원하는 것을 말해본 적도 없고, 적극적으로 몸을 움직여 섹스를 리드한 경우도 없었다. '남자의 자존심을 상하게 할까 봐'라고 핑계를 대지만 민망하거나 쑥스럽다는 이유로 하지 못한 것뿐이었다.

속궁합이라는 단어는 참 뭉뚱그려져 있다. 서로 잘 맞지 않는 걸 깨닫고 진지하게 고민했다면 구체적으로 무엇이, 어떻게 불만스러운지 말할 수 있어야 한다. 하지만 그녀들이 말하는 불만 사항들은 막연하다. 그와 하는 섹스가 별로라고 말하는 여성도 자신의 몸은 잘 모르고 있는 경우가 많다. 단지 절정을 느끼지 못 했다고 그 섹스가 별로라고 판단하는 것은 성급하다.

서로의 몸을 탐구하고 다양한 시도를 해볼 때 느낄 수 있는 즐거움을 무시해선 안 된다. 피스톤 운동만 열심히 해대는 것보단 삽입한 상태로 가슴을 애무해주며 내 머리카락을 쓰다듬어줄 때 묘한 쾌감이 차오른다거나, 귀를 혀로 애무해줄 때 귓불을 깨물거나 핥는 것은 좋지만 귓속으로 혀를 밀어 넣는 것은 불쾌하다는 걸 여자들은 남자에게 말해주지 않는다. 힌트도 주지 않으면서 알아서 찾아내 나를 만족시키라고 말하는 것은 스핑크스의 가혹한 수수께끼 같을 뿐이다.

삐걱거리던 서로를 맞춰가는 과정에서 느낄 수밖에 없는 미숙함을 견디지 못하고 포기하려 든다면 장담컨대 누구를 만나도 황홀한 섹스는 할 수 없을 것이다. 아무리 노련하고 여자를 잘 다루는 남자라 하더라도 섹스는 너무나도 사적인 영역의 일이기에 개인마다 쾌락의 지점이 다를 수밖에 없다. 보편적인 만족감은 안겨줄 수 있더라도 원하는 것을 세부적으로 말해주지 않으면 알 도리가 없다.

남자들도 미칠 지경일 것이다. 수많은 남자들이 내게 "어떻게 해줘야 여자들이 좋아하냐?"라고 묻는 데는 다 이유가 있다. 여자의 몸은 미지의 세계를 탐험하는 것처럼 막막하고 불안하다. 단지 사정만 하면 된다고 생각하는 멍청한 남자가 아니라면 섹스는 자신의 능력을 시험하는 행위라고 생각해서 두려움을 느끼기도 한다.

많은 여자들은 오르가슴을 남자가 선사해주는 것이라고 오해하는 경향이 있다. 남자가 알아서 잘해주면 절정에 오를 수 있다는 생각은 잘못된 것이다. 섹스의 즐거움은 남자가 여자에게 주는 것이 아니다. 섹스란 수동적으로 받아들이는 행위가 아니다. 나의 즐거움을 위해 적극적으로 움직여야 하는 것이다. "섹스를 할 때 여자친구가 나무토막처럼 느껴진다. 누운 채 가만히 있다. 뭘 해도 싫다 좋다 반응도 없고 원하는 것도 말하지 않는다. 어떻게 해야 할지 전혀 모르겠다"라고 남자들은 말한다.

밝히는 여자로 보일까 봐 요구 사항은 말하지 못하면서 뒤로는 불만만 가득 품는 것은 비겁하다. 남자들은 오히려 사랑하는 그녀가 무엇을 원하는지 어떻게 해주길 바라는지 알고 싶어 한다. 그런 걸 말했을 때 "네가 이런 여자인지 몰랐어"라고 반응하는 남자라면 그때야말로 이별을 선택하는 것이 현명하다. 익숙하지 않은 몸과 몸이 만나 처음부터 잘할 순 없다.

"정말 그 말이 맞더라고요. 100번 즈음 하니까 우리는 말하지 않아도 서로 원하는 것을 찾아 움직일 수 있게 되었어요."

적어도 좋은 섹스를 하고 싶고 열심히 노력하는 당신이라면 100번의 관계 후 이렇게 말하게 될 것이다. •

아무쪼록 손목 보호

"그럼 손으로라도 해줘." 오럴섹스를 거부한 적 있는 여자라면 분명 들어봤을 말. 남자들은 한 발 양보한 것에 대해 보상을 받으려고 든다. 치사하긴 하지만 남자들에게 있어 페니스는 최강의 쾌감을 얻는 부위일 테니, 그들도 포기할 수 없는 것이라 생각하기로 했다.

야근을 밥 먹듯이 하는 디자이너 J와 오랜만에 만나 커피 한 잔 마시며 수다를 떨고 있었다. 그런데 머그잔을 들어 올리려던 J가 인상을 찌푸리더니 손목을 주무르기 시작했다.

"손목 아파? 휴일도 없이 일하더니 결국 탈 났구나?"

나는 J의 짙은 다크서클과 초췌한 얼굴을 보고 지레짐작했다. 하지만 J는 목소리를 낮춰 내게 말했다.

"이 통증은, 오럴섹스를 하지 않는 대가야."

양치질을 하며 혀를 닦다가도 구역질을 하는 J였다. 그녀는 무리해서 오럴섹스를 시도하다가 그 자리에서 토해버린 적도 있었다. 그랬기에 오럴섹스를 원하는 남자친구의 요구를 온몸으로 거부해왔다. 어이없게도 때로는 그것이 결별의 중대한 사유가 되기도 했다.

다행히 몇 개월 전 이해심 많은 애인을 만나 섹스의 단계에서 오럴을 제외시킬 수 있었다. 오럴섹스의 압박에서 벗어난 J는 자신을 배려해준 애인을 위해 그것을 대신할 유희를 그에게 선사하겠노라 다짐했다. 입으론 할 순 없지만 J에게는 섬세한 손이 있었다.

J는 섹스 실전 테크닉을 알려주는 책을 인터넷에서 구매했다. 페니스를 애무하는 각종 방법이 적혀 있는 챕터를 찾아 차근차근 읽기 시작했다. 그림을 보며 손 모양을 따라 해보기도 했다. 페니스 전체를 깍지를 낀 양손으로 감싸 쥐고 애무를 하는 법부터 손가락을 링으로 만들거나 브이자로 만들어서 페니스에 자극을 주는 법 등 손과 손가락을 이용해서 할 수 있는 방법을 하나하나 연마하기 시작했다. 애인과 섹스를 할 때마다 그 방법들을 다양하게 시도하면서 반응이 좋은 몇 가지를 추려냈다. 그렇게 페니스를 애무하느라 손목에 힘을 주다보니 탈이 나고 만 것이다.

그리하여 J는 테니스 엘보가 아닌 페니스 엘보에 걸렸다. 이런 일은 J만의 문제는 아니었다. 페니스를 애무하는 동작 때문에 손목이 아프다고 말하는 주변인들은 항상 존재했다. 같은 동작을 30초만 반복해도 팔이 빠질 것 같은데, 애인이 흡족할 만큼 애무를 하는 것은 쉽지 않은 일이다.

통증 유발을 예방하면서도 열정적으로 애정을 표현하는 방법은 수용성 윤활제를 이용하는 것이다. 소위 러브젤이라고 부르는 제품은 충분히 젖지 않은 여성을 위해서만 사용하는 것이 아니라 페니스를 애무할 때도 유용하게 쓸 수 있다.

물론 여자 쪽에서 먼저 그런 보조 제품을 사용하자고 제안하는 것이 쉽지 않을 수도 있다. 경험이 많다거나 밝히는 것처럼 보이고 싶지 않은 게 여성의 입장이니 말이다. 하지만 그냥 페니스를 애무하면 손목이 너무 아파서 더 이상은 힘들 것 같다고 말해보라. 그걸 거부할 남자는 없을 것이다. 물론 자신의 페니스에 뭔가 바르는 걸 좋아하지 않는 남자도 있을 수 있다. 그 정도는 선호의 문제니까 이해할 수 있다. 하지만 여자 쪽에서 먼저 제품을 사용하자고 말했다는 이유만으로 뜨악한 표정을 지으며 그런 걸 어떻게 쓰냐고 반문한다면 다음부터는 그의 페니스를 무시하는 방법밖에는 도리가 없다.

오해를 받을지 모르는 위험을 감수하고 윤활제를 사용하게 된다면 지금까지 내가 얼마나 손목에 몹쓸 짓을 했는지 알게 될 것이다. 힘을 쓰지 않고 이렇게 부드럽게 움직일 수 있다니 감동의 눈물을 쏟아낼지도 모른다. 남자들도 맨살과 맨살의 마찰로 인해 쓸리지 않아 더 느낌이 좋을 것이다.

이때 주의할 건 반드시 수용성 윤활제를 사용해야 한다는 것이다. 집에서 사용하는 지용성 보디오일 같은 걸 대신 사용했다간 콘돔이 찢어질 수도 있다. 그 부분만 신경 쓴다면 즐겁고도 고통이 따르지 않는 안전한 섹스를 즐길 수 있을 것이다. •

최고의 대안?

데이트가 있는 날 아침이면 나는 드레스 룸의 속옷 상자를 전부 열어놓고 오늘은 어떤 걸 입을지 고민하기 시작한다. 디자인은 단순하지만 색감이 화려해서 속옷만 입고 있어도 내 몸을 화사하게 만들어주는 녀석? 여성스러운 레이스로만 이뤄진 순백색의 녀석? 하트 무늬가 가득한 것을 입을지 도발적인 호피 무늬를 입을지 고민하면서 짜릿한 기분을 만끽한다. 속옷을 잘 갖춰 입으면 내면의 자신감이 퐁퐁 샘솟는다. 이 속옷을 오늘 밤 그에게 보여주겠다는 의미는 아니다. 이 시간은 데이트에 임하는 나만의 의식 같은 것이다.

그렇기 때문에 정이현의 단편 소설 〈낭만적 사랑과 사회〉에서 여주인공 유리가 고무줄이 헐렁하게 늘어나고 누렇게 물이 빠진 면 팬티를 입고 남자들을 만나는 걸 보면서 짜증이 치밀어 오르고 한심하단 생각을 지울 수 없었다. 레이스 팬티를 입지 않았기 때문에 옷을 벗을 수 없다는 마지막 보루를 만들어 놓고, 섹스를 욕망하면서도 꾹꾹 참으며 처녀성을 지키려는 모습이 영 마뜩잖았다.

하고 싶으면 한다. 하지만 하고 싶다는 충동을 느끼거나 강렬한 유혹을 받을 때라도 그 상대가 믿음직스럽지 않거나, 섹스를 하기 좋은 상황이 아니라면 팬티가 젖을 정도로 흥분되는 상황에서도 버틴다. 지금 당장 옷을 벗고 보여줘도 좋을 멋진 속옷을 입고 있지만, 나는 끝끝내 참아낸다. 그게 훨씬 더 근사한 일이라고 믿는다.

소설 속에서 유리는 키스를 하면서 치마 안으로 들어오는 남자친구의 손을 철벽 수비로 막아낸다. 뚜벅이 남자친구와의 데이트에서 겨우 몸을 지킨 유리는 우울해진 마음을 근사한 스포츠카를 가진 남자를 불러내 해소한다. 드라이브를 하다 한 곳에 피가 몰린 남자가 사랑한다 말하며 섹스를 하자고 졸라댈 때, 유리는 자신의 처녀를 지키기 위해 섹스의 대안으로 오럴 섹스를 하고 입으로 그의 정액을 받아낸다. 처녀막을 가지고 있다는 것이 조신함의 인증인 듯 그것을 밑천 삼아 신분 상승을 꿈꾼다. 그러나 더 영악하고 계산적인 남자에게 유리의 처녀막은 명품 가방 하나, 딱 그만큼의 가치일 뿐이었다.

유리와 같은 이유가 아니더라도 삽입은 못하게 막으면서 남자를 애태우는 여자들이 있다. 그가 섹스를 하고 싶게 만들되 결정적 순간을 허락하지 않는다. 그럼으로써 관계를 주도하는 힘을 가진다고 생각한다. 혼전 순결을 주장하면서 삽입 빼고 다 하는 여자도 있다. 손과 입을 사용해서 남자를 만족시킨다. 질에 삽입하는 것은 한사코 거부하는 대신 애널섹스를 허락하기도 한다. 그렇게까지 해서 처녀막을 지켜낸다. 그러면서 자신은 순결한 여자라는 강렬한 믿음을 가지고 살아간다.

어떤 사연을 가지고 있든, 어떤 선택을 했든 여성으로 살아가며 상처 받고 아파하면 나는 그녀들에게 따뜻한 말을 건네주고 등을 도닥여주고 싶다. 그러나 처녀와 순결에 대한 삐뚤어진 생각을 가지고 있는 여자들은 호감을 가질 수 없는 부류이다. 그녀들의 행동은 단지 남자를 농락하는 것에서 끝나지 않는다. 이런 여자들에게 당한 남자들은 여자를 믿을 수 없는 존재라고 생각한다. 순진하게 그런 여자에게 빠져 헌신하다가 헌신짝이 되어버린 남자들은 여성 혐오에 빠지고 다음 연애에서 나쁜 남자가 되어버린다. 이런 행동은 같은 여자에게도 애꿎은 피해를 준다.

그녀들이 그런 수를 택하게 된 데는 분명 나름의 이유가 있을 것이다. 여자들로 하여금 자기 위장을 하게 만드는 남성의 이중적 태도 때문일 것이다. 처녀가 아니라고 해서 순결하지 않은 것도 아닌데 순결의 의미를 잘못 이해하고 있는 남자들, 자신은 많은 여자들을 품고 싶어 하면서 여자들은 남자 경험이 없길 바라고 특히 결혼할 여자라면 순결해야 한다고 생각하는 남자들은 어딘지 모르게 위험한 변태 같다. 생물학적인 특성상 다른 수컷들과의 경쟁에서 자기 유전자를 안전하게 전달하기 위함이라는 변명을 한다면 여자들도 더 우성의 남자와 관계를 맺기 위해 호시탐탐 기회를 노리고 그 남자들과 잠자리를 가지려 하는 것에 억울해하거나 분노해서는 안 될 것이다. 그런 남자들은 자신에게 이로운 부분만 취해 이런저런 핑계를 대고 있을 뿐이다. 생물학의 도움을 받아 인간이 지켜야 할 도리를 외면하려 한다면 그 남자도 안전할 수 없다. 약육강식의 세계에서 우두머리 수컷이 되지 못한 남자들은 짝짓기 한 번 제대로 못하고 무리 주변을 빌빌거리기만 하다 죽는다. '남자라는 동물은 말이지…'는 무분별한 섹스의 적절한 변명이 될 수 없다는 말이다.

나는 처녀를 지키기 위해 여자들이 위악적인 선택을 하게 만들고 처녀를 지키는 수단으로 순결하지 않은 일을 하게 만드는 멍청한 남자들이 싫다. 처녀를 지키기 위해 섹스를 하자고 조르는 남자의 가랑이 사이로 고개를 처박는 여자들이 나는 불편하다. 오럴섹스란 사랑하는 남자가 날 만족시켜준 것에 감복해서 자발적으로 그의 페니스를 애무하는 행위라고 생각한다. 처녀막을 가지고 있다고 해서 순결하다는 생각은 버려라. 손과 입에도 당신의 섹스 경험을 나타내는 지표가 있지 않은가? 순결하지 못한 행동을 하면서 비겁한 방식으로 처녀막을 지키는 여자들은 사라지길 바란다. •

점수 잃는 남자

솟아나는 애정 끝에 "해도 좋아~♡"라고 말한 상대라 하더라도, 하고 났더니 "휴우~" 하고 한숨만 내쉬게 만드는 남자들이 있다. 섹스가 끝난 뒤 '더 좋아졌어'라는 긍정의 신호 대신 '이건 뭔가 아니지 않아?'라는 의문의 빨간 신호가 깜빡깜빡거려지는 행동들이 있다.

섹스를 하고 난 뒤 마음을 싸하게 가라앉힌 남자의 행동은 무엇이냐는 질문에 대부분의 여자들은 남자가 먼저 곯아떨어지는 걸 꼽았다. 신체적 차이와 에너지 소모의 차이라는 걸 분명 알고 있다. 사정하고 난 후에 분비된다는 포로로액틴과 옥시토신이라는 호르몬의 영향으로 잠이 온다는 걸, 아니 쏟아진다는 걸 안다. 그런 사실은 머리로는 잘 이해하고 있다. 그러나 마음으로는 도저히 이해가 안 된다.

남자도 여자가 잠들 때까지 팔베개를 해주고 도란도란 이야기를 하다 잠들고 싶어 한다. 연애 초반에는 가상하게도 그런 노력을 하긴 한다. 하지만 섹스를 나누는 밤의 횟수가 늘어날수록 사정하고 난 뒤 내 몸에서 떨어져 나가자마자 나 몰라라 잠의 세계로 빠져든 모습을 더 많이 보게 된다.

몸통을 돌리고 내게 등을 보이고 잠든 모습은 얄밉기만 하다. 거기다 '난 지금 너와는 다른 세상에 와 있다'는 걸 극명하게 보여주겠다는 듯 코까지 골며 잠이 든 그의 넓은 등을 바라보고 있는 건 최악이다. 우리가 방금 나눈 섹스마저도 덧없게 느껴진다. 나는 거기서 절망하거나 불만을 품고 뿌루퉁하게 있는 걸 거부한다. 몸을 일으켜 그의 반대편으로 가서 눕는 수고도 마다하지 않는다. 잠결에라도 앞에 누운 나를 느끼곤 안아주길 바라면서 말이다. 하지만 그는 뭔가 불편하다는 듯 몸을 뒤척이다 다시 등을 돌려 눕는다. 정말이지 그 순간은 등짝을 발로 차주고 싶다. 물론 누군가를 등져 눕는 건 훨씬 독립적으로 편안하게 잠들 수 있는 방법이다. 자는 얼굴을 누군가에게 보여주는 건 사랑하는 사람이라 하더라도 부담스러울 때가 있다. 그 부분은 이해하고 넘어간다 치더라도, 곧바로 코를 드르렁 골며 잠든 모습을 볼 때면 베개로 그의 얼굴을 덮어버리고 싶다. 남자가 해부학적으로 기도가 여자만큼 넓지 않고, 잘 때

하중을 받는 부위가 목이라서 기도를 더욱 압박해 코를 고는 경우가 많다는 사실도 알고 있다. 역시 머리로는 이해하는 사실이지만 왜 그렇게 코 고는 소리가 때려주고 싶을 만큼, 아니 코를 막아버리고 싶을 만큼 미운 것일까?

"잠드는 거라면 흔들어 깨우기라도 하지, 이건 뭐하는 짓인가 싶어서 넋 놓고 쳐다보게 되는 더 기막힌 짓도 있더라."

기가 막힌 바로 그 짓이란, 섹스가 끝나자마자 머리맡으로 손을 뻗어 뒤적뒤적하더니 담배를 찾아 무는 행위. 흡연자여도 괜찮다고 아주 큰 맘 먹고 예외 조항으로 그를 허락했다. 섹스 후 침대 위에서 도란도란 얘기도 좀 한 뒤, 샤워하고 환기도 할 겸 창문을 연 김에 담배를 핀다 이런 것도 아니고, '식후 땡'처럼 습관적으로 담배를 피우는 모습. 침대 시트를 붙잡고 "어쩔 거야. 책임져"라고 흐느끼며 울기라도 해야 이 장면이 조화로워질까 고민할 수밖에 없다. 담배는 무료할 때 피는 것이라는 인식 때문인지 섹스가 끝나자마자 연이은 흡연은 그 태도에 성의 없음이 어쩐지 느껴진다.

"자꾸 좋았냐고 확인하는 애들 있잖아. 그래 난 좋았어. 만족했어. 그런데 그런 건 하면서 몸으로 느껴야 하는 거잖아. 섹스를 할 때는 야한 말도 하고 미친 듯이 몰입하지만 하고 난 뒤에는 좀 수줍어지거든. 그런데 계속 물어보면 난감하고 대답하기 싫다는 생각밖에 들지 않아. 칭찬 못 받아서 걸신들린 사람처럼 구는 게 좀 없어 보이기도 하고."

상대를 만족시켰는지 궁금해 계속 칭얼거리며 대답을 요구하는 행동도 섹스 후 실망감을 느끼게 만드는 행동 중 하나이다.

청소하다 말라비틀어진 콘돔을 침대 아래에서 발견하게 만드는 남자들 역시 실망스럽기는 매한가지다. "어떻게 하면 그게 침대 밑바닥에 있을 수 있어? 모텔에서 하듯 아무렇지 않게 버려두는 짓을 내 방에서 했다는 게 짜증나." 아무리 사랑하는 애인의 것이라 하더라도 정액이 흥건하게 차 있는 미끄덩한 콘돔, 오래 방치되어 바닥에 말라붙은 콘돔을 발견하면 욱하고 '강아지' 계열의 욕이 튀어나올 정도로 기분이 불쾌해진다. 어째서 자신이 사용한 것도 제대로 처리하지 못하는 것일까?

"콘돔 사용법을 배울 때 실습 한 번 안 하고 글로 배우잖아. 이건 비현실적인 성교육의 문제라고. 콘돔의 각종 브랜드별 장단점부터, 사용 후 깔끔한 뒤처리까지 제대로 가르쳐야 하는 거 아냐? 어설프게 배워서 습관화가 되어버리니까 자기들이 뭘 잘못하는지도 모르는 거잖아. 정말이지, 팬티 입기 전에 콘돔부터 잘 처리하면 무슨 큰일이라도 나는 거야?"

이런 꼴 보려고 섹스를 한 건 아닌데, 남자들의 이런 무신경한 행동들은 언제 즈음 고쳐질까? 여자들은 섹스를 하고 난 뒤의 행동으로도 그 남자가 어떤 사람인지 판단한다. 여자들의 예민함이 피곤하게 느껴져도 어쩔 수 없다. 최고의 남자는 아니더라도 최선의 남자를 찾기 위한 필수 과정이니까 말이다! •

바람, 바람, 바람이 분다

"남자들은 생물학적인 이유로 바람을 핀다고 쳐요. 그렇다면 여자들은 왜 바람을 피우는 거죠?"라는 질문은 너무나 멍청한, 그래서 위험한 질문이라고 생각한다. 정기적으로 사정을 해야 하고, 더 많은 후손을 남기기 위해 다양한 여자들과 잠자리를 갖고 싶어 하는 것이 수컷의 본능이라고 말하면서 어째서 암컷의 생물학적인 특성에 대해서는 왜 무지한가 묻고 싶다. 남성이 자신의 유전자를 널리 퍼뜨리고 싶어 한다면 여성은 더 우월한 유전자와 결합하길 원한다. 그렇기에 여성 역시 현재 짝이 있더라도 더 강하고 매력적인 남성을 발견했을 때 유혹당하거나 유혹하고 싶은 것은 본능이다. 양을 추구하느냐 질을 추구하느냐의 차이일 뿐 '생물학'을 근거로 든다면 남녀 구분은 무의미해진다. 그러므로 생물학적인 이유로 남자들의 바람이 더 옹호되고 당연시되는 건 옳지 못하다. 물론 이는 남녀의 특성을 아주 단순하고 단편적으로 보았을 때의 답이다. 사람들은 유전자 깊숙이 새겨진 생물학적 본능 이외에도 복합적인 이유로 정절을 지키거나 바람을 피운다.

여자들이 지속적인 관계를 맺는 상대가 있으면서도 다른 남자와 섹스를 하는 이유는 우선 다양한 성적 모험을 즐기고 싶고 원하기 때문이다. 남자들만 섹스를 좋아하고 많은 여자들과 자고 싶은 게 아니다. 어떤 여자들은 '남자의 뇌'로 사고한다. 적극적으로 나서 남자들을 고르지 않는다 하더라도, 기회가 주어진다면 놓치지 않고 남자들과 어울리는 것을 택하는 것이다. 현재의 연인을 덜 사랑한다거나 신의가 없어서라는 말로 설명하기 힘든, 본능적으로 섹스에 대한 유혹이 약한 타입인 것이다. 이들에게는 후회가 없고 죄책감이 크게 영향을 미치지 못한다. 그런 감정에 휘말리더라도 같은 상황에서 같은 선택이 반복될 뿐이다. 섹스는 그저 섹스일 뿐이다.

여자들이 연인 몰래 다른 상대를 만나는 또 다른 이유는 징검다리를 만들기 위해서이다. 소위 말해 연애 상태를 끊어짐 없이 이어가길 원하는 것이다, 연인과 이별한 후 고통의 시간 따위 느끼지 않도록 안전하게 다른 남자로 갈아타기 위한 하나의 방편인 것이다. 두 사람의 관계가 불안하고 불만족스럽다고 느낄 때 그런 선택을 하게 된다. 상대가 자신에게 정착하지 못할 거라고 느낀다면 그로 인해 질투나 슬픔, 분노, 창피함의 감정을 겪기 전에 다른 상대를 찾아 자신을 보호한다.

홧김에 일을 저질러버리는 경우도 있다. 믿었던 상대가 바람을 폈다는 말에 '눈에는 눈, 이에는 이'라는 방식으로 바람을 선택하는 여자들도 있다. 기만당한 마음을 똑같이 되갚아주기 위해서 그의 가장 친한 친구를 유혹해 섹스해버리고 통쾌한 기분을 느끼는 것이다. 하지만 순간의 만족감에 이어 스스로를 자책하고 후회하는 유해한 감정이 솟아난다면 그건 어리석은 선택이 될 수도 있다.

이해하기 힘든 복잡한 이유로 다른 상대와 관계를 맺은 여자들도 존재한다. 연은 몇 년간 사귄 사랑하는 남자가 있다. 그 남자와 헤어질 마음도 없고 생에 마지막 사랑이길 원했다. 그러나 최근 들어 그가 연에게 보여주는 사랑의 방식은 예전만큼 열정적이지 않았다. 그가 연을 소중하게 생각하지 않는 것은 아니었다. 연은 그를 믿었다. 그럼에도 서운한 마음은 어쩔 수 없었다. 그럴수록 내부에서 그에 대한 집착이나 애정이 커짐을 느끼기 시작했다. 몇 번의 연애 경험을 통해 연은 그런 마음의 상태가 관계를 망칠 수 있음을 너무나도 잘 알고 있었다.

연은 그 에너지를 소모해야 했다. 원하는 만큼 채워지지 않는 애정, 결핍되고 목마른 애정을 타인을 통해 채워야 했다. 그 남자만 바라보며 그의 일거수일투족에 반응하고 상처 받는 마음에 여유가 필요했다. 연은 자신이 여전히 섹시한 존재이며 사랑받기 충분한 사람인지 타인을 통해 증명받고 싶어졌다. 그런 순간에 재희를 만났다. 주변에서 그녀에게 관심을 보여주던 남자였다. 재희는 연의 상태를 간파했다. 연도 여러 여자와 어울리며 능수능란하게 여자를 잘 다룰 줄 아는 재희에 대해서 들은 얘기는 많았다. 그런 남자라면 위험할 리 없었다.

둘은 자연스럽게 서로를 이용하게 되었다. 몇 번의 섹스 정도로 연과 재희 모두 원하는 것을 얻어낼 수 있었다. 연은 매력적인 남자가 자신을 여전히 원하고 있다는 사실에 안심했다. 자신이 이제 더 이상 사랑스럽지 않아서 사랑받지 못한다는 부정적인 생각은 머리에서 지워버릴 수 있었다. 사랑하지 않는 남자와의 섹스를 통해 심리적 안정을 되찾았다. 그리고 자신의 사랑이 누구를 향해 있는지도 다시 한번 정확하게 느끼게 되었다. 자신에게 만족을 주는 사람은 새로운 관계의 새로운 사람이 아니라는 걸 몸소 체험했다.

연은 여유를 되찾을 수 있었다. 사랑의 표현 방식이 시간이 지나며 바뀐 것이지 열정이 사라졌다고 사랑이 사라진 건 아니라는 이해할 수 있는 여유였다. 그가 변했다는 생각에 불안하고 힘들었던 연은 타인과의 섹스를 통해 자신감을 되찾고 관계에 있어 조급했던 마음을 한 발짝 뒤로 물릴 수 있게 되었다.

물론 이는 궁극적인 문제 해결에 도움이 되지 않는다. 이런 느낌은 반복적으로 연을 덮칠 수 있고 그때마다 타인과 섹스를 해야 하는 것이라면 장기적으로 봤을 때, 연과 같이 마음이 단단하지 못한 여자에게 궁극적으로 좋은 일은 아니다. 이런 방식의 바람은 자아 존중감이 낮은 여자들에게서 찾아볼 수 있는 형태이기도 하다. 너무 사랑하기에 택하는 방법이라는 게 납득이 가지 않는 사람들도 많을 것이다. 하지만 여자가 바람을 피우는 분명한 이유 중 하나가 바로 그것이다.

'바람피우지 마라. 바람은 나쁘다'고 단정 짓지는 못하겠다. 하지만 도덕적으로 올바르지 못하다고 많은 사람들이 생각한다. 그러면서 자신에게 그런 문제가 닥쳤을 때는 또 어떤 선택을 내릴지 모르는 게 연약하고 불안한 사람들이다. 바람에는 제각각 각자의 사정들이 실려 있다. 그것을 선택한 것에 대해서 특별히 할 말은 없다.

그러나 상대에게 들켰다면 그건 변명의 여지가 없다. 쏟아질 비난은 오롯이 본인이 감수해야 한다. 들통이 나버린 관계는 옹호할 수 없다. 바람을 피운다는 건 상대에게 돌이킬 수 없는 깊은 상처를 입히는 일이다. 상대에 대한 분노를 느끼는 데서 그치는 것이 아니라 극심한 자괴감에 시달리게 된다. 그러므로 들키지 않을 자신이 없고 다른 사람을 만나고 있다는 단서를 흘리고 다닐 거라면 몹쓸 짓을 하지 말라고 말해주고 싶다. 바람이라는 건 결국 들킬지도 모른다는 스릴을 즐기는 것, 누구나 들키고 싶은 욕망을 품고 바람을 피우는 것이라는 말을 들은 적이 있다. 그렇지만 그런 파괴적인 사랑이 하고 싶다면 애먼 사람 잡지 말고 혼자 지옥에나 떨어져라. •

'처음처럼'으로는 이룰 수 없는 일

지은은 어디서나 주목받는 법을 누구보다 잘 알고 있었다. 그러나 태양계는 나를 중심으로 돌아가고 있다는 듯 행동하지는 않았다. 커뮤니티 내에서 여왕벌처럼 행동하는 순간 그 반동으로 다른 여자들의 경계 대상이 된다는 것 역시 잘 알고 있었다. 그것은 뒤에서 수군거리는 말들이 생겨난다는 것을 의미했고 그런 부정적인 대화에 자신이 거론되는 것을 남자들이 건너 듣는 것은 정말 싫었다. 그런 이유로 지은은 중심에 서기보단 주변 사람들을 받쳐주고 도왔다. 지은은 그들의 평판에 의해 화제의 중심이 되는 전략을 선택했다.

지은은 자신의 매력을 잘 드러낼 수 있으면서도 단정한 옷차림을 선호했다. 농담이 잘 통하고 털털하면서도 자신감이 넘치고 똑 부러지는 사람이었다. 그래서 지은을 보며 진지하게 교제하고 싶다고 생각하는 남자들이 많았다.

지은의 목표는 단순했다. 남자가 가져다줄 안정감을 느끼며 그를 위해 요리를 하고 그를 닮은 아이를 낳는 것으로 행복해지고 싶었다. 어릴 때 부모님을 사고로 잃은 지은은 자신의 가족, 온전한 자기편을 갖고 싶었다. 자신의 두 다리만으로 이 세상을 버티며 살아가기가 힘들어 휘달리는 자신을 지탱해줄 누군가가 간절히 필요했다. 그러나 자신은 누군가의 결혼 상대가 되기엔 완벽하지 못한 조건을 가지고 있다고 생각했다. 부모님이 아닌 조부모님의 손에서 컸기 때문에 그것이 흠이 될지도 모른다는 생각을 가지고 있었다. 무리를 해서라도 완벽한 여자로 보이고 싶었다.

그런 노력 덕분인지 지은은 야무지지 않은 구석이 하나도 없었다. 가사와 관련된 것이라면 마사 스튜어트도 울고 갈 정도였다. 현모양처가 되기 위한 단련도 끊임없었다. 회사를 다니는 틈틈이 시간을 내서 요리 학원을 다니고 제빵 기술을 배우고 바리스타 과정도 마스터했다. 다양한 사람들을 만날 수 있는 곳이라면 어디든 열심히 찾아다녔다. 와인 동호회, 등산 동호회, 우쿨렐레 강습. 새로운 사람을 만날 수 있는 모임을 주기적으로 나가며 어떤 모임에서든 기회를 잡는 지은이었다.

하지만 그렇게 연결된 남자와 하룻밤을 보내는 지은의 방식은 놀라울 정도로 구시대적이었다. 결혼이 하고 싶어 안달이 나 있는 상태여도 몸이 맞지 않은 남자와 살고 싶지는 않았다. 지은은 자신의 욕구가 무엇인지 분명히 아는 여자였고 그 욕구를 차근차근 채워나가는 근성을 가지고 있었다. 지은은 섹스가 주는 즐거움이 무엇인지 너무나 잘 아는 여자였다. 남자의 페니스를 손으로 애무하는 다양한 방법을 알고 있었고, 오럴섹스를 하며 그의 만족도를 높여주기 위해 할 수 있는 일들도 몇 가지나 공유할 수 있었다. 글을 통해 배운 섹스를 실전에서 응용하며 기술을 익혀 나갔다.

지은은 〈그리스 로마 신화〉 속 수많은 이야기 중 아프로디테가 키프로스 섬에 있는 파포스 샘에 가서 목욕을 하고 처녀성을 회복한다는 구절을 좋아했다. 자신도 신화 속 여신처럼 남자와 잘 때 비록 처음은 아니지만 처음인 양 섹스에 무지한 척했다. 그가 팬티를 벗기려고 할 때면 어떻게 해야 하는지 모르겠다는 듯 엉덩이를 들어주지 않고 다리를 벌리려고 할 때마다 허벅지에 힘을 주며 버텼다. 실랑이를 벌이는 동안 남자들은 힘이 빠져버린다. 팔베개를 해주며 안고 자게 만드는 것이 지은이 만든 첫날밤의 규칙이었다. 남자들이 침대에 지은을 눕히는데 성공했더라도 결코 쉬운 여자가 아니라고 생각해주길 바랐다. 그러면서도 끊임없이 지은을 욕망하도록 만들었다. 좌절하고 포기해버리면 곤란하기 때문에 결정적인 순간에 입술을 내주거나 슬쩍 그의 몸을 쓰다듬어주는 것도 잊지 않았다. '나도 원하지 않는 것은 아니다. 하지만 아무런 약속 없는 섹스가 나는 두렵다'라는 신호를 끊임없이 보냈다. 그 방식은 언제나 남자들에게 잘 통했다.

그녀에게 헌신적인 남자들은 많았다. 향수, 시계, 명품 가방, 다이아몬드가 박힌 목걸이까지 남자들에게 받은 선물들을 늘어놓으면 멀티숍의 진열대 하나 정도는 만들 수 있었다. 하지만 어째서인지 결혼을 말하는 남자는 없었다. 간절히 원하면 온 우주가 도와준다는 소리는 개뿔이었다. 남자들은 너무 간절했기 때문인지 결코 드러낸 적 없는 지은의 욕망을 직감하고 도망쳐버렸다. 그럴수록 지은은 자신이 틀리지 않았다는 것을 증명하기 위해 더욱더 결혼에 집착하게 되어버렸다. 지은은 자신의 시계 초침만 빨리 움직이는 양 마음이 조급해졌다.

지금 지은에게 필요한 건 바로 환상을 깨는 것뿐이다. 결혼은 결코 행복을 보장해주지 못한다. 결혼은 로맨스의 완성도 아니고 인생의 답이 되어주지도 않는다. 결혼은 공상이 아닌 실제 생활이다. 그렇기 때문에 막연히 행복해지기 위해서가 아니라 정확하게 원하는 것이 있어야 한다. 그래야 지은이 결혼할 만한 남자를 찾을 수 있을 것이다.

그러기 위해서 지은은 우선 자기 자신을 있는 그대로 보여주는 법부터 연습해야 한다. 남자들은 오히려 모든 점에서 야무지고 완벽하려는 지은에게서 빈틈을 찾지 못해 겉으로만 맴돈 것인지도 모른다. 척하거나 무리하지 않더라도 지은은 충분히 사랑받을 수 있고 인생의 반려자를 찾을 수 있는 여자였다. 굳이 스스로 시간의 제약을 만들어두고 서둘러 결혼을 해야겠다고 자신을 닦달할 필요는 없지 않을까? •

어려도, 아니 어려서 좋아

사랑, 아니 이제와 굳이 사랑은 아니어도 된다. 연애하기 적당한 남자를 만나고 싶었다. 하지만 참으로 애매한 나이가 되어버렸다고 유주는 생각했다. 서른둘. 결혼한 친구도 몇 명 있었고 결혼을 준비하고 있는 친구들도 몇 명 있다. 유주는 아직까지 결혼할 생각은 없었다. 오직 연애가 필요했다.

5년이라는 긴 시간 동안 한 사람과 연애를 하고난 뒤 주변을 살펴보자 이성의 존재는 씨가 말라 있었다. 몇 명의 남자친구들은 연애 중이라 함께 어울려 놀기 불편해졌고, 마음이 잘 맞던 몇몇은 아예 한국을 떠나 있었다. 유주는 위기감을 느꼈다. 새로운 이성을 만나볼 생각으로 소개팅도 하고, 사교 모임에 나가 어색한 미소를 지으며 앉아 있기도 했다.

"내 또래 남자들은 근성이 없어. 약해빠졌지. 책임지고 싶지 않아서 벌벌 떠는 게 다 느껴진다니까."

유주가 만난 남자들은 새로운 사람을 적극적으로 알아보려는 태도를 취하지 않았다. 우선 재고 있었다. 인어공주에 등장하는 마녀에게 목소리를 빼앗긴 것도 아닐 텐데 결코 먼저 전화를 걸지 않는다. 지문이 닳도록 메시지만 보낼 뿐이다. 유주가 전화를 걸면 받기는 한다. 하지만 자기는 이 관계에서 적극적이었던 적이 없다고 선언하듯 안전선을 넘어오지 않는다. '싫진 않지만 좋지도 않다. 외로워서 만나긴 하지만 얽히고 싶은 마음은 없다.' 유주는 그들이 내뱉는 무언의 소리를 접수했다.

유주는 아무리 생각해봐도 납득이 되지 않았다. 어디 가서 빠지는 외모도 아니었고 실제 나이보다도 어리게 보였다. 남자들이 좋아할 매력도 몇 가지 있었다. 객관적인 시선으로 자신을 살펴보았을 때 무매력의 여자였다면 남자들이 뜨뜻미지근한 태도를 보여도 겸허하게 받아들였을 것이다. '나는 그 사람 타입이 아닌가 봐' 또는 '나란 여자, 여자로서 매력이 없으니까'라고 생각하고 도를 닦는 심정으로 연애를 포기할지도 모른다. 하지만 유주의 문제가 아니었다. 약아빠지고 계산적인 남자들, 사랑하다 상처 받기는 싫고 연애의 설렘보다 여자의 징징거림이 더 귀찮은 것이다. 유주는 저주나 퍼붓고 기분을 풀기로 했다.

"평생 골방에서 혼자 딸이나 치다 인생 종쳐버려라."

남자들의 그런 비겁함에 상처를 입은 유주의 기분을 달래준 건 최근에 등록한 스쿼시 동호회에서 만난 일곱 살 연하의 남자였다. "누나, 어디서 무얼 하고 있나요?"라고 말하는 귀여운 목소리를 듣자 유주는 자백제라도 맞은 사람처럼 "'집 근처' 바에서 '혼자' 맥주를 마시고 있어"라고 말해버렸다. "그럼, 달려갈 테니 기다리십시오." 유주는 '달려간다'와 '기다리라'는 말의 조합이 무척이나 마음에 들었다. 그렇지, 그렇게 달려들어야 남자지.

"저도 누나랑 같은 걸 마실래요." 유주는 택시에서 연하가 허둥지둥 내리는 모습을 바에 앉아서 지켜보고 있었다. 바에 들어서자 두리번거리더니 유주를 발견하고 그녀를 향해 씩씩하게 걸어온 연하가 처음으로 한 말이었다. 연하는 들뜬 목소리로 스페인 맥주는 처음 먹어본다고 말했다. 조잘조잘 잘도 떠들어댔다. 자신이 어떤 사람인지 쉬지 않고 말했다. 결국 그 수많은 말은 자신을 어리게만 보지 말라는 뜻이었다. 꽤 괜찮은 남자로 보이고 싶은 바람이 가득 담겨 있었다.

연하는 말하는 틈틈이 유주에 대한 찬사를 끊임없이 내뱉었다. 유주는 수줍은 표정을 지으면서도 그 말들을 탐욕스럽게 섭취하고 있었다. 겁 많은 또래 남자들의 재고 따지는 행동 때문에 낮아진 유주의 자아존중감은 회복되다 못해 너무 떠올라 성층권에 도달할 것 같았다. 연하의 눈에는 별거 아닌 유주의 행동이 모두 대단해 보이는 것 같았다. 심지어 이런 조용한 바에 홀로 앉아 8,000원짜리 병맥주를 마시는 것도 근사하게 생각했다.

유주는 이 녀석이 정말 귀엽다고 생각했다. '여유로워 보이고, 취향이 세련되고, 돈 좀 있고, 나쁘지 않게 생긴 남자들이 순진한 어린 여자아이를 손쉽게 꾀어낼 수 있는 건 지금 이런 것과 비슷한 상황인 건가?' 순간 유주의 머릿속에 스친 생각이었다. 강아지 눈을 하고 꼬리를 팔랑거리며 내가 자신을 예뻐해주기를 바라는 연하의 얼굴을 보고 있노라니 누나의 노련함으로 비교적 수월하게 관계를 만들어나갈 수 있겠다 싶었다.

유주가 둘이 해치운 맥주를 계산하고 나오자, 연하는 유주 뒤를 쫄랑쫄랑 따라오며 말을 걸었다. "누나 방이 궁금해요. 보여주면 안 되어요?" 안 될 게 뭐람. 일곱 살 차이, 나이가 무슨 상관이람. 아침에 발기되는 것도 점점 예전만 못하는 서른 중후반의 남자들, 한 번 하고 나면 체력 고갈을 호소하며 등을 보이며 잠들어버리는 남자들보다 훨씬 연애하기 좋은 상대. 다가가는 사람에게 이런저런 이유를 들어 방어하며 몸 사리는 남자보단 차라리 덤벼드는 쪽이 사랑스럽고 귀여웠다. 복잡한 건 딱 질색이다. 단순하고 기분 좋게 유주는 외쳤다.

"그래, 가자!" •

당신이 은밀한 사랑을 선택하겠다면

나는 당신이 치정극에 얽혀 살해당하는 여자가 되지 않길 바란다. 실제로 어떤 일이 벌어졌는지 아무것도 모르는 사람들의 루머 속에서, 부풀어져가는 스캔들 속에서 욕정에 사로잡혀 도덕과 인간성을 버린 파렴치한 여자가 되지 않기를 바란다. 당신에게 결혼한 남자와 잠자리를 가지지 말라고 말하지 않겠다. 결혼한 남자와 사랑에 빠지거나 연애를 하지 말라고도 말하지 않겠다. 당신이 그런 선택을 하기까지의 시간에 대해서 아무것도 모르면서 결과만 보고 비난할 마음은 없다.

그러나 부디 은밀하게 즐기길 바란다. 세상에 영원한 비밀은 없다고 한다. 하지만 당신의 삶을 걸고 최선을 다해 지켜라. 당신이 하려는 일은 비밀로 남겨질 때만 용인될 수 있는 것이다.

당신이 만약 냉정한 구석이 없고, 생각하는 뇌의 용량이 부족하고, 쉽게 감정적으로 반응하고 충동적으로 행동하는 사람이라면 결코 감당할 수 없는 일이니 선불리 빠져들어서는 안 될 것이다.

배우자가 있으면서 당신을 유혹하려 드는 남자들은 두 가지 모습으로 접근할 것이다. 첫 번째 유형은 자신의 배우자를 비하하고 결혼 생활의 불행을 호소한다. 마치 당장이라도 이혼할 것처럼 말한다. "만약 내가 딸을 낳지 않았다면 아내를 보며 평생 여자를 증오하며 살았을 거야. 그리고 널 만나지 않았다면 여자를 다시 사랑할 수 없었을 거야." 이런 농담을 위트 있는 척하며 내뱉는 남자. 아내를 사랑하지 않지만 아이 때문에 어쩔 수 없이 결혼 생활을 유지하고 있을 뿐이라는 변명을 할 것이다. 두 번째 유형은 가족들을 잘 챙기고 다정다감하고 좋은 사람이라는 인상을 풍기며 여자들로 하여금 나도 이런 남편이 있었으면 하는 생각을 갖게 만들 것이다. 미혼 여성들이 가정적인 모습의 남자를 동경하는 측면을 이용해 당신의 관심을 끌 것이다.

첫 번째 유형은 당신의 동정심에 호소할 것이다. 당신은 아마도 착각할 것이다. 이 사람이 진정 사랑하는 사람은 나라고 믿게 될지도 모른다. 당신이 이 남자에게 유일하게 숨통을 틔

워주는 사람이며 그는 당신과 함께할 때 가장 행복하다고 말할 것이다. 두 번째 유형은 가족에 대한 책임감 때문에 당신을 선택하지 못하지만 진짜 사랑은 당신이라는 꿀 발린 말을 할 것이다. 당신은 그가 성실하고 착한 사람이라 가족들에게 상처 줄 수 없어서 그러는 것이라 생각하고 사려 깊게 그를 이해해 줄 것이다.

당신이 어떤 식으로 관계를 포장하고 그를 이해하려고 해도, 미안하지만 그는 결혼해서 배우자가 있음에도 당신을 유혹하거나 당신의 유혹에 넘어왔다. 이미 그는 신의를 저버린 사람이다. 그것은 당신에게도 똑같은 짓을 할 수 있다는 것을 의미한다. 그것을 모른 체해서는 안 된다. 상대에게 환상을 품지 마라. 그는 다른 남자들과 마찬가지로 당신을 구원해줄 수 없으며 영원한 사랑을 보장해주지 않는다. 당신과 자는 게 지겨워지면 또 다른 내연녀를 만들 수 있는 사람이다.

당신은 '괜찮은 남자는 모두 유부남이거나 게이'라는 말을 들어본 적이 있을 것이다. 우스갯소리로만 여겼는데 마지막 연애가 끝나고 다시 새로운 사람을 찾으려 고개를 드니 이 외롭고 황량한 지구에 '괜찮은 남자'란 모조리 멸종해버렸다는 사실을 깨닫게 된다. 그러다 당신의 눈에 겨우 찰 만한 그 남자를 발견했을 때, 그 남자에게는 그저 아내가 있을 뿐이었다.

당신은 그 남자와 연애를 하거나 사랑에 빠지거나 아니면 그냥 몇 번 자는 행위에 아내라는 존재는 방해되지 않는다고 생각했을 것이다. 그렇다면 이 은밀한 관계가 가진 한계도 잘 알고 있어야 한다. 당신은 남자의 아내나 그의 가정보다 우선순위가 되거나 더 중요한 사람이 될 수 없다. 당신이 취할 수 있는 것은 무엇인지, 포기해야 하는 것이 무엇인지, 정확히 알고 있어야 한다. 바랄 수 없는 것을 원한다면 이 관계는 파국으로 치달으며 막장 아침드라마를 한 편 찍게 될 뿐이다.

당신은 상황을 합리적이고 이성적으로 판단할 수 있어야 하며 사랑의 범죄를 완전하게 은폐시켜야 한다. 남자의 아내가 눈치를 채도록 수상한 실마리를 남기고, 남자의 아내에게 '당신은 기만당하고 있다'는 티를 내며 우위에 있음을 드러내고 싶은 순간들이 울컥하고 밀려들지도 모른다. 그러나 자괴감에 빠질 수도 있고 모멸감을 느낄 수 있는 이 관계를 선택한 건 바로 당신이었다.

관계가 폭로되는 순간 이 일을 공모한 당신과 남자만 곤란에 빠지는 것으로 끝나지 않는다. 주변의 많은 사람들에게 고통을 줄 수 있는 일임을 인지해야 한다. 이 관계를 유지하려면 어리석은 질투심은 버려야 한다.

은밀한 사랑에는 강력한 장점이 있다. 일상을 공유하며 소소한 생활이 가득 차 있는 부부 사이에는 에로틱한 환상이 끼어 들 자리가 없을지도 모른다. 그러나 은밀한 사랑은 비밀스럽다는 그 자체만으로 효과 좋은 엑스터시가 된다. 비밀스러운 관계는 자아를 버려두고 벌이는 방탕한 축제와도 닮아 있다. 두 사람은 생활이 아닌 서로의 몸을 공유하는 것이기에 무엇보다 섹스에 탐닉할 수 있다.

비밀스러운 관계는 보통의 연애보다 더 큰 즐거움과 더 큰 위험이 함께한다. 어쩌면 능숙하게 연출되어야 할 하나의 예술이다. 아무나 감당할 수 있는 무게의 관계는 아니다. 적어도 이런 관계를 선택하기 전에 자신이 죄책감을 극복할 수 있는지, 능청스럽게 거짓말을 할 수 있는지 그리고 어떤 결론에 도달하든 스스로 책임을 질 수 있는지를 먼저 고민해야 할 것이다. •

뭘 해도 남는 장사를 하자

연하의 외국인 유부남과 사랑에 빠지며 겪게 된 감정의 소용돌이를 정교하게 옮겨놓은 《단순한 열정》을 읽으며 나도 언젠간 나의 연애를 파헤쳐 글을 쓰고 그 글이 누군가에게 위로가 되면 좋겠다는 생각을 했다. 이십대 초반에 우연히 도서관에서 발견해 그 자리에 서서 읽어 내려가기 시작한 그 책이 결국 지금의 나를 만드는 원동력이 되어준 셈이다.

프랑스 작가 아니 에르노의 《단순한 열정》은 불륜의 긍정적인 결과물이라고 할 수 있다. 작가는 자신의 경험을 예술로 승화시켰다. 책을 읽어보면 상대에 대한 엄청난 집착과 질투의 감정을 느끼지만 그것을 유치하고 자기 파괴적인 방식으로 표출하지 않았다. 자신에게 휘몰아친 감정을 가감 없이 드러냈다. 작가의 사랑은 불륜으로 분류된다. '사람으로 지켜야 할 도리에서 벗어났다'는 의미를 가진 불륜…. 어느 누군가는 그 단어를 사랑이라고 믿는 행동을 부르는 말로 사용한다.

개인의 선택에 대해 왈가왈부하고 싶지는 않다. 하지만 비밀스러운 관계에 빠진 미혼의 여자 대부분이 그 관계에서 자신을 단지 소모한다는 점이 안쓰러울 뿐이다. "제대로 관계를 즐기지 못하고, 질척거리고, 괴로워하며, 주변 사람들에게 징징거릴 거라면 아예 시작도 하지 마!"라고 말하고 싶은 것이 내 진심이다.

물론 사람 일이라는 게 어떻게 될지 모르고 나도 결혼한 남자에게 애정을 느끼게 되는 날이 올지도 모른다. 하지만 심장이 터질 것 같은 질투의 감정과 미칠 것 같은 불안함, 덧붙여 죄책감까지 느껴야 한다. 아마 온몸의 신경선들은 견디지 못하고 끊어져버리고 말 것이다. 은밀한 관계의 속성을 인정하고 요동치는 감정을 즐길 수 없다면 이런 종류의 관계를 유지할 수 없을 것이다.

드라마나 소설 속에 만들어진 유부남과 사귀는 쿨한 여자 캐릭터는 신기루나 다름없다. 유부남과 연애하는 여자들이 그 관계에서 얻고자 하는 것이 단지 섹스의 즐거움만은 아닐 것이다. 서로에게만 충실하겠노라 다짐한 연인들도 여러 가지 상황들 때문에 상대의 애정을 곧이곧대로 느끼지 못하고 불만에 차

오르기 마련인데, 보통의 연인들처럼 평범하지 않은 관계를 맺고 유지하면서 받게 되는 스트레스와 불만은 웬만한 정신력과 노력으로는 견딜 수 없는 게 당연하다.

게다가 비밀스러운 관계를 유지하는 여자들은 배려심을 가져야 이 관계가 잘 유지될 수 있다고 생각하는 경향이 있다. 집에 있는 남자의 아내와 별반 다를 것 없이 군다면 남자가 자신을 만날 리 없다고 생각한다. 그러다 보면 참는 것이 여자에게는 일상이 된다. 여자들은 기존의 연애와 다르게 사소한 일로 화를 내거나 신경질을 부리지 않는 자신을 보며, 더 깊은 사랑에 빠진 것이라고 착각을 한다. 그 남자를 보고 싶을 때 만날 수 있는 것도 아니므로 항상 기다리게 되고, 그 남자의 일정에 자신의 일상을 다 맞추게 된다. 그 남자를 기다리기 위해서 자신의 인생 진로마저 바꾸는 여자도 있다. 그녀들은 그것이 성숙한 관계라고 말하지만 나는 그렇게 미화해서는 안 된다고 생각한다. 어째서 은밀한 관계에서조차 여성에게만 희생을 강조한단 말인가?

비밀스럽고 치명적인 관계를 택할 때 자신을 갉아먹게 되는 상황에는 빠지지 않도록 조심해야 한다. 아무리 생각해봐도 가정이 있고 돌아갈 곳이 있는 남자와 미혼 여성의 관계는 여자 쪽이 손해일 수밖에 없다. 관계가 파국으로 치달았을 때 사람들은 남자가 잃을 게 더 많다고 생각한다. 하지만 오히려 남자는 아내에게 용서를 받는 경우도 많고 젊은 여자와 바람을 폈다는 사실이 생각보다 그의 평판을 심하게 손상시키지 않는다. 그러나 여자의 입장은 다르다. 모든 관계가 틀어졌을 때 입게 되는 피해까지도 고려한 뒤 이 사랑을 선택해야 한다. •

권태, 대담함을 만들다

현은 3년을 사귄 연인과 헤어지기로 결심했다. 둘의 섹스는 예상 가능했다. 섹스는 일상적인 것이 되어버렸다. 색다를 게 없다는 것이 현으로 하여금 '며칠 전에 한 섹스와 다름없는데 또 해야 하는 거야?'라는 생각을 품게 만들었다. 게다가 삽입 후에 특별할 것 없이 피스톤 운동만 격렬하게 하며 금방 사정해버리는 그의 모습을 보니, 이건 섹스가 아니라 그를 위한 자위 서비스 같은 거란 생각이 들었다.

"나는 섹스가 일상적이어야 한다고 생각해. 하지만 우리가 나누는 그런 형태의 일상은 아니야. 같이 저녁을 먹고 TV를 보며 뒹굴다가 잠들어버리기엔 왠지 아쉬운 것 같아서 의무감으로 내 가슴을 주무르고 네 몸에 있는 걸 배출하는 섹스는 내가 원하는 게 아니야."

현은 헤어짐을 결심하고 나니 자신이 품었던 불만을 털어놓는 게 수월하다고 생각했다. 그 전까지 그를 배려하느라 입 밖으로 꺼낸 적 없는 이야기였다.

"내가 밤늦게까지 혼자 회사에 남아 일할 때가 많잖아. 그럴 때 날 데리러 와서 차 안에서 날 기다리기보다 가끔은 네가 내 사무실로 들어와 날 책상에 눕히고 섹스하는 걸 꿈꾸기도 했어. 매일 도살장에 끌려가듯 출근해서 앉아 있는 곳에서 너랑 나눈 정사를 상상하며 '그런 깨알 같은 재미를 누리기도 한 곳이지'라고 위안받고 싶었어."

현의 고백에 그는 꽤나 놀란 눈치였다. 하지만 현은 계속 이어나갔다.

"내가 침대에 엎드려 책을 읽고 있을 때 네가 내 위에 올라와 뒤에서 삽입해주길 바라기도 했어. 나는 무심한 듯 네가 무얼 하든 신경 쓰지 않는다는 태도로 책장에만 시선을 응시하고 있는 거지. 너는 나의 독서에 방해가 되지 않도록 삽입을 한 채 가만히 있는 거야. 나는 무심하게 책을 읽으면서도 질 근육에 힘을 주며 너의 페니스를 계속 자극하고 결국 너는 못 견디겠다는 듯 내 머리카락을 잡아채고 목을 젖혀 책 읽기를 방해하고 마는 거야. 나는 너의 그런 이기적인 행동에 화가 났다는 듯 너를 밀쳐낸 뒤 이번엔 내가 너의 위로 올라가는 거야. 너를 움직이지 못하게 너의 허벅지를 꽉 누른 채 나의 리듬대로만 움직이는 거지. 너는 손을 뻗어 내 가슴을 만지고 나는 허리를 계속 움직이는 거야. 네가 움직이고 싶어 꿈틀거리는 것을 막으면서 말이야."

현은 자신의 허기진 마음을 다 쏟아내고 있었다. 무덤덤하게 내뱉고 있었다. 어조도 없었고 자조적으로 읊어대는 말이나 마찬가지였다.

"우리가 서로 마주 앉아 삽입한 채로 술을 마셔보고 싶단 생각도 했어. 움직임이 중요한 게 아니라 네가 내 몸을 채우고 있는 느낌. 누가 보면 가까이 붙어 앉아 있다고 생각하겠지만 내 스커트 아래의 일은 누구도 상상할 수 없어. 나는 너를 조금 더 깊숙하게 넣고 싶을 거야. 뿌리 끝까지 절대 놓칠 수 없다는 듯이 붙잡고 있는 거지."

현의 이야기를 듣고 있던 그는 참을 수 없다는 듯 몸을 현에게 밀어 붙였다. 현은 손을 뻗어 그의 가슴에 가져갔다. 요동치는 심장박동이 느껴졌다. 오랜만의 일이었다. 뜨거워진 피가 그곳을 통해 퍼져 나가고 있었다. 그리고 그 피는 특정한 곳으로 몰려 현의 몸을 쿡쿡 찌르고 있었다.

권태가 스며든 오래된 연인이 단단히 이별을 결심하고 나서야 속내를 말할 수 있게 되었다는 게 슬펐다. 해보고 싶은 섹스를 서로 함께 상상해보고 그 갈망을 실현해보길 원했지만 현은 차마 말할 수 없었다. 자신은 생생하고 펄떡거리는 욕망을 가진 여자임을 드러내는 것은 미덕이 아니라고 생각했고 그저 흘러가는 대로 몸을 내맡겼다. 현은 그것만으로 만족할 수 없는 여자였다. 그 말을 하는 게 부끄러워 3년을 참 시시하고 재미없는 섹스를 하며 지내왔다. 현의 항의는 그를 흥분시켰다. 그의 키스는 어제와 달랐다. 끈끈하게 밀고 들어오는 혀는 입이 아닌 다른 곳까지 자극을 주는 듯했다. 진작 이렇게 말했다면 둘은 더 애틋할 수 있었을까? •

거절하지 못하는

의외로 많은 여자들이 자신이 원하지 않는 순간에도 섹스를 한다. 특히 정서적으로 친밀한 관계를 유지하고 있었거나 정기적으로 섹스를 나누는 연인 사이에는 섹스를 하고 싶다는 충동을 느끼지 않아도 상대가 원하면 응해주는 경우가 많다. 여자들은 의식적으로 섹스를 생각하지 않더라도, 섹스를 할 수도 있다는 가능성을 완벽하게 배제하지는 않은 몇 가지 상황에서 내키지 않더라도 섹스를 하게 된다.

주로 그 상대가 평소 자신에게 헌신적이고 좋은 사람이라고 느낄 때, 자신이 원하지 않을 때도 상대가 요구한다면 섹스에 응해주는 경우가 많다.

"프로젝트 마무리 단계라 잠도 부족하고 마음 같아서는 데이트도 안 하고 그냥 잠이나 푹 잤으면 좋겠다 싶었어요. 일하느라 바빠 밥도 제대로 못 챙겨 먹는 나를 위해 일부러 보양식을 먹으러 가고, 데이트하는 내내 기분을 맞춰주는데 이 남자가 나를 위해 해주는 것이 많구나 싶더라고요. 집에 들어가 빨리 씻고 쓰러져 자고 싶은 마음이 굴뚝 같은데 그가 호텔 주차장으로 들어갈 때 오늘은 피곤해서 싫다는 말을 못 했어요."

섹스를 거절하면 상대의 마음을 상하게 하거나 그런 제스처에 민망해할까 봐 그래서 이후 관계가 어색해질까 봐 관계를 맺게 되는 경우도 있다.

"오랫동안 친구로 지내왔는데 서로 비슷한 시기에 이별하고 자주 어울려 놀다보니 분위기가 미묘해진 거죠. 서로 지난 연애사도 다 알고 약간의 섹스 토크도 하며 지냈던 사이니까 내숭 떨거나 할 건 없었어요. 그가 집까지 데려다주면서 차비를 내놓으라는 뻔한 수작을 부리더라고요. 싫은 것도 아니고 귀엽기도 해서 볼에 뽀뽀를 해주니 내 얼굴을 붙잡고 키스를 하는데 나쁘지 않았어요. 남자답게 리드한 것도 좋았어요. 하지만 그 정도만 생각했거든요. 성급하게 진도를 빼고 싶은 마음은 없었어요. 그런데 과감히 가슴을 건너뛰더군요. 어지간히 급했나 봐요. 스커트 안으로 손이 들어오는데 예상을 뛰어넘은 그 도발에 약간 흥분이 되긴 했지만, 그래도 이건 아니란 생각에 손을 딱 때리고 그를 밀어냈어요. 그랬더니 이제 자기 혼나는 거냐며 귀여운 척을 하지 않겠어요? 날 좋아해서 그랬던 것뿐이라며 자기는 부끄러워 죽어버릴 것 같다고 호들갑을 떨더라고요. 내가 괜찮다고 머리를 토닥거려줬더니, 내 품에 안겼어요. 내가 좋아서 그렇다는데 왠지 냉정하게 거절하면 기분 상할 것 같고, 지금의 좋은 관계도 어색해져버릴 것 같아서 해버리고 말았어요."

여자들은 다른 사람의 감정에 공감하고 예민하게 반응하는 능력이 남자들보다 뛰어나기 때문에 상대가 상심하거나 거절당했다는 느낌을 받지 않도록 배려하는 측면이 크다. 그런 감정적 특성이 섹스를 원하지 않을 때도 단호하게 거절하지 못하게 만든다.

처음에는 섹스의 욕구가 없었다 해도 섹스를 하고 나서 즐거웠다면 문제될 건 없다. 그를 즐겁게 해주고 싶다거나 그에게 착하고 친절한 여자로 남고 싶은 욕망 때문에 수락한 거라면 남자가 배신하지 않는 이상 후회할 일은 생기지 않는다.

하지만 그를 잃을지도 모른다는 두려움 때문에 또는 그가 화내는 상황을 피하기 위해서 섹스를 해버리는 경우도 있다.

"저 같은 경우는 일주일에 한 번 정도면 충분해요. 근데 이 남자는 이틀에 한 번은 하고 싶어 하더라고요. 사귄 지 얼마 되지도 않았고 날 사랑해서라고 말은 하지만 내가 원하지도 않는

데 졸라대는 걸 보고 있으면 혹시 섹스를 위해서 나랑 사귀나 하는 생각이 들기도 했어요. 그러면서도 거절할 수 없는 건, 혹시나 내가 안 해주면 다른 여자를 만나서 할까 봐 두려워서예요. 그건 더 끔찍하게 싫으니까 차라리 섹스를 했어요."

여자보다 더 자주 섹스를 하고 싶은 남자의 충동을 맞춰주기 위해 서로의 성욕이 일치하지 않지만 그의 여자친구라는 이유로 의무감에서 이뤄지는 섹스. 물론 그 반대의 사례도 존재한다. 장기간에 걸쳐 연애를 하는 경우에 남녀 모두 한 번 이상은 자신이 원치 않을 때 상대의 욕구에 맞춰 섹스를 한 경험이 있을 것이다. 하지만 혹시나 상대가 다른 여자를 만나서 섹스를 할까 봐 그걸 방지할 목적으로 섹스를 하면서 만족감을 얻기란 힘들다. 기꺼운 의무라고 생각하지 않을 경우엔 자신이 섹스돌(Doll)이 된 것 같은 기분이라고 고백하기도 했다.

"어릴 때부터 부모님이 항상 서로를 죽일 것처럼 증오하며 싸우는 걸 보며 자랐어요. 그렇게 싸울 거면 차라리 헤어지는 게 나을 것 같은데 그러지 않더라고요. 그러다 어느 날 아침 부모님의 침실을 열어보았는데 나체로 잠들어 있는 부모님을 보고 말았어요. 뭔가 이상했어요. 서로 그렇게 싫어하면서 여전히 섹스를 하는 부부라…. 어릴 때였지만 그 모습이 꽤나 뇌리에 박혔어요. 저는 남자친구랑 싸우지 않아요. 그가 화를 내려고 하면 달려들어 그의 입에 혀를 넣고 진한 키스를 하면서 곧장 그를 흥분시켜버리거든요. 그의 허리 벨트를 풀어버리고 바지 지퍼를 내려서 페니스를 애무해요. 싸움을 피할 수만 있다면 하루 종일 섹스만 할 수도 있었어요. 섹스가 하고 싶었던 건 아니지만. 그의 뇌를 정지시키고 싶었어요. 그때의 나는 싸움은 무조건 나쁜 거라고 생각했어요. 관계를 발전시키기 위해서 필요한 과정이라는 걸 받아들이지 못했어요. 오로지 싸움을 피할 생각으로 원치 않을 때도 섹스를 이용했어요. 하지만 그런 것은 우리 관계에 전혀 도움이 되지 않는 행동이었다는 걸 나중에서야 깨닫고 말았죠. 하지만 나는 습관처럼 반응하고 있었어요."

부정적이고 고통스러운 결과를 피하기 위해 원치 않는 섹스에 동의할 때 여자들은 그 섹스를 후회하거나 수치심을 느끼기도 했다.

그 순간 원하지 않았어도 강압에 의한 수락이 아니라 자발적으로 섹스를 응하게 되는 건 큰 문제는 아니란 생각이 든다. 오히려 섹스를 간청하는 남자들의 모습이 여성의 자존감을 향상시키기도 한다. 그렇지만 여성의 예민함은 좋지 않은 섹스에 대한 기억을 온몸으로 간직하게 된다. 그러므로 노, 노, 노가 결국 예스가 되는 그 순간이 자신에게 나쁜 영향을 미칠 것이라는 판단이 들면 욕정에 굴복하는 여자가 되지 않길, 차가운 여자라는 말을 듣는 것이 두려워서 얼떨결에 섹스하는 일은 없길 바란다. •

단호하게 'NO!'

남성이 주를 이루는 커뮤니티의 글을 읽다보면 으레 여자친구가 남자친구의 성욕을 해소해주는 것이 마땅한 의무로 전제되어 있는 글을 볼 때가 있다. 사귀는 관계가 아니어도 데이트를 하는 사이라면 서로 마음에 들어서 만나는 것이니 성관계를 가지는 것이 당연하다는 끔찍한 생각을 하는 남자들도 의외로 많아서 충격적이었다.

자료를 찾아보니 10명의 여자 중 4명은 데이트 중 강간을 당하거나 원치 않은 성관계, 신체 접촉을 강요받았다고 한다. 소위 데이트 폭력이라고 부르는 일은 특별한 누군가에게 일어나는 일이 아니라 일반적으로 자행되는 일이었다. 내 주변에서도 자기 의지와는 상관없이 강요에 의해 강간이나 다름없는 첫 관계를 가진 뒤, 섹스에 대한 좋지 않은 기억 때문에 섹스라는 행위 자체에 공포를 느끼는 여자들이 있다. 섹스를 할 준비가 전혀 없었는데 단둘이 함께 들어간 비디오방에서 욕구를 참지 못한 남자친구가 덮쳐버렸다든지, 부모님이 여행간 틈을 타서 집에 놀러 오라고 불러서는 억지로 해버린 경우라든지, 생활밀착형 사례들은 차고 넘쳐난다.

남자 입장에서 단둘이 있을 수 있는 공간에 의심 없이 따라온 행동 자체가 여자도 원해서 그런 것이라고 자기 합리화를 할 수 있다. 상황적 설명을 듣고 데이트 폭력이라는 말이 당최 납득이 안 되는 사람도 있을 것이다. 여자의 행동에 틈이 보였다고 그들은 말한다. 오히려 유혹한 건 그녀라는 말을 하기도 한다. 이건 정말이지 소아성애자들이 하는 변명이랑 꼭 닮아 있다. 좋아하니까 결국 몸을 열어준 게 아니냐고 반문한다.

하지만 그 공간에서 그녀들이 수도 없이 외친 '안 된다'라는 목소리는 철저히 무시되었다. 데이트 관계에서 거절과 거부는 상대에게 얼마나 상처를 주는 일인지 아는, 마음 여린 그녀들이기에 '단호하게 No'를 주장하지 못한다. 집요하게 덤벼드는 상대를 보며 '나를 얼마나 사랑하면 그런 걸까?'라고 쓸데없는 배려를 하는 것이다.

호감이 있는 상대가 성관계를 강요하거나, 빙빙 돌려 말하긴 하지만 결국 원하는 것은 섹스라는 것을 눈치챈다면 불편함을 느낄 수밖에 없다. 하지만 나를 '사랑'하기 때문에 그러는 것이라고 말하는 남자의 요구를 거절한다면 이 일을 계기로 관계가 서먹해질까, 나를 싫어하게 되진 않을까, 나의 거절 때문에 그가 무안해지진 않을까 걱정스럽기 마련이다. 이 남자를 나도 좋아하고 있다면 그를 배려해주고 그의 요구를 받아들여야 하는 게 아닐까 하는 생각까지도 품게 된다.

하지만 관계의 주체는 '나'라는 사실을 잊지 말자. 원치 않는 관계를 피하기 위해서는 '성적 자기결정권'을 제대로 행사하는 여자가 되어야 한다. 누구에게나, 어떤 관계에서나 자신의 신체적 · 정신적 권리를 보호하고 상대방에게 요구할 권리가 있음을 인지하고 행동해야 한다.

협박과 위협 그리고 직접적인 폭력 행위가 없었다 하더라도 데이트 폭력은 엄밀한 '범죄'라는 걸 알아야 한다. 두 사람이 서로에게 좋은 감정을 가지고 친밀한 관계를 유지해왔던 사이였기에 여자 입장에서는 남자가 자신에게 폭력을 행사했다는 것을 인정하고 싶지 않을 수도 있다. 섹스 문제를 제외한다면 흠잡을 데 없는 사람이고, 내가 선택한 남자가 문제가 있다는 것은 내 선택이 잘못됐다는 것을 의미하는 것이기에 그러한 사실을 인정하기 쉽지는 않다.

힘들게 마음을 먹은 후, 상대가 나에게 저지른 행위가 범죄임을 인지하고 사랑하던 그를 법적인 '가해자'로 만들면 남자는 연애를 망쳐버렸다고 여자를 비난한다. 남자는 주변 사람들을 포섭해 단순한 사랑싸움을 과격하게 법적 문제로 만들어버린 여자를 미쳤다거나 나쁘다는 평판이 돌게 만들 수도 있다. 물론 그런 상황이 두려울 수 있다. 하지만 두 사람의 연애가 이런 파국을 맞게 만든 건 가해자이다. 피해를 입은 여자가 자신의 상황과 감정 상태를 주변 사람들에게 전했는데도 지지하고 공감해주지는 못할망정 나쁜 여자 취급을 한다면 그런 사람들과는 이 일을 계기로 거리를 두는 것이 현명한 처사이다.

사랑받고 싶기 때문에, 당장 내 곁에 있어줄 누군가가 없다는 두려움 때문에 사랑을 빙자한 폭력 행위를 고스란히 혼자서 감내하는 것은 옳지 않은 일이다. 자신이 직시하지 않으려 했던 현실이 무엇인지 보게 되는 날은 돌이킬 수 없을 만큼의 상처를 받은 후일 것이다. 자신을 그렇게 망가지게 내버려두어서는 안 된다.

누구나 외롭고 타인의 사랑을 갈구한다. 하지만 나 자신이 나를 사랑하지 않는다면, 어느 누구도 나를 존중해주지 않는다. 나를 사랑하는 태도는 결코 다른 사람에게 피해를 주지 않는다. 나를 충분히 사랑하고 있는 사람만이 다른 사람을 사랑할 수 있다. 잘못된 관계에서 사랑을 구걸하는 여자가 되지 마

라. 건강하고 현명하게 사랑하는 여자가 되라. 그리고 당신이 원하지 않는다면 단호하게 외쳐라.

No. No. No. •

똑똑함보다는 현명함

린은 끝끝내 할 수 없었다. 그를 받아들이지 못했다. 린의 몸은 돌처럼 완전히 굳어서 아무것도 들어올 수 없는 상태였다. 매일 밤, 그의 몸을 상상하며 뒤척이느라 불면의 밤을 보낸 것은 오히려 린이었다. 침대에서 서로의 몸을 간질이며 까르르 웃고, 서로의 몸을 핥으며 거친 호흡을 내뱉고, 세상에 존재하는 모든 야한 짓을 그와 하길 바랐다. 린은 그와 자보고 싶었다. 남자를 보며 그런 생각이 드는 건 처음이었다. 그 생각을 멈출 수가 없었다. 발정 난 고양이처럼 울고 싶었다.

지금 당장 원하는 것을 말하지 않으면 고꾸라져 죽어버릴 것 같았다. 그랬기에 사귀는 사람이 있던 그에게 "너랑 단둘이 있고 싶다"라고 말했다. 기말고사 과제를 하느라 밤을 새던 여름날, 잠이라도 깰 겸 오렌지 맛 아이스크림을 입에 하나씩 물고 캠퍼스 주변을 산책하던 중이었다. 그 순간 마음이 차올라 그 말을 내뱉지 않을 수 없었다. 그는 아이스크림을 문 채 한동안 가만히 있었다. 그러다 무슨 결심을 했는지 린의 팔목을 잡고 어딘가 씩씩하게 걸어갔다. 학교에서 나와 도착한 곳은 그가 자취를 하던 방이었고, 방문을 닫자마자 그는 린에게 키스를 했다.

그의 입술과 혀는 린이 상상하던 것보다 저돌적이고 거칠었지만 나쁘진 않았다. 린은 자신이 내뱉은 한 문장이 만들어낸 효과에 희열을 느꼈다. 셔츠를 벗기고 꿈에 그리던 그의 몸은 상상보다 더 탄탄하고 근사했다. 알몸이 된 채 서로의 체온을 놓치지 않으려는 듯 맹렬하게 달려들었다. 린은 흥분한 그가 자신의 몸을 집어삼켜버려도 좋을 것 같다고 생각했다. 정신을 잃어버릴 것 같은 그 상황이 좋다고 생각했고 린은 순진하게 그에게 "내가 좋아?"라고 물어버렸다. 저도 모르게 툭 튀어나온 말이었다. 자신의 목소리가 귀에 닿는 순간 아차 싶었다.

린에게는 첫 섹스였다. 설령 지금 그의 곁에 다른 누군가가 자리하고 있지만 자신을 좋아해주는 마음이 필요했다. 소녀 같은 마음이 그것을 확인하려고 했다. 적어도 자신은 그런 마음으로 임하고 있다는 걸 알려주고 싶었다. 린은 그 순간 둘 사이를 감싸고 있던 격정의 기운이 어디론가 스르르 빨려 나가는 걸 느꼈다. 어떤 말을 해야 할지 모르는 그의 얼굴에는 당황한 표정이 역력했다. 린은 눈을 깜빡거리며 그를 바라보았다. 그의 입에서 뭔가 적당한 말이 나오길 바랐다. 자신이 저지른 이 실수가 수습되고 다시 서로의 몸을 갈망하던 순간으로 돌아가고 싶었다. 그는 린을 보며 말했다.

"넌 똑똑하잖아."

똑똑하다. 형용사. 또렷하고 분명하다. 사리에 밝고 총명하다. 셈 따위가 정확하다. 이 단어의 의미를 머릿속에 떠올리며 린은 그가 바라는 것이 무엇인지 명확하게 알 수 있었다. 동시에 자신이 원하는 것이 무엇인지도 알게 되었다. 그의 몸을 바란 것은 사실이지만 린은 그와 자는 것 이상을 바라고 있었다.

가엾게도 지금까지 린은 자신을 스스로 속이고 있었다. 어쩌면 섹스를 통해 관계가 재정립될 수 있을지 모른다고 기대했는지도 모른다. 섹스만 하면 만족할 수 있을 것처럼 도발적인 태도를 취한 건 거절당한 뒤 상처 받지 않기 위한 방어막일 뿐이었다. 그에게 린은 '자신을 좋아해주는, 그래서 애인 몰래 잘 수 있는 여자'였을 뿐이었다.

그는 머리를 쓰다듬고 키스를 했다. 그리고 자신의 단단해진 페니스를 린의 몸으로 밀어 넣는 일을 이어나가려고 했다. 린은 그의 말대로 셈이 정확한 여자였다. 그 정도 가치로 자신을 대하는 남자와 섹스할 수는 없었다. 쉬운 여자로 보이게 만든 건 린이었다고 해도 그가 원하는 목표를 달성하게 내버려둘 수 없었다. 린이 원하는 게 단지 그와 자는 것만이 아니란 걸 알게 된 순간 린의 몸은 확실히 현명하게 굴었다.

먼저 유혹한 것은 린이었으니 그는 그 상황이 짜증스러웠을 것이다. 린은 '네가 날 좋아하지 않으니 섹스는 힘들겠어'라고 말하고 싶진 않았다. 거짓이라 하더라도 린에게 '좋아한다'고 말하지 않은 것이 섹스를 방해한 결과가 되었다는 것을 그도 잘 알 것이다. 물론 그런 성격이 그에게 반했던 이유 중 하나였다. 둘은 목적도 이루지 못했고 린은 어둠 속에서 옷을 챙겨 입고 그의 방을 나왔다. 아직 동이 트기 전 여름 새벽의 공기가 이토록 시린 줄 몰랐던 린은 자신을 두 팔로 감싸 안은 채 발걸음을 재촉했다. 그 경험을 통해 린은 발전 가능성이 없는 사람을 홀로 애태우며 좋아하는 일은 다신 하지 않기로 결심했다. 그녀는 자신을 속이는 어리석은 짓은 하지 않았다. 똑똑하게 굴기보다는 현명한 선택을 내릴 줄 아는 여자가 되는 한 걸음을 딛었다고 린은 생각했다. •

3부

새벽 세 시의 외로움

아무것도 아닌 밤

그는 홍에게 차가 끊겼으니 재워달라고 말했다. 홍은 택시를 타고 가라고 말해주었다. 그는 헤헤 웃으며 택시비를 아껴 맛있는 안주를 사먹자고 말했다. 둘은 이미 거나하게 취했고 안주의 맛 따위 중요하지도 않았다. 그는 택시비가 아쉬울 사람이 아니었다. 그럼에도 재워달라는 말만 반복했다. 홍은 그 말의 저의를 분명하게 느꼈다. 혼자 잠드는 밤이 홍도 지겹다고 생각했다. 그와 잔다고 해서 인생이 복잡하게 꼬일 것 같지도 않았다.

홍은 그와 함께 엘리베이터를 탔다. 그는 들어가자마자 침대로 가서 쓰러졌다. 다른 남자들과 다를 바 없는 전형적이고 빤한 행동이 놀랍지도 않았다. 다만 하루의 더러움이 고스란히 묻은 옷을 입고 자신의 영역인 아이보리색 침구에 누웠다는 사실이 홍을 불쾌하게 만들었다. 그에게 소파에 가서 누우라고 말했다. 그는 침대에 누워 있겠다고 징징거렸다. 생각지도 못한 그의 행동에 홍은 술이 딱 깨버렸다. 조용한 방에 단호하고 차가운 홍의 목소리가 울려 퍼졌다. "소파로 가요." 그는 겸연쩍어하며 소파로 자리를 옮기더니 이내 잠든 척을 했다.

홍은 라디오를 틀고 맥주 한 병을 따서 천천히 비웠다. 심야 라디오에서는 제임스 모리슨의 〈You give me something〉이 흘러나왔다. 그는 여전히 꼼짝도 하지 않고 소파에 쓰러져 있었다. 홍은 샤워를 하고 나왔다. 그제야 그는 눈을 부비고 하품까지 하며 일어났다. 그는 "샴푸 냄새가 좋아"라고 말하며 홍을 뒤에서 껴안았다.

그는 다짜고짜 홍의 몸에 손을 댔다. 젖은 머리카락을 넘기며 귓불을 만지고, 볼을 만졌다. 섹스로 가기 위한 당연한 수순이겠지만 처음 홍의 몸을 만지는 순간인데 주저함이 없었다. 욕망에 사로잡혀 설렘도 없이 무신경하게 홍의 몸을 건드리는 것에 지나지 않았다.

남자들은 서툴거나 서둘렀다. 홍은 그것이 참 지겹다고 생각했다. 예의 바르지 않다고 생각했다. 적잖게 실망스러웠다. 그의 손길을 막아보았지만 막무가내였다. 그는 이미 주체하지 못할 만큼 흥분한 상태였다. 그와 자지 않겠다는 건 아니었다. 홍은 적어도 섹스가 자연스럽고 매끄럽고 정중하게 이어지길 원했다. "샤워라도 하고 와." 홍의 요구는 그의 귓가에 닿지 않았다. 그는 부풀어 오를 대로 부푼 그것을 꺼내 홍의 몸 안으로 집어넣기만을 바랐다.

홍은 그의 방식이 마음에 들진 않았지만 그를 집 안으로 들인 순간 그와 자겠다는 무언의 대답을 한 것이나 마찬가지였다. 이제와 요조숙녀처럼 군다는 건 스스로 생각해도 우스운 모양새였다. 홍도 섹스가 필요한 밤이었다. 그가 지금껏 보여준 배려심을 믿었다. 좋은 사람이라고 판단했기 때문에 그와 자보기로 마음먹었던 것이었다. 하지만 지금은 그 판단에 확신이 서지 않았다.

집에 들어와서 보여준 미숙한 행동은 그가 닳고 닳은 남자가 아니라 그런 것이라고 구태여 긍정적으로 해석하기로 했다. 둘 다 지금 특별히 만나는 사람도 없었고, 둘 사이에 애매한 기류가 흐르긴 했다. 섹스라는 행위가 두 사람 사이를 신속 정확하게 정의하는 데 도움을 줄 수 있다면 내맡겨보기로 했다.

홍이 거부하던 손길을 거두자, 호기심과 욕망에 사로잡힌 두 사람의 몸짓은 격정적으로 변했다. 그러나 곧 알게 되었다. 둘의 어떤 움직임에도 애정은 어려 있지 않았다. 서로를 탐색할 뿐이었다. 홍은 덤덤히 받아들였다. 그저 하룻밤이라고 생각하기로 했다. 그가 보여준 몇 가지 행동에 실망한 탓인지 몸은 흥분해서 젖어가지만 마음은 부서져 가루가 되어버릴 정도로 건조한 상태였다. 그도 그런 마음을 눈치챈 것 같았다.

다음 날 그는 홍의 침대에서 늦잠을 잤다. 홍이 깨우자 잠투정을 하며 한 시간 만에 일어났다. 일어난 그는 어젯밤 일에 대해서는 일언반구도 없었다. 그러면서 홍에게 아침 식사를 차려달라고 말했다. "나가서 먹자. 오피스텔 지하에 가정식 백반 잘하는 곳이 있어." 그러나 그는 홍의 트위터에서 친구들에게 차려준 아침식사 사진을 본 적이 있다며, 자신에게도 밥을 차려달라고 했다. 홍은 지금 냉장고에 아무것도 없으니 나가서 먹자고 했지만 그는 막무가내로 조르기 시작했다. 그는 집 근처에 있는 마트에서 장을 봐와 만들어 먹자고 떼를 썼다.

그는 홍에게 잘 잤냐는 말과 더불어 포옹을 하는 일도 없었고 애정이 담긴 굿모닝 키스도 하지 않았다. 어젯밤 아무 일도 없었던 사람처럼 행동했다. 그러면서 신혼부부 놀이라도 하듯 장을 보고, 밥상을 받고 싶어 한다는 사실이 짜증스러웠다. 경박하고도 실용적인 요구였다. 분명 그의 아버지가 어머니에게 그러하듯 당연한 요구라고 생각했을 것이다. 홍은 더 이상 참을 수 없었다. "이제 그만 나가." 홍과 그는 단지 어젯밤 하루 몸을 섞은 상대일 뿐이었다. 그는 홍이 화가 났다는 사실도 모른 채 장난스럽게 왜 그러냐고 말했다. 그는 도무지 한 번 말을 해선 알아먹지 못하는 남자였다. "나가라구!" 홍은 빽하고 소리를 질렀다.

홍은 그를 내쫓고 고요한 방에 홀로 서 있었다. 그러다 마치 할 일이 생각난 듯 소파의 커버와 침대 커버를 벗겨 세탁기 안에 쑤셔 넣었다. '그저 실패한 하룻밤일 뿐이야.' 하룻밤을 같이 보냈으니 책임을 지거나, 사랑해달라는 것도 아니었다. 홍은 자신의 모험이 위험하거나 틀린 거라고 생각하지 않는다. 그저 어떤 사람의 실체를 신속하게 파악할 수 있는 방법이 섹스라고 믿는다. 매번 이렇게 엉망으로 끝나는 건 아니었다.

함께 밤을 보내며 세상 누구보다도 가까이에서 호흡을 나누었다는 이유로 다음 날 자신에게 순종적이길 바란다거나 볼 거 다 본 사이이니 전에 지키던 예의 따위 생략해도 된다고 생각하는 남자들은 참으로 별 볼 일 없다. 그가 다른 남자와 조금이라도 다를 거라 기대한 마음, 남자를 보는 안목이 완성되지 않았다는 자책감이 밀려오려 했다. 하지만 홍은 세탁기 소음을 들으며 아무것도 아닌 밤을 보낸 것뿐이라고 생각하기로 한다. ●

현명한 하룻밤

여자들도 얼마든지 자신의 욕구를 위해 하룻밤 인연을 선택할 수 있고 그것이 문제될 건 없다고 말하지만, 그렇게 끝나게 될 관계는 아무리 오늘밤이 외롭더라도 권장 사항은 아니다. 자신의 충동적이고 성급한 선택을 자책하며 괴로워하는 사례는 이미 차고 넘친다. 하룻밤으로 끝날지 몰랐다는 순진한 반응부터, 처음 만난 날, 둘의 목적은 섹스인 것이 뻔한데도 '오늘부터 사귀자'라고 말해야 잘 수 있는 여자들이 있다는 걸 알기에 남자들도 그렇게 말한다. 하지만 당연히 다음날부터 연락이 안 되는 건 자연스러운 일이다. 어차피 섹스가 목적인 만남에 사귄다는 허울 좋은 말이 의미 없다는 걸 여자들도 알았으면 좋겠다. 자신에게 조금 솔직해져도 되지 않을까? 그런 말이라도 들어야 자존심이 상하지 않는다고 생각하는 것이 오히려 더 우습지 않은가. 다시 볼 일 없고, 상관도 없어진 남자가 혹여나 자신을 쉽고 가벼운 여자로 생각하는 건 아닌지 쓸데없는 걱정에 빠져 한없이 자신을 비하한다. 여기에 당신의 사연까지 보탤 필요는 없다.

하지만 오늘밤 밀려온 욕구를 해결하지 못하면 뇌신경이 이상해져버릴 것 같은 발정기의 밤, 눈앞에 매력적인 남자가 섹스를 제안해온다면 그 기회야말로 결코 놓쳐서는 안 된다. 그런 상황에서 유의해야 할 점은 무엇일까?

우선 숙박업소를 이용하는 게 좋다. 낯선 남자와 모텔에 가는 게 싫다는 이유로 집에 데려가는 멍청한 짓은 하지 말자. 어차피 섹스를 위한 것이라면 불편하고 어색한 공간이라 할지라도 모텔이 안전하다. 당신의 촉을 존중하며 당신이 위험한 남자를 고르지 않을 거라고 믿고 싶지만 예측을 빗나가는 게 사람의 일이지 않은가? 어찌어찌하다보니 섹스까지 하게 된 남자가 스토커로 변해 당신 집 앞에 죽치고 앉아 한 번 더 만나달라고, 한 번 더 같이 자자고 치근덕거리면 얼마나 무섭고 끔찍하겠는가? 모텔에는 가기 싫어서 그의 집에 쫄래쫄래 따라가는 것도 금물이다. 처음 만나는 남자의 집에서 무슨 일을 어떻게 당할지 아무도 모른다. 몰래카메라를 설치해놓았을지도 모르고, 같이 사는 친구가 있을지도 모를 일 아닌가!

클럽이나 파티에서 만나 하룻밤을 보내게 될 때도 있다. 과도한 알코올을 섭취한 상태에서 평소보다 더 들뜨고 열린 마음이라면 서로에게 담백하면서도 솔직하게 다가설 수 있을 것이다. 적당한 호기심과 호감을 느낀 상대와의 하룻밤, 적어도 다섯 번 이상은 자야 흥미가 떨어지기 시작한다는 통계 자료를 바탕으로 한다면 단지 하룻밤만으로는 끝내기 아쉬울지도 모른다. 상대도 그런 마음으로 당신의 연락처를 물어볼지도 모른다. 하지만 상대의 컬렉션이 되는 걸 반드시 거부하길 바란다. 여자의 전화번호를 저장해두고 자신이 원할 때만 연락할 목적인 남자들에게 그 전화번호는 아무런 의미가 없다. 다시 만난다고 해도 그날의 분위기 같지는 않을 것이다.

다시 만난다고 해도 잘될 가능성은 희박하다. 서로의 몸을 탐했던 사이라 하더라도 그것 말고는 달리 아는 것도 없는 사이에 맨 정신으로 만나 밥을 먹고, 술 한잔하고 또다시 모텔로 직행하는 일은 소개팅의 첫 만남보다 어색할지도 모른다. 원나이트 상대에게는 자신의 신상 정보는 알려주지 않는 게 낫다. 아쉬움이 남는다면 본인의 번호는 알려주지 말고 상대의 번호를 받아라. 혹시 전화할지도 모른다는 기대감과 기다림을 상대에게 전가시키는 것이 낫다. 요즘은 전화번호 대신 스마트폰의 메신저 아이디를 주고받던데 상대와 시답잖은 야한 농담이나

주고받으며 시간을 보낼 심심풀이용 관계가 되고 싶지 않다면, 깔끔하게 하룻밤 여자로 사라지는 게 현명하다.

섹스를 사랑과 연관 짓는 여자들의 특성 때문에 가장 큰 원나이트 후유증은 몸이 친밀해졌다고 관계까지 친밀해졌다고 느끼는 착각이다. 여자는 섹스한 다음 날 그 감정에 취해 어젯밤 섹스를 되새김질하거나 그 관계에 의미 부여를 하려고 하지만, 남자에게 섹스는 단지 섹스. 아무 의미 없는 섹스일 뿐이다.

물론 이건 뇌구조의 남녀 차이에서 기인하는 현상이다. 여자의 두뇌는 섹스와 사랑을 동일한 것으로 해석하고 의미를 부여한다. 단지 육체적인 관계라는 것을 이성적으로 납득한 상태에서 원나이트를 선택할 때에도 여자는 자신의 자존감을 높이기 위한 수단으로써 섹스를 하는 경우가 많기 때문에 남자면 섹스를 할 수 있다가 아니라 어느 정도 충족되는 '조건'을 갖춘 상대와 섹스를 하려고 한다. 그렇다보니 '그 남자는 순전히 자기의 욕구만을 위해 나를 만난 것 같다'라는 당신의 직감은 틀리지 않다. 그것을 애정으로 덧씌워 착각하는 일은 하지 않아야 한다.

하룻밤의 관계에서 추구해야 할 것은 관계의 돈독함이 아니고 육체적인 즐거움이다. 하룻밤 같이 보낸다고 해서 그에게 의미 있는 존재가 되려는 몸부림은 치지 않는 게 좋다. 물론 당신에게 이런 일은 '처음'이고 이런 일탈에 들떴을지도 모른다. 하지만 당신이 상대에게 '나 이런 건 처음이야'라고 말한들 누가 곧이곧대로 믿겠는가? 안 하느니만 못한 말은 삼키고 그 순간의 즐거움을 취하는 것이 훨씬 바람직하다.

잠자리 매너도 좋고 몸이 느낀 만족감도 높아 마음까지 '혹' 할 수도 있지만 그래봐야 그 남자는 제버릇 남 못 줄 것이다. 당신 때문에 그가 개과천선할 일은 없다. 그러니 현재를 즐기며 신나게 살고 있는 그 때문에 스스로를 괴로움에 빠뜨리는 상황은 없어야 할 것이다.

남자는 좌뇌와 우뇌 연결 접합선이 12퍼센트나 부족하고, 그 둘의 정보 교환을 도와주는 뇌량의 연결 기능도 여자에 비해 30퍼센트나 떨어져 있다. 그렇기에 남자에게 섹스는 섹스고 사랑은 사랑이다. 별로 좋아하지도 않는 여자와도 섹스를 할 수 있고, 사랑하는 여자가 아니기 때문에 변태적인 행위를 아무렇지 않게 요구할 수 있다. 애널섹스나 쓰리섬이나 SM섹스 같은, 사랑하는 사이라면 감히 쉽게 제안하지 못할 방식의 섹스를 원나이트 상대가 제안하며 강압적으로 당신의 몸을 제압하려 들 수도 있다.

당신이 모험심이 넘쳐 그 모든 것이 해보고 싶었다면 문제없지만 당신이 원치 않는 섹스를 상대가 하려고 든다면 어영부영 당해서는 안 된다. 우선 당황하거나 겁먹지 말고 지나치게 흥분하여 동물 상태가 된 그를 잘 어르고 달래도록 하라. 샤워부터 하자고 말하고 화장실에서 신고를 해라. 직접 신고하기 곤란할 때는 믿을 만한 친구에게 문자를 보내 대신 신고하도록 조치를 취해야 한다. 친구들에게 말하기 부끄럽고 숨기고 싶은 일일지 모르겠지만 안전한 섹스를 하고 싶다면 낯선 남자와 모텔에 들어가기 전에 안전장치를 마련하는 게 좋지 않겠는가?

마지막 유의 사항은 바로 절대 피임이다. 이런 건 유의 사항에 쓰고 싶지 않다. 당연히 알아서 잘 챙길 거라 믿고 싶다. 술에 취해 그냥 해버렸다? 섹스를 한다는 자각이 있다면 부디 콘돔을 챙겨라. 하룻밤 즐거움 때문에 남은 인생을 원치 않는 방향으로 가게 내버려두고 싶지 않다면 자기 몸은 알아서 챙겨야 한다.

이 정도만 염두에 둔다면 당신의 하룻밤은 안전하면서도 충분히 즐거울 수 있다. 그 순간만큼은 남자의 뇌를 탑재하고 탐욕스럽고 신나게 섹스를 즐기길 바란다. •

혼자서도 잘해요

잘못 들었다고 생각했다. 엄지손가락? 물론 다른 사람들보다 내 손이 작긴 했지만 준이 들어 보인 엄지손가락도 그리 커 보이지는 않았다.

"진짜 이만했다니까! 나도 믿기지 않았어. 그러니까 내 손가락으로 비교를 해본 거지. 이제 하다 하다 내가 이런 꼴을 당하는구나. 아무리 페니스 사이즈는 랜덤이라지만 우리나라 평균 사이즈 깎아 먹는 남자를 발견하게 될 줄 누가 알았겠니?"

몇 달 전 준을 만났을 때 절규의 외침을 들었다. 준의 섹스는 100일 정도 황폐했다. 호랑이와 곰에게 쑥과 마늘만 던져준 것처럼 시련과 고통의 나날이었다. 영양분을 제대로 섭취 못해 삐죽삐죽 거칠어진 털을 가진 여우처럼 까칠한 상태였다. 준에게 쾌락을 선사하겠다고 호언장담을 하던 남자들은 팬티만 벗겨놓으면 한숨을 내쉴 수밖에 없는 사이즈를 가지고 있었다. 제 몫을 못하는, 마치 애들 장난감 같은 수준의 그것을 가지고 준에게 덤벼들다니. 마음에서 우러나오는 교성을 마음껏 지르지 못하는 밤이 지속될수록 준은 쪼글쪼글 생기를 잃어가고 있었다.

"마가 낀 것 같아. 굿이라도 해야 할까? 내 섹스 라이프가 어쩌다 평균만도 못하게 된 거지?"

준에게는 정말 심각한 문제였다. 하지만 도울 방법이 없었다.

크리스마스 시즌이 다가왔고 한결 마음을 진정시킨 준은 파티 호스트가 되어 친구들을 집으로 초대했다. 딸기 타르트와 샴페인을 마시며 분위기가 달아오를 즈음 준은 지후 씨 이야기를 하기 시작했다.

"정말 완벽해. 지후 씨는 나의 정신이 다른 차원을 경험하게 만들어줘. 그 올곧음과 단단함은 내가 꿈꾸던 것 이상이었어. 내 몸을 진동시키는 묵직함과 지칠 줄 모르는 성실함. 지후 씨와의 밤에는 오직 '만족'과 '황홀'이라는 단어만이 존재해. 사랑스러운 베이비 핑크빛, 한 손으로 감싸 쥘 때 빈틈이 없고, 16센티미터라는 근사한 길이까지 갖춘 나의 지후 씨."

더 이상 인내심과 인간성을 끌어 모아 헌신의 밤을 보낼 수 없다고 생각했던 준은 자신의 까다로운 조건을 충족시킬 수 있는 지후 씨를 찾아내고 말았다. 인터넷 성인용품 사이트의 제품들을 꼼꼼하게 살핀 뒤 준의 품으로 배송되어 온 지후 씨. 준은 그 지후 씨와 상상의 나래를 마음껏 펼쳤다.

"지후 씨는 176센티미터에 70킬로그램의 건강한 몸을 가지고 있어. 내게 있어 건강함이란 하룻밤에 세 번 정도는 가능한 체력을 가졌다는 거야. 나의 의외성이나 도발에도 크게 놀라지 않을, 혈액형으로 치자면 AB형 남자. 그리고 가장 중요한 것! 20센티미터는 비현실적이잖아. 18센티미터의 페니스를 가진 남자도 여태 한 번밖에 만나지 못했어. 내게 있어서 현실적인 동시에 환상적인 길이인 16센티미터! 지후 씨는 그 조건을 확실하게 갖추었어."

그런 지후 씨는 준의 밤을, 아니 시도 때도 없이, 하고 싶을 때마다, 나른하게 잠이 덜 깬 아침에도, 영화를 보다가, 잡지를 보다가도, 준이 원하는 그 순간에 언제나 준의 몸을 달아오르게 만들어주었다. 변함없고 오래가는 지후 씨와의 들뜬 놀이 덕분에 준은 지금과 같은 윤기를 찾을 수 있었다고 말했다.

16센티미터의 바이브레이터에 이름을 붙여주고 인격을 형성시키며, 우리들에게도 바이브레이터를 적극 권장할 정도로 준은 그 기구에 예찬을 펼쳤다. 천사 같은 지후 씨는 준을 하루 종일 침대에서 뒹굴게 만들었다.

나는 운이 좋은 편에 속하는지 준이 말하는 실망스러운 남자는 만나본 적이 없다. 페니스의 실물 모양을 본떠 만든 지후 씨를 보았을 때도 나는 "이게 큰 거야? 늘 보던 사이즈인걸"라고 말해 준에게 'ㅂㅂㅇㄴ(복 받은 년)'이라는 칭호를 받았다. 처음엔 거부했던 자위를 하고 난 뒤 내 몸에 대한 새로운 발견을 한 것처럼 바이브레이터도 나를 별세계로 데려가 줄지도 모르겠다. 하지만 아직까지는 체온을 가지고 몸 안으로 들어오는 실물의 페니스를 조금 더 사랑할 생각이다.

섹스에 대한 거침없는 모험심으로 언제나 놀라움을 선사해주는 준에게 감사를 전한다. 친구들 사이에서 〈섹스 앤 더 시티〉의 사만다 역할을 톡톡히 해내고 있는 준! 드라마 속에서 안마기를 바이브레이터 대용으로 사려는 여자들에게 품평을 해주며 좋은 제품을 살 수 있게 도와주는 사만다처럼 준의 바이브레이터 구입 덕분에 이 글을 쓸 수 있었음을 밝힌다. •

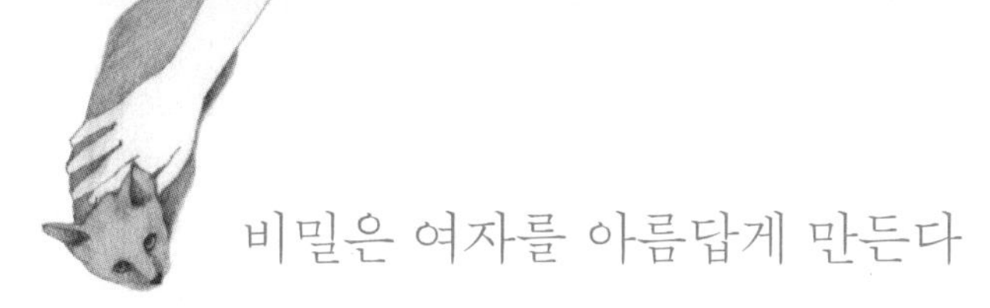

비밀은 여자를 아름답게 만든다

그녀들은 목소리를 낮추고 내게만 할 수 있는 이야기라고 했다. 이런 이야기를 했을 때 이상하게 생각하지 않을 사람이 들어주길 바란다고 말했다. 단편적인 느낌이나 상황일 뿐이라 어떻게 글로 묶어야 할지 모르겠다고 생각했는데 그렇게 듣게 되는 이야기가 하나둘씩 생기자, 비밀을 간직한 그녀들의 얼굴이 떠올랐다. 아무에게도 말하지 못하고 혼자서만 간직해왔지만 누설하고 싶은 욕망. 잘못된 게 아니라는 인정을 받고 싶어 하는 그 표정.

성적 환상을 묻기 위해 유진을 만났는데 그녀는 특별한 환상 같은 걸 가지고 있지 않다고 했다. 보기와 마찬가지로 성적인 취향도 평범하고 모험을 즐기지 않기 때문인가 하고 추측하려는 순간 말을 이었다.

"저는 남자를 괴롭히는 섹스가 좋아요. 그의 손을 스카프로 등 뒤로 묶은 채 내 몸을 전혀 만지지 못하게 하는 섹스라든지, 사람 많은 레스토랑에 마주 앉아 밥을 먹으면서 식탁보로 가려진 테이블 밑으로 발을 뻗어 그의 허벅지부터 페니스까지 애무를 하는 거죠. 당혹스러운 표정을 짓는 걸 보는 게 좋아요. 내 위에서 피스톤 운동을 하며 곧 사정할 것 같은 표정을 짓는 그를 보며 순간 몸을 움직여 페니스를 빼서 후배위로 체위를 바꿔버릴 때, 내가 이 관계를 지배하고 있다는 생각이 들어서 짜릿해요. 그게 내가 섹스를 하는 이유이고 실제로 그렇게 만드니까 굳이 환상 같은 걸 가지지 않아요."

주영은 섹스가 기계적이길 원했다. 혹시 이공 계열인가라고 생각한 건 편견이었다. 정기적이고 규칙적인 섹스, 정액이 차오르면 분출하고 싶은 남자들처럼 일주일에 한 번, 금요일 밤 퇴근하고 집에 들어가기 전에 주영은 항상 섹스를 원했다. 사랑이니 연애니 감정적인 것들이 자신을 혼란스럽게 만드는 것은 딱 질색이기 때문에 두세 명의 친구와 번갈아가며 관계를 유지한 지 2년 정도 되었다고 했다. 편집증적일지 몰라도 생활 계획표에 맞춰 정확하게 살아가고 있었다. 오랜 연애가 끝난 뒤 망가져버린 자신의 감정과 생활로 인해 1년 정도 심한 우울증에 걸렸던 그녀. 다시 일상으로 회복하기 위해 사용한 방법은 계획과 규칙, 그리고 실천이었다. 주영과 약속을 잡는 것이 까다로웠던 이유가 있었다. 주영에게 궁금한 것이 하나 더 생겼다. 그렇게 섹스만 하기로 정한 남자들은 어떻게 만나느냐는 것.

"솔직한 게 제일 중요해요. 어떤 남자를 만나서 어떤 섹스를 하고 싶은지 정확하게 자신이 바라는 게 무엇인지 밝히는 거죠. 돌려 말하면서 남자들이 알아주길 바라는 것은 나는 실패하겠다고 선언하는 것과 마찬가지예요."

목적과 목표가 분명하기에 내숭을 떨 필요도 없다고 말했다. 어떤 곳에서 어떤 방식으로 남자를 만나는지 자세히 말해주지 않았지만 원하는 것을 확실히 밝히면 어쭙잖은 남자들이 덤비는 경우가 줄어들고, 거기에 응하는 남자들 중에 자신과 잘 맞을 사람을 고르는 것이라고 했다.

소율은 아직까지 한국 남자와 자본 적이 없다고 말했다. 고등학교 때 유학을 떠나 대학을 마치고 한국에 돌아와서 직장생활을 하고 있다고 했다. 홀로 타지 생활을 하면서 느끼는 외로움을 연애로 해소했고 어학 공부를 하기 위해 유학을 택했던 것이므로 말이 통하는 한국 남자는 일부러 피했다. 어차피 남녀의 언어는 한국말이라도 서로 통하지 않는다고 소율은 생각했다. 한국 남자와 자본 적이 없다는 그녀의 말은 포경 수술한 페니스를 본 적이 없다는 말과 동일했다.

"포르노 영화에서 본 적 있죠. 하지만 실물로 그런 모양의 페니스를 본 적이 없어요. 매끈하게 귀두를 드러내고 있는 페니스. 뭔가 잘 상상이 되지 않아요. 내가 처음 본 건 포경수술하지 않고 표피에 귀두가 감춰져 있는 녀석이잖아요. 그게 각인되고 나니까 '귀두가 드러나 있다니 수줍음도 모르는 녀석이군'이라는 상상을 하게 되더라고요. 포경 수술을 하지 않은 페니스는 엄청 귀여워요. 내 앞에서 때가 되었다 싶을 때 그 반질반질하고 분홍분홍한 귀두를 드러내잖아요. 나도 모르게 '안녕'하고 인사를 하게 된다니까요."

오히려 대부분의 여자들은 포경 수술하지 않은 페니스에 익숙하지 않아 막연한 거부감을 갖기도 한다고 들었지만, 포경 수술한 페니스를 본다면 정장을 갖춰 입고 격식을 차린 디너파티에 알몸으로 등장한 남자를 보는 것 같은 당혹감을 느낄 것 같다고 소율은 말했다.

미희는 언제나 생리가 끝날 무렵에 섹스를 원했다. 몸에서 흘러나오는 피의 양이 거의 없을 때 흥분된 상태에서 애액과 피가 함께 분비되는 느낌이 자신을 더욱 달아오르게 만든다고 했다.

"왠지 그때 몸이 간질간질거리는 느낌이 들어요. 하고 싶다는 생각에 강렬히 사로잡히죠. 처음에는 남자친구가 그래도 괜찮냐 물어보기도 했지만 이 무렵 섹스를 할 때 내가 더 적극적이고 반응이 확실하니까 더 좋아하는 것 같아요"

생리 중이라 세균에 민감하니 콘돔을 쓰라는 말을 하면 군말 없이 콘돔을 착용하니 이 문제로 실랑이를 벌이지 않아 편하다는 말도 덧붙였다. 생리가 끝날 무렵에는 가슴이 바람 빠진 풍선처럼 탄력도 없고 작아지는 느낌을 받는데, 그럴 때 섹스를 하면서 애무를 충분히 받아 빵빵해진 가슴을 느끼는 것도 좋다고 했다.

은정이 원하는 것은 건조함이었다. 섹스를 하고 싶다고 생각한 순간 몸이 그것을 느끼고 페니스를 받아들일 만큼 흥분되기 '전'에 그것이 자신의 몸에 삽입되길 원했다. 자신의 몸으로 그의 성기를 본을 뜨듯 말라 있는 몸을 찢을 것처럼 밀고 들어오는 아픔을 느끼면서 납득할 수 없는 위로를 받는다고 했다. 그녀의 내부에 전해지는 생경한 고통의 건조함이 그가 천천히 움직이기 시작하면서 미끈거림으로 변할 때 쾌감이 서서히 깨어난다고 말했다.

그녀들의 고백은 특별히 비밀로 감춰야 할 만큼 이상하다거나 부도덕한 것이 아닌 취향과 선택의 문제일 뿐이었다. 게다가 그런 섹스를 공유하고 있는 사람이 있다면 문제될 것도 없었다. 그녀들은 얌전하고 평범했다. 그럼에도 마주 앉는 순간

말로 설명할 수 없지만 내공 깊은 여인의 분위기가 있었다. 아마도 이런 이면은 자신만이 돌보고 키워온 비밀이 가진 힘에서 비롯된 것이 아닐까 싶다. •

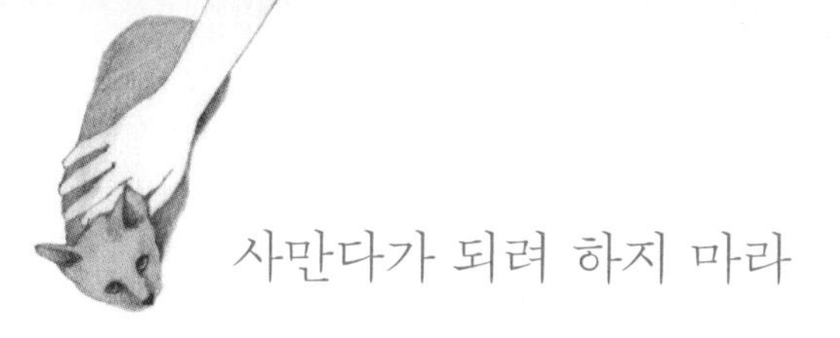

사만다가 되려 하지 마라

섹스와 관계 맺음, 사랑과 연애에 대한 여성들의 바이블은 누가 뭐라고 해도 HBO에서 방영한 〈섹스 앤 더 시티〉일 것이다. 여성이 겪을 수 있는 다양한 연애 관계와 섹스, 그리고 그로 인해 여성들이 느끼게 되는 감정들이 총망라되어 있는 드라마다. 나 역시 그 드라마에 빚을 지고 있는 셈이다.

여성이라면 누구나 드라마 속 캐릭터 하나에 감정 이입을 해 본 적이 있을 것이다. 나 역시 친한 친구 넷이 모여 드라마 속의 닮은 캐릭터를 정하고 (당시의 나는 샬롯 요크였다) 휴일 아침 정기적으로 모여 맛있는 음식을 먹고 달콤한 디저트를 먹으며 하루 종일 수다를 떨었다. 용기를 얻고 위로를 받는 시간이자, 연애와 사랑 그리고 섹스에 대한 진솔한 이야기들을 나누는 시간이었다.

〈섹스 앤 더 시티〉처럼 화려하거나 섹스가 난무하진 않지만, 각자 너무나 다른 친구 넷이 다른 방식으로 살아가면서 10년 넘게 다져온 우정은 드라마 속 등장인물 못지않았다. 나와 내 친구들만 그런 것이 아니라 많은 여성들이 이런 식으로 동지애를 나누며 살아가고 있다. 〈섹스 앤 더 시티〉의 극장판이 개봉했을 때 삼삼오오 무리지어 온 여자들을 보며 '저 아이가 이 그룹에선 미란다를 맡고 있겠군' 하고 유추해보는 것도 재미있었다.

이렇듯 2000년대 이후 지금까지 여성의 삶과 그 방식에 여러 가지 영향을 꾸준히 미치고 있는 콘텐츠이다 보니 이제 막 섹스를 자신의 생활 영역으로 가지고 온 어린 여자들이 사만다를 동경하고 흉내 내려고 하는 걸 종종 보게 된다.

사만다는 섹스에 대해서 남자와 같은 사고를 한다. 감정보다는 테크닉을 중요하게 여기고 많은 남자와 자보길 원했고(다른 캐릭터들 역시 장기적인 관계를 맺고 있지 않을 때는 항상 새로운 남자들과 섹스를 했지만) 한 남자의 여자가 되기보단 남자들을 정복하며 쾌감을 느꼈다. 사랑을 믿지 않고 섹스로 남자를 컨트롤했다.

사만다가 남긴 "I Love you, but I love me more"라는 유명한 대사는 스스로 주체적이고 독립적이라고 생각하지만 연애 문제에만 빠져들면 종속적이고 남자들에게 헌신하게 되는 여자들에게는 충격을 주었다. 연애를 하면서 자기를 점점 잃어 가고 오히려 불행해지는 자신을 발견할 때 자신에게 중요한 것은 외로움을 달래줄 연애가 아니라 자신을 사랑하는 법부터 배워야 한다는 것을 알려주었다.

그러나 많은 여자들이 사만다라는 캐릭터를 오해한 채로 동경하고 있다는 생각이 들었다. 섹스에 대한 욕구가 분명하며, 자신의 섹시함이 남자들의 시선을 사로잡는다는 것을 잘 아는 여자들일수록 사만다처럼 되고 싶어 한다. 사만다처럼 섹스에 별 의미를 부여하지 않고, 사랑 없이도 섹스만 즐길 수 있는 여자가 되길 바란다. 자신의 그런 쿨한 태도가 남자들을 더욱 애타게 만들 것이라 생각하고, 섹스를 이용해서 남자들에게 권력을 행사하고 싶어 한다. 만약 그녀들이 바라는 대로 가능한 부류의 여자였다면 굳이 '사만다처럼' 되고 싶다고 생각하기 전에 이미 그렇게 행동하고 있을 것이다. 그러나 타고난 성품이 그럴 수 없기 때문에 자신도 모르는 사이 사만다를 꿈꾸게 되었을 것이다.

차라리 상처 받는 것이 두렵다고 말해라. 자신을 있는 그대로 내어놓고 거침없이 사랑하고 섹스를 하고 싶지만 조신하게 몸을 사려야 좋은 여자, 사귀고 싶은 여자라는 이중 잣대를 가지고 여자를 판단하는 남자들이 지긋지긋하다고 말해도 된다.

애써 위악적으로 굴 필요는 없다.

사만다는 만들어진 인물일 뿐이다. 실감나게 공감할 수 있는 부분이 있지만 여러 부분에서 과장되어 있는 게 사실이다. 사만다의 과거에 밝혀진 바는 없지만 사만다 역시 처음부터 '남자의 뇌'를 장착하고 태어난 것은 아닐 것이다. 어쩌면 그녀는 다른 여자들보다 훨씬 더 지고지순한 사랑을 했을지도 모른다. 눈먼 사랑에서 자신을 완벽하게 잃었던 시간이 있었을 것이다. 그런 고통의 시간을 거치면서 다듬어지고 나름의 소신과 취향을 가질 수 있게 된 것이지, 처음부터 "난 사만다! 남자처럼 섹스를 하지!"와 같은 태도를 취한 건 아닐 것이다. 사랑에 빠지는 것을 두려워하는 까닭은 사랑한 뒤 받게 되는 상처가 어떤 것인지 너무나 잘 알고 있기 때문 아닐까?

그러므로 아직 제대로 된 사랑도 해본 적 없고, 뭔가 잃을 만큼 마음을 키워본 적도 없는 어린 여자들이 몸을 사리며 상처받지 않겠다고 바동거리는 건 예쁘게 보이지 않는다. 곱고 예쁘게 그리고 이왕이면 다치지 않으면서 자신이 원하는 것을 얻는 사랑을 하는 것이 영악해도 바람직한 것인지 모른다.

하지만 사랑을 하며 아픔을 겪어봐야 타인을 이해하는 힘도 생겨나고 경험을 통해 현명한 판단력을 가질 수 있게 된다. 그러므로 사랑이 두려워 섹스로 도피하는 일은 하지 않았으면 좋겠다. 어차피 사람과의 관계에서 한 번씩은 다치기 마련이다. 다친 자리는 아물기 마련이다. 자신에게 맞지도 않는 옷을 입고 다른 사람을 흉내 낼 필요는 없다. •

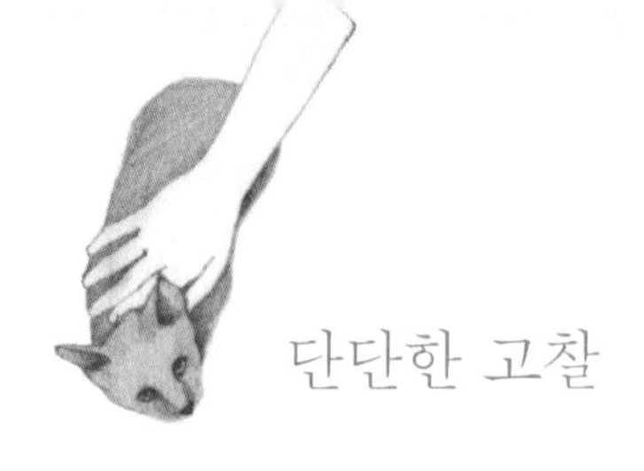

단단한 고찰

여자들은 남자의 성적 능력을 페니스만으로 평가하지 않는다. 호기심 많은 소년처럼 내 몸을 탐구하고 반응을 살피며 내가 주는 힌트를 잘 읽어내고 정성어린 애무를 하는 남자, 그런 남자에게 더 높은 점수를 준다. 물론 페니스가 주는 만족도가 없다고 말하진 않겠다. 하지만 알다시피 한국 남자의 페니스 평균 길이는 11센티미터. 전 지구적으로 봤을 때 가장 짧은 페니스를 가진 남자들이 페니스를 가지고 근거 없는 자신감을 드러내는 모습은 우스울 뿐이다.

남자들과 대화를 나누다보면 섹스 칼럼니스트라는 나의 직업으로 인해 이야기의 화제가 성적인 것으로 흘러갈 때가 있다. 끈적거리는 분위기로 몰고 가지만 않는다면 그런 이야기 중 좋은 소재를 발견할 수 있으므로 귀를 기울여 듣는 편이다.

섹스에 대해 담백하게 이야기를 나누곤 하지만 가끔 이런 대화를 나누다 나와 잘 수도 있다고 착각하는 남자들을 만날 때가 있다. 그들은 훌륭한 페니스를 가지고 있으며 섹스에 자신 있다는 말을 은연중에 흘리곤 한다. 대체 어디서 깔대기질이란 말인가. 내가 어이없어하며 웃거나, 못 믿겠다는 투로 "증명할 수 없으니 그렇게 믿을게요"라고 말이라도 하면 '증명하면 되죠?'라는 빤한 수를 던진다. 그래서 이제 나는 "아, 네. 그러세요"라고 말하고 별다른 반응을 보이지 않는다.

똘똘한 페니스를 가졌다고 자부하는 남자들은 예전 여자친구들의 칭찬을 근거로 든다. 사랑하는 남자친구에게 좌절감을 안겨주고 싶지 않은 마음씨 착한 여자친구들의 증언 말이다. 발칙하고 솔직하게 섹스에 대한 글을 쓰는 나 역시 한 번도 남자친구에게 그의 페니스에 대한 불만을 이야기한 적이 없다. 물론 운 좋게 평균 이상의 길이와 나를 기분 좋게 채워주는 굵기를 가진 남자들을 만났기 때문일 수도 있지만, 내 남자의 성적 자신감을 북돋아주기 위해서는 채찍이 아닌 당근 요법을 써야 할 정도로 남자들의 성적 자신감 기반이 약하다는 것을 알기 때문이었다.

여자들은 남자의 페니스를 평가할 때 그 크기나 굵기만으로 결정하지 않는다. 만족스러운 섹스를 위해서는 발기되었을 때 페니스의 단단함도 중요한 요소다. 혈액순환 장애가 의심될 정도로 물렁한, 단단해지지 않는 페니스는 여자에게 섹스의 의욕을 저하시키는 요인이 된다.

삽입 후 사정까지의 지속 시간도 중요하다. 처음 섹스를 할 때 너무 흥분한 나머지 빨리 사정을 해버린 건 눈감아 줄 수 있지만 그런 일들이 빈번하게 일어나면 곤란하다. 오르가슴까지 도달하지 않더라도 이 정도면 충분할 것 같다는 생각이 들기도 전에 혼자 달아오르고 사정해버리는 남자는 그대로 발로 차서 침대에서 떨어뜨려버리고 싶다.

아무리 해도 사정하지 못하는 남자도 마찬가지이다. 모든 것에는 '적당히'가 중요하다. 짧게 하는 건 남자들 스스로도 문제라고 느끼면서 길게 하는 건 그다지 문제라고 여기지 않는다. 하지만 조루보다 여자를 더 힘들게 하는 게 지루다. 애액도 말라버려 더 이상 쾌감도 느껴지지 않는데 피스톤 운동만 계속하는 남자도 발로 차버리고 싶다. 그냥 화장실에 가서 혼자 처리하라고 소리를 질러주고 싶다.

콘돔을 쓰지 않고 섹스를 할 때 내 배 위에 사정을 하는 순간 페니스에서 정액이 흘러나오는 느낌보다는 물총처럼 발사되는 걸 볼 때 훨씬 더 섹시하다는 느낌을 받는다. 훨씬 더 건강한 수컷과 잔 것 같은 뿌듯함을 느끼게 해준다. 물론 이런 걸 확인해보겠다고 콘돔도 없이 섹스를 하는 일은 없길 바란다. 그 당시 나는 구강 피임약을 복용 중이었다. 끊임없이 강조하고 강요한다, 피임!

그리고 내가 가장 중요하게 생각하는 것. 다시 발기되는 데 소요되는 시간. 첫 번째 섹스는 그의 리드에 따라 그에게 맞춰주는 편이라 만족도는 그리 높지 않다. 남자들은 처음 발기했을 때는 사정을 빨리하는 편이라, 나는 언제나 두 번째 섹스에서 나의 탐욕스러움을 채운다. 그렇기 때문에 빠른 회복력이야말로 '그것 참 물건일세'라는 칭호를 받을 수 있다.

그런데 능력 확인이 가능했던 상대들 중에 누구 하나 겸손한 걸 본 적이 없다. 물론 나쁘지 않은 녀석들도 분명 있었다. 하지만 그렇게 자신할 만큼은 아니었다.

남자들이 안심하고 자신의 쾌락에 집중할 수 있는 것은 여자들의 인내심과 배려가 작동한 결과이다. 많은 여자가 오르가슴이 무엇인지도 모른다. 도달하지 않았음에도 어느 순간 그런 척해야 하는 의무감에 시달린다. 그러지 않으면 재미도 없고 지루한 섹스가 길어질 뿐이니까. 그런데도 남자들은 자신이 잘했는지 확인까지 받고 싶어 한다. "난 자기랑 하는 게 좋아" "자기 건 나한테 너무 큰 것 같아"라는 등의 입에 발린 소리까지 강요한다. 내 남자의 기를 살려주고 싶은 마음에 애써 그렇게 말해주는 것도 모르고 남자들은 만족한다. 그 덕에 남자들의 섹스엔 자기 계발이 실종되는 경우가 많다. 동시에 자신감은 과도해진다. 나의 애정으로 부족함을 채워주고 있다는 걸 전혀 모르는 눈치였다. 잘한다고 뿌듯해하는 모습을 보면 귀엽기도 하지만 안쓰러운 마음도 든다.

삽입 후에도 헌신적인 애무를 잊지 않고, 사정 후에도 후희를 위해 노력하는 자세를 자랑한다면 높게 평가해주겠다. 하지만 본인의 페니스만으로 좋은 섹스를 할 수 있다고 자신하는 건 달걀 비린내가 풍기는 생각이다. 물론 자신의 페니스를 믿고 그렇게라도 말하지 않으면 안심이 되지 않는 남자들의 불안감을 가엾게 여긴다. 하지만 드러내지 않는 자야말로 진짜 강자라는 걸 정녕 모른단 말인가? •

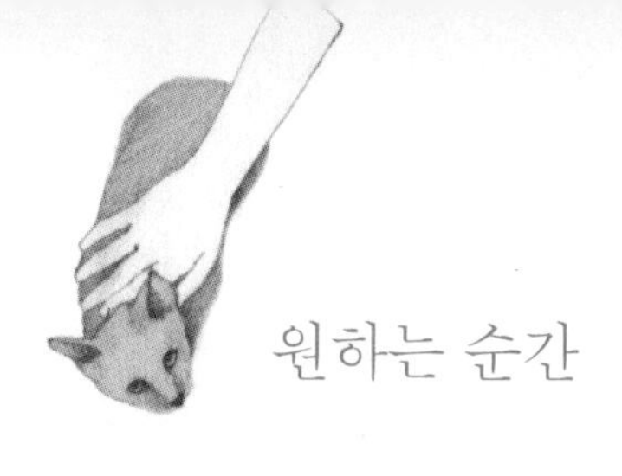

원하는 순간

동짓달 기나긴 밤을 한 허리 베어다 님 오신 날 펼치고 싶다는 황진이의 심정처럼 외로움에 사무쳐 잠들지 못하고 뒤척이기만 하는 밤이 있다. 섹스를 한 번도 하지 않았다면 모를까, 남자의 품이 그리운 날은 이불만 돌돌 말아 끌어안은 채 동이 트기만을 기다린다. 허벅지를 바늘로 찔러 참았다는 것도 대단한 은유처럼 여겨진다. 섹스의 욕구를 혼자서 풀고 싶지 않지만 불러낼 누구 하나 없는 밤은 너무나 괴롭다.

그럴 때면 인간에게도 동물처럼 발정기가 딱 정해져 있으면 좋겠다는 생각을 한다. 인간에게 발정기가 찾아오면 세잔이 묘사한 디오니소스 축제처럼 본능에 충실하고 육체적 욕망을 충족시키는 성대한 짝짓기 축제가 열리는 것이다. 모든 사람들이 이성은 잠시 꺼두고 미친 듯이 섹스에만 몰입하는 기간이 있고 발정기가 끝나면 무슨 일이 있었느냐는 듯이 아무렇지 않게 자신의 삶을 살아가는 망상을 해본다. 그렇게만 된다면 어쩌지 못하는 욕구 때문에 끙끙거리느라 잠 못 들어 눈이 퀭해지는 밤은 사라질 것이다.

이런 문제로 머리가 복잡해질 땐 연과 대화를 한다. 내가 연을 좋아하는 이유는 단순하기 때문이다. 할 만한 사람도, 하고 싶은 사람도 없는 상황에서 섹스가 하고 싶어지는 난감한 상태일 때 연에게 "넌 어떨 때 하고 싶어?"라고 묻는다. "내가 하고 싶을 때지. 몸이 땡길 때!"라고 그녀는 반응해준다. 섹스의 욕구는 내 님이 있을 때만 가질 수 있는 것이 아니라 자연스러운 욕망임을 다시 한번 일깨워준다.

보통 여자들은 분명한 대상과 상황이 존재할 때 섹스를 욕망하려고 한다. '언제 섹스를 하고 싶냐?'는 질문조차도 '내 남자의 어떤 모습을 보면서 섹시하다고 여기나요?'라고 물어야 거부감을 느끼지 않는다. 대답 역시 성적 충동을 불러일으키는 에로틱한 측면보다는 로맨틱한 측면이 강하다.

내가 힘겨워하던 짐을 아무렇지 않게 들고 성큼성큼 걸어가는 뒷모습을 보면 당장 달려가 그의 허리를 감싸 안고 싶은 기분이 든다. 신발 끈이 풀어진 줄도 모르고 걷고 있었는데 갑자기 불러 세우더니 칠칠치 못하다며 핀잔을 주고 내 앞에 무릎

꿇고 앉아 끈을 묶어 주는 장면은 마치 프러포즈를 받는 것처럼 설레고 두근거리면서 그를 안아주고 싶은 충동이 든다. 함께 누워 있을 때 나보다 조금 아래에 누워 나를 올려다보는 그의 얼굴이나, 가만히 내 머리칼을 만지는 모습을 보고 있노라면 그에게 입 맞추고 싶어진다. 귀여운 티셔츠에 편안해 보이는 면바지를 입고 왠지 무방비 상태인 양 맨발로 서 있는 모습이라든지, 나를 안전하게 데려다주기 위해 운전에 몰두하고 있는 옆모습을 지켜볼 때도 뭔가 간질간질한 기분이 든다. 여자들은 이런 식으로 답한다.

하지만 연은 이렇게 말했다.

"그런 거 다 내숭이라고 생각해. 남자가 어떻게 해주든, 어떤 상황이든 내가 하고 싶다는 생각이 먼저 들어야지. 욕정이 샘솟으니 어떤 모습이든 에로 모드로 변환시키고 싶은 거잖아."

"그럼 대체 언제 몸이 땡기는 거야?"

"이제 해야겠다는 느낌이 들 때."

"그건 어떻게 알아? 몸이 아는 거야?"

"그럼 머리가 알겠냐? 섹스는 몸, 몸이 하는 거라고. 몸이 먼저 신호를 보내. 이제 그만 쉬고 해라! 너도 그렇지 않아?"

"신호가 오면 어떻게 해?"

내가 내뱉은 말이었지만 정말 멍청한 질문이었다.

"뭘 어떻게 해? 섹스할 남자를 만나. 애인이 있으면 애인이랑 하고, 애인이랑 헤어졌으면 헤어진 애인 불러낼까 고민하다가 자존심 상하기 싫으면 관두는 거고, 자존심보다 욕구가 강하면 무릎 꿇는 거지. 아니면 새로운 남자를 꾀러 가야지."

"못할 수도 있잖아. 그럴 땐 어떻게 해?"

"그럼 참아야지. 별 수 있냐? 그래서 너도 지금 꾹꾹 참느라 생긴 욕구 불만을 나한테 표출하고 있잖아."

간파당했다. 연의 말은 명료했다. 오늘 대화는 우문현답으로 이뤄졌다. 연은 어떤 면에서 남자 같다는 생각이 든다. 나 역시도 내가 하고 싶을 때 섹스를 하는 거라고 말하지만 그 대상이 명확하지 않은 성욕이 생길 때는 당혹스럽고 그걸 어떻게 표현해야 할지 몰라 주저하게 되지만 연에게는 간단한 문제였다.

여자는 성욕을 느낄 때도, 그걸 표출하는 순간에도 사랑스러움을 잃지 않도록 강요받는다. 나 역시 거기에서 완벽하게 자유롭지 못하기 때문에 괴로웠다. 어떤 상황, 어떤 남자이기 때문에 섹스를 하는 것이 아니라 내 몸이 원하는 순간 '하고 싶다'는 욕망이 생기는 것이다. 그것은 결코 잘못된 것도, 쓸데없는 것도 아닌 너무나 자연스러운 행위이다. •

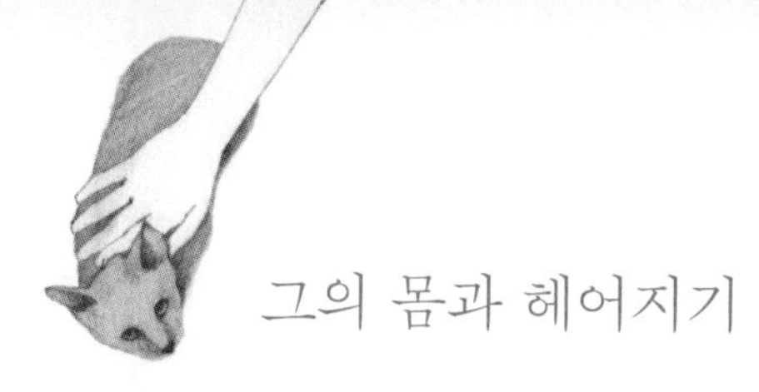

그의 몸과 헤어지기

"나를 가장 미치게 만드는 게 뭔지 아니? 내 코끝 아래."
민은 자신의 인중을 가리키더니 말을 계속 이어나갔다.

"여기에 남아 있는 그의 냄새야. 비가 오는 날이면 더 짙어져. 그의 겨드랑이 사이를 파고들어가 품에 안겨 장난스럽게 킁킁거리면 그는 뭐하는 짓이냐며 나를 바라봤어. 그 눈에 어려 있는 애정이 생생해. 지금도 내게 새겨진 냄새의 기억을 더듬으면 눈을 가리고도 그를 찾을 수 있어."

민은 그 냄새를 끊을 수 없다고 했다.

"나, 우리가 끝났다는 거 알고 있어. 다시 잘되지 않을 거라는 것도 알고 있어. 대체 이게 몇 번째니. 헤어졌다 만났다 하는 거 말이야. 이제 정말 어떻게 해도 우리 둘은 아니라는 거 잘 알아."

하지만 민은 멈출 수 없다고 했다. 친구들이 걱정한다는 것도 알고 자신도 이 관계가 결코 바람직하지 않다는 건 알지만 주기적으로 그 냄새를 맡지 못하면 불안해서 견딜 수 없다고 말했다.

"단호하게 헤어짐을 말하고 집에 있는 그의 물건을 정리하는데 그가 입던 티셔츠를 옷방 구석에서 발견한 거야. 한 번 입고 벗어둔 거라 세탁도 하지 않은 거였어. 왜 그랬는지 그 티셔츠에 코를 박고 그의 체취를 맡았어. 견딜 수 없는 충동이 밀려오더라. 당장 그가 내게로 와서 내 몸을 엉망으로 휘저어주었으면 하는 마음밖에 들지 않았어."

민은 그에게 짐을 가지러 오라고 전화를 했고 그가 찾아왔을 때 민은 그를 그냥 보낼 수 없었다고 했다. "무작정 그의 품에 안겼어. 그러지 말라고 그가 밀어냈는데 나는 그의 손을 잡고 내 치마 속으로 넣었어. 그때 이미 난 젖어 있었거든. 남자들, 그러면 못 견디잖아."

민은 익숙하고 자신에게 딱 맞는 그의 품이 너무나 만족스럽고 좋았다. 이별 후 마음을 빨리 다잡을 목적으로 잤던 남자들의 몸은 서로 맞지 않는 조각처럼 삐걱거리기만 했다. 그러나 그의 몸과 민은 블록처럼 잘 맞았다. 허벅지가 교차되는 각도, 그의 겨드랑이 사이에 끼우는 자신의 팔 높이, 삽입할 때 부딪히는 골반마저도 정교하게 맞춰 놓은 한 쌍이었다. 이 느낌과 그의 냄새가 너무 그리웠던 민은 절정에 오른 순간 사랑해라는 말이 튀어나올 뻔한 걸 겨우 참았다.

그의 물건을 쓸어 담은 상자를 옆에 두고 서로를 탐한 시간은 그리 길지 않았다. 둘은 사랑하던 사람처럼 섹스를 했지만 그들의 머리는 더 이상 착각할 수 없을 정도로 냉정하게 이 상황을 판단하고 있었다. 섹스가 끝나고 옷을 주워 입으며 어색한 정적만 흘렀다. 그는 "그럼 갈게"라는 말과 함께 상자를 들고 사라졌다.

그는 종종 민을 찾았다. 민이 그를 부를 때도 있었다. 잘 지내는지, 지금 만나는 사람은 있는지 그런 일반적이고 평범한 안부 같은 건 나누지 않았다. 서로를 찾은 목적을 분명히 행할 뿐이었다. 다른 말은 하지 않는 것이 규칙처럼 정해졌다.

"잘못하고 있다는 건 알아. 그를 자꾸 만나니까 새로운 사람에게 갈 수가 없잖아. 만나는 사람마다 이게 별로다, 저게 별로다 그러면서 관계를 유지하지 않는 이유가 과거가 내 발목을 붙잡고 있기 때문이라는 거 알아. 곧 그만둘게. 지금 당장 끝내라곤 하지 마. 너희도 알잖아. 헤어지고 나서 혼자 눕는 침대의 차가움이 얼마나 견딜 수 없는지…."

민을 말릴 수 있는 방법은 없었다. 그녀의 내부에서 밀려오는 자괴감보다 섹스에서 얻는 쾌감이 아직은 더 크기 때문에 스스로 끊어낼 수 없는 거라면 시간이 필요한 문제였다. 빨갛게 올라온 여드름을 짜봐야 손독만 오를 뿐이었다. 그것도 적당히 곪아야 후련히 짜낼 수 있는 것이었다. 어쩌면 민에게 필요한 건 내부의 상처를 스스로 인식할 때까지 상하게 두는 일이다.

그때 울면서 하소연할 때 잘 도닥거려주면 될 뿐이었다. 적어도 이 문제는 민이 스스로 단호해지기 전까진 답이 없었다. •

속 깊은 이성친구

섹스 파트너라는 말 대신 FWB라는 말이 유행했다. Friends With Benefits의 약자 FWB. 말 그대로 친구지만 서로 섹스를 취하는 관계. 섹스는 하되 연인으로 발전하진 않고 우정만 나눈다는 발상이다. 이성과 깊은 관계를 맺는 동안 서로 맞춰나가는 과정에서 상처만 받기 마련이고 이별하고 난 뒤엔 삶은 피폐해지고 만다. 그럴 때 애인보다 나와 취향이 비슷하고 대화가 잘 통하고 나를 잘 이해하고 위로해주는 친구는 의외로 좋은 섹스를 선사해주기도 한다.

효진은 그와 몸을 섞을 생각은 없었다. 헤픈 마음을 품고 그와 마주한 것은 아니었다. 그저 왼쪽 가슴의 날카롭고 깊은 통증을 누군가에게 털어놓지 않는다면 스스로에게 살해되고 말 거라는 생각뿐이었다. "그를 다시 볼 수 없다는 사실이 슬픈 건지, 내 사랑이 이런 식으로 끝나버렸다는 사실을 받아들일 수 없어서 그런 건지 모르겠어." 이별 후에 쏟아내는 말들은 들을 대답이 없다는 듯 휘휘 날리다 사라진다. 답은 어차피 알고 있었다.

눈물을 참으려고 하면서 미간을 약간 찌푸렸나 보다. 그는 손을 뻗어 그 주름을 만져주었다. 효진은 그 손끝이 너무나 따뜻해서 화가 났다. 인간이 인간에게 줄 수 있는 온기란 애정을 기반으로 하지 않아도 나눌 수 있는 것이었나 보다. 그의 손을 잡았다. 그는 천천히 손을 움직여 효진의 얼굴을 쓰다듬었다. 미간을 타고 내려오며 콧날을 따라 입술을 더듬었다. 화가 난 마음으로 그의 손가락을 깨물었다.

그것이 아슬아슬한 경계를 깨버린 신호였다. 그의 입술도, 입안을 파고드는 혀마저도 따스했다. 셔츠 안으로 들어와 가슴을 움켜잡은 손에서 전해지는 온기 때문에 신음할 수밖에 없었다. 효진의 눈물이 왈칵하고 쏟아졌다.

그와는 담백한 사이였다. 물론 친구라고 하기엔 서로를 무성의 존재로 보기는 힘들었다. 하지만 곁에 연인이 있다는 사실은 제자리를 지키게 만들었다. 제어 버튼이 해제된 상황, 그러나 앞뒤를 생각하지 않은 이런 충동적인 방식의 행위는 결말이 좋지 않을 가능성이 농후했다. 그럼에도 효진은 그를 밀어내지 못했다. 체온과 살 냄새를 그리워하는 미약하고 굳건하지 않은 마음에도 화가 났다. 하지만 온기를 그리워하는 마음이 조금 더 강했다. 몸을 그에게 내맡겼다. 그의 행동은 자기 욕망을 절제하지 못하는 어린 남자들의 방식과는 조금 달랐다. 이런 표현이 어울릴지 모르겠지만 정성스러웠다. 스스로를 상처 내던 뾰족한 마음의 끝을 동그랗게 만들어주었다.

사랑하지도 않는 남자의 품에서 안온함을 느끼는 것은 이상했다. 그러나 조금 더 바라고 있었다. 그 탐욕스러움을 이해했다는 듯 삽입을 위해 여자를 적당히 흥분시키기 위한 기술이 아닌, 겨울의 마음에 봄을 불어넣듯 온기를 전하는 데 목적이 있는 것처럼 효진의 몸을 쓰다듬어 주었다.

그는 닫힌 눈꺼풀에 입을 맞추는 것으로 마무리를 맺었다. 효진은 죽은 사람처럼 가만히 눈을 감고 누워 있을 뿐이었다. 그는 옷을 챙겨 입고 조용히 집을 나섰다. 효진은 그대로 수분이 말라버려 더 이상 존재할 수 없는 선인장처럼 퍼석한 사막 위에 누워 있는 듯했다. 마음은 고요했고 눈물도 나지 않으니 잘된 일이라고 생각했다.

둘 다 우정을 사칭해 욕망을 표출했다. 어떤 말로 이 행위를 포장한다고 해도 이별이 만들어낸 이상증후일 뿐이었다. 그러나 이별만으로도 생채기 가득한 마음에 자책의 감정을 더하고 싶지 않았다.

일어날 일은 결국 일어나고 만다. 효진은 언젠가는 이렇게 그와 같은 침대에 누워 있게 될 사이였을 거라고 생각하기로 했다. 그 순간이 지금이라고 해서 자신이 틀린 거라고, 잘못된 거라고, 망가져버린 거라고 말하고 싶지 않았다. 그를, 이런 순간을 이용한 나쁜 사람이라고 생각하고 싶지 않았다.

그때 벨이 울렸다. 열린 문 앞에 그가 서 있었다. 블루베리 라테를 ─ 효진이 우울할 때면 마치 약처럼 마시곤 하는 그 음료를 ─ 그가 내밀었다. "그럼 푹 쉬어." 그는 돌아섰다. 효진은 자신에게 완벽히 맞는 방식으로 위로를 받아버리고 말았다.

물론 우정을 나누면서 연인으로 발전하지 않고 섹스만 한다는 건 너무나 이기적인 발상이다. 섹스라는 행위를 나누게 되면 관계는 복잡해지고 만다. 우정마저도 망가뜨릴 수 있는 선택이 될 수도 있다. 마음을 주지 않고 몸만 동해서 하는 섹스라면 굳이 친구와 섹스를 할 필요는 없지만, 긴장하지 않고 편하게 안길 수 있다는 점에서 친구와의 섹스는 여성이 선택할 수 있는 일탈의 방식이 되기도 한다. 그러나 그런 어중간한 관계가 오래 유지될 리가 없다.

처음에는 애인을 만드는 것보다 편하고 낫다고 생각하지만 결국 연애라는 것도 우정에 기반을 둔 관계이다. 연인 사이에

해야 하는 일을 해버리고 말았다면 관계를 재정립하고 마음가짐을 다잡아야지 FWB라는 개념으로 그를 곁에 두려고 한다면 결국 우정마저 잃게 될 것이다. •

우정을 빙자하지 말 것

사랑과 우정 사이에서 갈팡질팡하는 이들에게 "남녀 사이에 우정은 가능할까요?"라는 질문을 받곤 한다. 나도 몇 명의 이성친구들과 사이좋게 지내고 있지만 그럼에도 남녀 사이의 우정은 참으로 위태위태하다고 생각한다. 우정을 변함없이 우정으로만 유지시키는 것은 어려운 일인지도 모른다. 아무리 우정이라고 해도 전혀 매력적이지 않은 이성과 친구를 맺지는 않을 것이다. 하지만 한껏 자제력과 인간성을 끌어올린 두 남녀가 만나서 사이좋게 지낼 수 있다면 우정은 충분히 가능하다. 그것이 설령 가능하더라도 헤어진 연인과 친구 사이를 유지하는 건 전혀 달갑지 않다.

"감정은 다 소멸했다. 탕진해버렸다. 그러나 인생에서 가장 친밀하고 오랫동안 관계를 지속했던 사람이었는데 사랑이 끝났다고 관계를 정리해버리면 인생의 큰 자산을 잃는 것 같은 기분이 든다."

아쉽고 아까운 마음, 그건 공감할 수 있다. 눈빛만 봐도 서로 무슨 생각을 하는지 너무나 잘 알게 된 사람을 살아가면서 몇 명이나 만들 수 있겠는가.

하지만 사랑이 끝난 뒤 바로 우정 모드로 전환? 사람의 감정이 온오프 스위치처럼 조절 가능한 것이었다면 사랑과 섹스 때문에 괴로워할 사람도, 그런 사람을 위로할 마음으로 쓰는 이 책도 필요하지 않을 것이다. 헤어진 연인과 친구로 남고 싶다는 바람에는 대단한 야심이 숨겨져 있다. 소멸하고 탕진해버린 감정 뒤에 새로 샘솟은 감정은 절치부심의 애증일지도 모른다. 제2라운드가 주어지길 조용히 기다리는 것이다.

그의 곁에서 그의 연애를 지켜보며 좋은 상담자인 척 은밀한 이야기까지 들어줄 것이다. 불만을 토로하고 연애의 고충을 이야기하는 그를 달래주며 그의 옆자리를 지키고 있는 연인보다 내가 더 그를 잘 이해하고 알고 있다는 만족감을 느낄 것이다.

이별이라도 겪고 슬픔과 외로움에 힘들어하는 그를 가장 가까이에서 도닥거려줄 수 있을 것이다. 그리고 그가 우울함을 떨쳐버릴 수 있도록 위로의 섹스를 제공할 수도 있을 것이다. '헤프게 행동하는 여자가 아니라는 걸 너도 잘 알겠지만 널 달래줄 수 있다면 이런 것도 해줄 수 있는 관대하고 포용력 있는 여자'처럼 행동할 것이다. 하지만 성급하게 자신의 욕망을 드러내는 것은 상대가 경계할 뿐이라는 것을 본능적으로 잘 알고 있기에 그걸 빌미로 관계를 회복하려는 시도는 하지 않는다.

사랑은 끝났다. 하지만 그것을 받아들이기란 쉽지 않다. 머리로 이해한 사실이 마음까지 와 닿는 데 시간이 걸릴지도 모른다. 그 관계는 되돌릴 수 없다. 그의 곁에서 우정을 빙자하여 오래 버티기를 해볼 수 있을지도 모른다. 하지만 다시 그와 사랑할 수 있을 것이라고 믿는 것은 과거에 살며 현재와 미래를 갉아먹는 일일 뿐이다. 이런 병적인 집착은 들키지 않았기 때문에 위험하게 느껴지지 않을 뿐 결코 건강하지 못한 상태임을 누구보다 스스로 알고 있을 것이다.

옛 연인을 마음에 품은 채, 새로운 사람과 하는 연애가 잘 될 리 없다. 그저 그의 곁에서 시간을 함께 흘려보내는 것 이외에는 아무런 의미가 없다. 외로움을 적당히 위로받고, 섹스의 욕구를 해소하는 것 이외에 고장 난 마음으로 맺는 관계는 잔혹하고 이기적이다. 게다가 옛 연인과 친한 친구 사이라는 사실을 달가워할 사람은 없을 것이다. 단지 선택의 문제일 뿐이고 존중해준다고, 이해한다고 말해도 신경 쓰지 않는 사람은 없다. 마음이 콩밭에 가 있는 사람과 연애를 했다는 사실을 알아

차리면 그 또한 얼마나 업을 쌓는 일이겠는가? 다른 사람을 아프게 하면서 자신의 사랑을 되돌려 보겠다는 마음을 누가 응원해주겠는가? 새 술은 새 부대에 담아야 한다는 말처럼 어지러운 마음을 잘 다스려보자. 자신을 비춘 거울 속에서 우정이라는 이름의 탈을 쓴 미저리 같은 집착녀를 보게 된다면 얼마나 섬뜩하겠는가? •

고양이와 위로의 시간

고양이들은 내 방 창문 앞을 쉭쉭 지나다니곤 했다. 창문을 열고 고개를 내밀었을 때 예쁜 분홍코를 가진 삼색 고양이를 보았다. 우연한 기회에 영리한 그 녀석과 연을 맺게 되면서, 길고양이에게 사료를 나눠주는 캣맘 생활이 시작되었다. 그 무렵 나는 이별을 생각하고 있었다. 관성으로 관계를 유지하고 있었지만 연인 사이의 애정이 아닌 인간 사이의 정만 남은 그런 상태를 더 이상 견딜 수 없었다. 열정적인 상태만이 사랑이라 생각하진 않지만 사랑이 변모하는 사이에 남자와 여자 사이의 관계라기보다는 엄마와 아들 같은 관계로 변해 있었다. 나는 무한한 애정을 쏟으며 그를 돌보는 일에 지쳐가고 있었다. 그럼에도 혼자가 된다는 사실이 두려워 지지부진한 관계를 종결짓지 못하고 있었다.

창밖에 어둠이 깔리면 고양이가 찾아왔다. 먹을 것을 주는 사람이라는 건 알지만 결코 경계심은 풀지 않았다. 사료를 와그작와그작 소리를 내며 씹어 먹는 고양이가 귀여워 쓰다듬어 주고 싶다는 생각에 성급하게 손을 내밀었다. 고양이는 발톱을 세운 채 발을 휘저으며 거부 의사를 밝혔다. 할퀸 손가락에서는 피가 배어 나오더니 이내 뚝뚝 떨어지기 시작했다. 흐르는 물에 손을 씻고 상처를 소독하고 지혈하는 것을 옆에서 도와주던 그는 왜 갑자기 안하던 짓을 하냐며, "스스로 상처 입히는 일 따위 하지 마"라고 말했다. 그 순간 그 말이 계시처럼 느껴졌다. 이 관계를 이끌고 나가는 동안 내 마음에 생긴 생채기에도 해당되는 말이었다. 때마침 찾아와준 고양이는 새로운 출발을 위한 선물처럼 느껴졌다.

나는 단호하게 이별을 고했다. 당시 내 심정을 표현하자면 '인간 수컷은 필요 없어!'였다. 고양이로 충분했다. 쉽게 마음을 열지 않고 경계를 늦추지 않는 녀석 때문에 혼자 애달파하는 감정은 짝사랑의 감정과 별반 다르지 않았다. 가끔 고양이가 눈을 깜빡거리며 호감을 표시해주는 날이면 좋아하는 상대가 내게 친절을 베풀어주는 것 같았다. 고양이와 함께하는 시간은 마치 연애하는 것과 흡사했다. 잔뜩 경계하며 나를 바라보던 녀석의 눈도 점점 친근한 눈빛으로 변해갔다. 자신이 낳은 새끼를 나에게 보여주려고 한 마리씩 데리고 와 소개시켜주었을 때의 감동은 잊을 수가 없다.

평소와 다르게 발랄하고 신난 모습으로 고양이를 맞아주지 못하는 우울한 상황이면 녀석이 전에 없던 애교를 부리며 나를 달래주었다. 눈물이라도 흘린 날이면 사료만 먹고 잽싸게 어디론가 사라져버리는 것이 아니라, 걱정이라도 하듯 내 눈물이 멈출 때까지 창밖에 가만히 앉아 나를 지켜봐주었다. 사람이 줄 수 없는, 연인이 해줄 수 없는 위로를 그렇게 받았다.

그렇게 고양이 힐링을 받는 나날들이 계속되었다. 고양이를 쓰다듬고, 고양이가 날 핥아주는 것만으로도 일일 스킨십 할당량이 다 채워지는 듯했다. 이별 후에 울고불고 요란도 떨지 않고, 새로운 사람을 만날 생각도 하지 않는 나에게 친구들은 고양이 때문에 연애를 못한다고 핀잔을 주기도 했다. 고양이를 돌봐야 한다는 핑계로 친구가 기껏 소개시켜준 상대와 데이트를 하다가도 일찍 집에 돌아와버리고, 집에 머무는 시간을 최대한 길게 늘리면서 사람을 만나려고 하지 않은 것이 사실이기에 힐난의 말들을 묵묵히 듣고 있었다.

나에게는 시간이 필요했다. 사랑이 영원하지 않다는 것을 또다시 경험하고 나니 아무렇지 않게 다시 사랑에 빠질 수 없었다. 다행히 고양이가 있어서 이별을 견디는 것이 훨씬 수월했다. 나에게 고양이는 이별증후군을 막는 방패막이 되어주었다. 생명을 돌보는 생산적인 일에 매진하지 않았다면 예전처럼 나에 대한 긍정을 갉아먹으며 알코올에 의존하고 불면의 밤을 보내며 퀭한 나날을 보내야 했을 것이다.

1년 가까이 지속해오던 그 고양이와는 이사를 하면서 헤어지게 되었다. 어느 정도 자란 새끼들은 잘 돌봐줄 사람에게 입양을 보내고 그 녀석은 중성화 수술을 시켜주었다. 좋은 사료와 영양제를 먹이면서 여느 집고양이, 고급 품종묘 못지않게 돌봐주었다. 이것도 인연인 것 같아 집에 들여서 계속 돌봐주겠단 마음으로 이사한 집에 데리고 왔다. 양손 가득 장을 봐가지고 와 움직임이 둔한 상황에서 현관문이 열리자마자 문 앞에 있던 녀석이 휙하고 도망가버렸다. 그전부터 집에 들여놓으면 갑갑하다는 듯 밤만 되면 나가고 싶어 야옹야옹 하소연하듯 울어대고, 벽을 긁고, 박스를 물어뜯고, 화장실을 헤집어놓으며 불만을 표시하던 녀석이었다. 포동포동해진 엉덩이를 흔들며 고양이는 뒤도 돌아보지 않고 앞으로 달려나갔다.

동네를 샅샅이 뒤지며 수색 작업을 펼쳤지만 고양이는 모습을 감춰버렸다. 결코 인간의 집 안에서 살지 않겠다는 듯이 숨어버렸다. 왜 그때 문을 재빨리 닫지 못했을까 하는 자책과 꼬박꼬박 사료를 챙겨줄 사람도 없어 쓰레기봉투를 뜯는 생활을 다시 하게 될 고양이를 생각하며 괴로운 시간을 보내고 있었다. 골방 고양이녀라며 나를 놀리던 친구들도 진심으로 고양이를 걱정해주고 나를 위로해주었다. "원래 길들일 수 없는 녀석이었던 거야." "영리하고 예쁜 녀석이니까 어디서든 잘 지낼 거야." "이제는 자기를 돌보는 일을 그만하고 네 삶을 돌볼 시간이라는 걸 녀석이 알려준 건지도 몰라."

친구의 말처럼 집을 뛰쳐나가며 그 녀석은 '이제 인간 수컷을 만나서 위로받는 게 어때?'라고 제안해준 건지도 모르겠다. 치명적인 매력을 소유한 고양이에 홀렸다. 그래서 나라는 여자가 팽팽하게 당겨진 긴장의 선을 섹스로 해소하길 좋아하는 인간 암컷이란 사실을 잊고 있었다. 서로 알몸이 된 상태로 딱 달라붙은 둘 사이가 조금의 틈이라도 생기는 것이 아쉽고 아까워 어쩔 줄 몰라 하며, 맞닿은 살에서 전달되는 체온으로 마음의 안식을 얻곤 했다는 사실을 잊고 있었다.

새로운 집에서 새로운 출발, 그것은 새로운 기회였다. 물론 이제는 인간 수컷을 만나더라도 고양이를 좋아하는 사람이면 좋겠다는 조건이 덧붙여지긴 했지만 나는 아무래도… 인간 수컷이 정말 필요하다. •

쾌락과 당의정

“너, 정말 맛있다.”

섹스 상대를 음식에 비유해서 빨고 핥으며 그런 어휘를 사용하는 게 꽤나 자극적이고 야하게 들리던 때도 있었다. 하지만 영화 〈연애의 목적〉에서 박해일이 내뱉었던 대사와 〈사랑은 맛있다〉라고 노래하던 휘성 덕분에 더 이상 내게만 해주는 독특한 찬사라는 느낌이 사라져버렸다. 남들 따라서 몇 번 흥얼거리다 잊히는 유행가처럼 감흥이 없어졌다.

그러나 순진한 Y는 키스를 하다 상대에게 그런 말을 처음 들었고 왠지 그에게 만족감을 줄 수 있는 여자가 된 것 같아 으쓱하기도 했다. 성적 허영심을 자극받은 바로 그 지점에서 Y는 마음이 살랑살랑 움직이고 말았다. 진심을 가늠할 수 없는 달콤한 말에 휘둘려 Y는 그날 밤 일탈을 감행했다. 연애를 쉰 지

1년이 넘었고 섹스리스 상태를 꽤 지속하고 있던 Y가 드디어 섹스를 했다는 사실 자체는 축하했다. 윤기 나는 섹스를 하고 난 뒤 후일담을 들으며 부러움의 감탄사를 내뱉어줄 수 있지만 Y가 들었던 말들이 재생되는 순간, 아무렇지 않은 척 상냥한 반응을 보이긴 힘들었다.

"모든 여자가 매끄럽고 부드러운 피부를 가진 게 아니야. 하지만 넌 정말 말랑말랑해서 계속 만지고 싶어져." 그동안 자봤던 여자들과 너는 다르다는 말.

"계속 네 생각만 날 것 같아." Y가 너무나 특별하다는 말.

"널 보는 순간 이런 상황을 상상하고 말았어." Y의 성적 매력에 대한 말.

"내가 너무 따뜻해서 아무것도 안 하고 그냥 넣은 채로 가만히 안고 있고 싶대."

Y는 약간 들뜬 목소리로 얘기했다. 하지만 내 귀에 그 말들은 '순간의 진심'일 뿐이었다. "맛있다"만큼이나 몸에 이끌려 도취된 섹스를 하며 한 번씩은 다 해보는 소리, 그 이상은 아니었다. 물론 초콜릿처럼 부드럽고 달달한 말을 듣는 건 즐거운 일이지만, Y가 '마음' 없는 상대의 말에 취해 이 관계에 괜한 기대감을 갖는 건 싫었다.

그 남자는 애정을 기반으로 하는 지속 가능한 관계를 애초부터 상상하지도 않았다. 하지만 Y의 취향에 맞는 흔하지 않은 비주얼을 가진 남자였기에 Y가 너무 깊이 빠지지만 않는다면 즐기기에 나쁘지 않은 상대일 거라고 생각했다. 그는 일탈적 성격의 이 섹스에 부족한 둘 사이의 애정을 야한 말들과 적절히 로맨틱한 말들로 채웠다. 그런 입 발린 말은 충동적이었던 그 날의 섹스를 몇 번 더 이어가고 싶은 마음에서 나온 것임을 알고 있다. 그건 그의 기술이고 재능이겠지만 Y는 그걸 진심으로 생각하고 '구름 위를 둥둥'거리고 있기에 나는 화가 났다.

이른바 달인들의 뻔한 마무리 레퍼토리였다.

"넌 다른 여자들과 달라."

(너도 알다시피 나는 꽤 많은 여자랑 자봤고, 한 여자에게 만족하는 그런 타입은 아니야. 하지만 오늘은 너란 애가 마음에 들긴 한다.)

"섹스는 허무한 일이라고 생각해."

(넌 나의 모든 관심과 애정을 받고 싶겠지만 그럴 순 없어. 난 남에게 신경 쓰는 거 귀찮거든.)

"하지만 너와의 섹스는 빠져들 것 같아, 나 자신도 무서워."

(하지만 무심한 나에게 지쳐 나가떨어지지 말고 내가 자자고 할 때 자주렴.)

"넌 매력적이고 똑똑한 여자잖아."

(쉽게 질리지 않을게. 대신 너도 나한테 너무 엉겨 붙지 마.)

Y는 그 남자가 하는 말의 이면을 해석하려 들지 않고 누구에게도 들어본 적 없었던 말들을 녹여먹느라 정신이 없었다. 결국 Y의 그런 순진하면서도 멍청한 틈새를 공략해서 살살 구슬린 거겠지. 하지만 결국 Y도 그가 바라는 것은 단지 섹스일 뿐이라는 걸 알게 될 날이 올 것이다. 당의정을 입힌, 귓가에서 살짝 달콤하게 울리다 사라져버리고 마는 말. Y가 그런 말이 주는 허무함으로 인해 순수함을 훼손당한 채 상처투성이가 되어 남자들을 불신하지 않게 되길 바랄 뿐이다. •

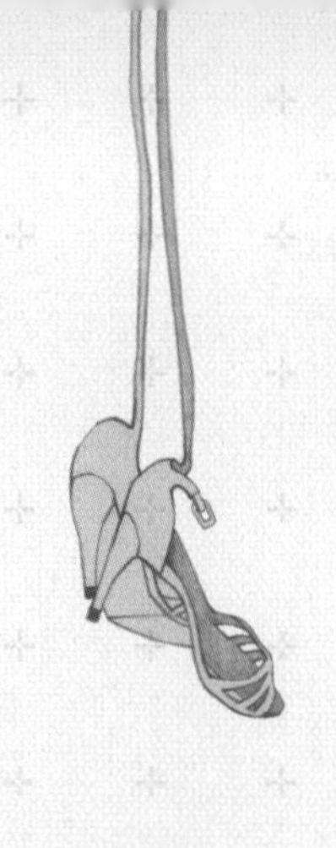

4부

네 번째 홀로서기

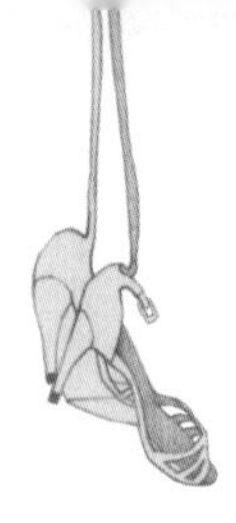

구남친은 구세계에

차분하게 가라앉은 밤의 시간, 타인의 체온이 필요해지는 외롭고 야릇한 밤이면 과거의 좋았던 순간들이 떠오르기도 한다. 날 쓰다듬어주던 손길이 있었지. 날 사랑스러워 어쩔 줄 몰라 하며 바라봐주던 눈길이 있었지. 추억에 잠기는 건 어쩔 도리가 없다. 침대 위에서 들썩이는 마음을 진정시키지 못하고 과거를 재현하고 싶은 욕망에 사로잡힌다.

과거를 현재로 불러오는 일은 마음의 공상에서 끝내는 것이 바람직하다. 물론 헤어진 남자친구는 꽤 괜찮은 섹스 파트너가 될 수 있다. 이미 서로에게 익숙한 몸이라는 건 거부하기 힘든 매력이다. 이제는 욕구에 조금 더 솔직해져도 거리낄 게 없다는 것 역시 사귈 때보다 더 좋은 섹스를 할 수 있을지 모른다는 기대를 품게 한다.

낯선 사람과 친밀해지는 과정은 피곤하지만 누군가 함께 있어 주길 바라는 밤이라면 연애 상태가 아닌 예전 남자친구는 유용할지도 모른다. 자존심이 외로움에 굴복한 상황이라면 그를 불러내 시간을 보낼 수 있을 것이다. 연인이었다는 과거의 시간이 존재하기에 노골적으로 유혹하지 않더라도 손쉽게 섹스를 할 수 있다. 오늘 하루 견디기 힘들었던 쓸쓸함을 그에게 위로 받는 것, 그 이상 그 이하도 아니라는 걸 잘 알고 있다면 두 사람이 합의하에 육체적인 필요를 충족시킨 것은 그 누구도 뭐라 할 수 없는 선택이다.

그러나 그런 행동이 나쁜 습관으로 굳어진다면 문제가 된다. 아직 사랑하는 연인처럼 스스로를 속이며 했던 기만적인 행동들, 동물적 욕구에 굴복하고만 자신에 대한 자괴감은 어느 날 갑자기 쓰나미처럼 밀려온다. 우리는 조금 더 홀로 튼튼해질 필요가 있다. 단순한 외로움은 타인을 통해 해소하지 않는 자세를 취해야 한다. 아무리 섹스가 주는 즐거움과 따스함이 강렬한 것이라 해도 그 후에 감당해야 하는 괴로움은 결코 만만한 것이 아니다. 이미 헤어진 연인과 나누는 섹스는 외로움이라는 궁극적인 문제를 해결해주지 않는다. 아슬아슬한 미봉책일 뿐이다.

물론 오랜 연애 끝에 헤어진 사이라면 이별을 선언한 것만으로는 관계가 깔끔하게 끝나지 않는다. 서로의 몸을 지우는 일은 머리로 생각하는 것만큼 단순하고 쉬운 일이 아니기 때문이다. 하지만 그는 과거일 뿐이다. 다시 두 사람이 잘될 일도, 이 현재가 미래로 이어질 일도 없다. 속정만 남은 과거의 연을 끊어낼 때야 비로소 우리는 앞으로 나아갈 수 있다. 과거를 끊어내고 홀로 설 때 더 많은 기회가 우리에게 찾아온다. 마음가짐이 달라지면 거짓말처럼 주변의 기운들이 변하는 것을 느낄 수 있다.

과거에서 수신된 연락에 단호하고 굳건하게 대응할 필요도 있다. 나는 과거의 애인에게 걸려오는 전화를 좋아하지 않는다. 별 용건도 없이 '문득 생각난 듯' 시크한 척은 다하면서 '잘 지내고 있니?'라고 묻는다. 헤어진 나를 잊지 못한 애틋한 마음으로 연락한 게 아니라는 것은 뻔하다. 짐짓 아무렇지 않은 척하며 나의 근황을 묻는 것이 우스웠다. 그 알량한 속셈을 내가 모를 줄 알고?

헤어진 남자에게서 먼저 연락이 올 경우는 딱 두 가지밖에 없다. 꼭 연락해서 알려줘야 하는 중대한 상황이 생겼을 때와 섹스를 하고 싶은데 주변에 마땅한 사람이 없을 때이다. 전자의 경우라면 "나 결혼해" 같은 종류의 일인데, 난 헤어진 연인의 행복을 빌어주는 천사표도 아니고 그런 소식을 듣고 괜히 마음 심란해지는 것도 싫어 전화받을 필요를 느끼지 못한다. 후자는 더더욱 상대할 가치를 느낄 수 없는 용건이다. 성욕을 풀기 위해서라면 자위를 하든지, 돈을 모아서 단백질 인형이나 살 것이지, 내게 연락하면 사귈 때처럼 자줄 거라 생각했단 말인가? 그런 계란 비린내 나는 생각이 너무나도 불쾌하다. 끝난 관계에 미련을 남겨두는 건 미련한 짓이다. 그가 내게 연락을 해왔다는 사실만 접수하고 어깨 한 번 으쓱하면 그만이다. 굳이 그 전화를 받아 다시 엮일 필요는 없다.

그것이 쉬운 일이 아니라는 것은 잘 알고 있다. 화면에 옛 애인의 번호가 뜨자, 순간의 유혹을 참아내지 못하고 전화를 받은 적이 있다. 조심스럽고 어색하게 안부 인사를 나누었다. 그는 어떤 식으로 대화를 이끌어나가야 하는지 너무나 잘 알고 있었다. 우리는 금세 서로에게 친숙한 방식의 농담을 주고받고 있었다. 그의 목소리는 날 두근거리게 만들기 충분했다. 마치 예전으로 돌아간 것처럼 달달한 순간이었다. 그러나 내가 한때 사랑한 그 목소리로 '오랜만에 얼굴이나 보자'라고 말하는 걸 들으니 실망스러웠다. 늦은 저녁, 미리 약속한 것도 아닌데 지금 당장 만나자고 말하는 그 속내가 싫었다. 과거는 복원되지 않는다. 사귈 때 잊지 못할 밤을 그에게 선사했던 건 사실이지만 그건 명백한 연인 사이였기에 가능한 일이었다.

사귀었던 여자에게 전화를 걸어 잘 수 있지 않을까 하는 싸구려 기대를 한다는 사실은 비극이다. 사랑했던 여자를 손쉬운 섹스 대상으로 보는 태도는 철없고 이기적이다. 내가 반했던 근사하고 반듯한 모습은 대체 어디로 증발해버린 걸까? 열심히 사랑했기에 그와 함께했던 시간들이 소중하고 좋은 추억으로 남아 있었는데 그걸 마음에 품는 것도 용납할 수 없다는 것인가? 충동적인 전화 한 통이 내 사랑을 오염시켰다.

하나의 관계를 종결짓는 일은 하나의 세계를 닫는 일이다. 힘이 들었지만 오래 아플 수밖에 없는 일이다. 그렇게 폐쇄시킨 세계가 다시금 내게 달려드는 일은 온 힘을 다해 막는 편이 좋다. 과거의 연인 때문에 감상에 젖어드는 것은 유치한 일이다. 이제 그들은 어떤 방식으로든 내 감정에 영향을 미칠 수 없다. 과거는 과거다. 구남친은 구세계에. 그들이 내게 돌아올 세계는 이미 사라지고 없다. •

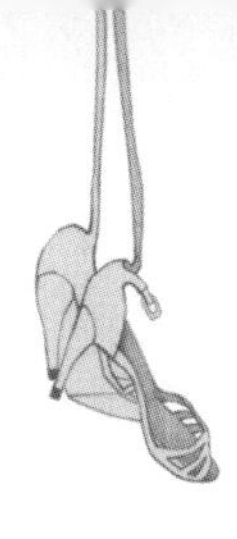

나를 위한 정기검진

성관계를 갖기 시작했다면 정기적으로 산부인과 검진을 받으라고 나는 조언한다. 감기에 걸리면 내과를 찾는 것처럼 산부인과에 가는 일을 두려워하거나 민망하게 생각하지 말라고 말한다. 병원 자체를 싫어하는 사람들 그리고 병원비가 부담스러운 대학생들에게 정기검진은 실천하기 어려운 일이라는 건 알고 있다. 하지만 여성으로서 자신을 스스로 지키는 방식의 하나로 늘 의식하고 있어야 한다.

내 주변엔 20대의 미혼 여성이지만 자궁에 생긴 종양으로 수술을 받은 사람들이 제법 있다. 그녀들이 정기검진을 받지 않았다면 고스란히 큰 병으로 진행되었을 것이다. 자궁은 타인과의 접촉으로 원치 않는 병에 걸릴 수도 있는 장기여서 세심하게 신경을 쓰지 않으면 안 된다.

10년 이상 꾸준히 병원을 찾고 있지만 산부인과 진료를 받으러 가는 일은 치과에 가는 것보다 나를 예민하게 만든다. 처음 산부인과를 찾은 건 심각한 생리통 때문이었다. 몸이 아프면 곧장 병원으로 달려가는 건강염려증 환자였기에 자궁 문제라면 산부인과를 택하는 것이 당연하다고 생각했다. 20대 초반의 미혼 여성이었지만, 산부인과는 임신한 뒤 남편과 함께 가는 곳이라는 편견은 없었고 내 몸에 대해서 나는 똑똑했다.

그 당시 찾아간 병원에서는 낙태 시술도 하는지 누가 보아도 어리디어린 연인이 불안한 표정으로 접수대 옆을 서성거리고 있었다. 산부인과의 첫인상은 그리 긍정적이지 않았다. 접수처에서 남자 의사를 배정한 것도 당황스러웠다. 진료실에 남자 선생님이 앉아 있어 여의사 진료라고 해서 왔다고 했다. 그랬더니 여의사 진료라고 특별히 다를 게 없다는 답이 돌아왔다. 아직 성경험이 없었던 상태였고 나도 제대로 본 적 없는 내 몸의 은밀한 부위를 의사라곤 하지만 낯선 남자에게 보이고 싶지 않았다. 나는 여의사에게 진료를 받겠다는 의사를 또박또박 전한 뒤, 한 시간이나 기다려서 겨우 진료를 받았다.

그렇게 겨우 여의사에게 진료를 받은 난 자궁후굴증이라는 진단을 받았고, 의사는 그것이 생리통의 원인이 될 수 있다고 말했다. 타고나길 그런 것이니 특별한 해결책은 없고 덧붙인

말은 얼른 시집가서 아이를 낳으라는 것이었다.

나는 내 자궁 모양이 이상하다는 사실을 수긍할 수 없어 어머니가 다니는 병원에 가서 다시 검사를 받았다. 당시 국내에 세 대 밖에 없는 검사 기계로 내 자궁을 검사했다. 의사 선생님은 내 자궁이 너무나도 정상적이라고 말했다. 너무나도 정상적인 자궁의 너무나도 비정상적인 고통. 이걸 어떻게 이해해야 할까. 현대 의학이 그렇게나 발전했음에도 여자의 생리통 하나 고치지 못한단 말인가.

그럼에도 나는 정기적으로 산부인과 검진을 받고 있다. 나의 오른쪽 난소와 왼쪽 난소 그리고 자궁에 아무런 이상 없이 건강하다는 확인을 받고 돌아오는데도 산부인과를 다녀온 날은 우울해질 수밖에 없다. 자궁경부암 검사를 위해 조직을 떼어내는 그 기분도 결코 유쾌할 순 없었다. 다리를 벌리고 앉아야 하는 검사 의자는 익숙해지지 않고, 몸 안으로 들어오는 초음파 검사 기기에 대한 거부감도 여전히 줄어들지 않는다.

검사를 받을 때마다 허벅지와 엉덩이에 힘을 빼는 일도 쉽지 않다. 의사 선생님과 그 문제로 실랑이를 벌이는 것도 즐거운 일은 아니다. 힘을 빼고 싶지 않은 게 아니라 저절로 긴장이 되어버린다. 몸속으로 밀고 들어오는 딱딱하고 차가운 이물감을 편안하게 받아들일 수 있는 여자는 아무도 없을 것이다. 의사는 친절한 짜증을 냈고 나는 진료실이 꺼질 것 같은 한숨으로 대응했다.

분만실과 함께 운영하는 규모가 있는 산부인과를 찾아갈 때는 정기검진을 받는 임산부들에 밀려 대기 시간이 한 시간이 넘는 경우가 허다하고, 나보다 한참 어린 임산부들이 남편의 호위를 받고 있는 사이에 앉아 있으면 괜히 움츠러드는 기분을 느끼기도 한다. 나는 최대한 잘 차려입고 탈의실에서 벗게 될 예쁜 팬티를 골라 입음으로써 내 기분을 달래곤 한다.

검사가 끝나고 팝핑크색의 예쁜 팬티를 끌어올렸다. 산부인과 진료를 10년 넘게 받고 있는데도 올 때마다 날카로워지는 내 마음에 대해 생각해보았다. 하지만 이 불편한 감정을 겪으면서도 정기적으로 검사를 받을 수밖에 없고 다른 여성들에게도 검사를 받으라고 조언할 수밖에 없다. 조금 더 불편하고 조금 더 예민한 부위일 테지만 내시경을 받는 것과 다를 바가 없다고 말할 수밖에 없다. 이런 감정을 피하는 것과 내 자궁의 건강을 맞바꿀 수는 없다. 내 자궁은 내가 자기를 소홀히 대하는 것을 결코 용서하지 않을 것이다. •

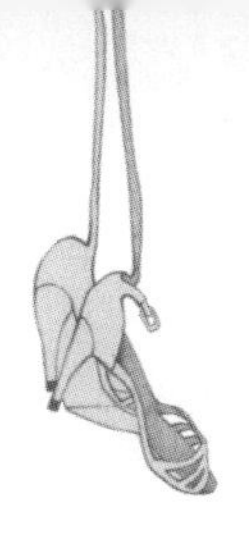

책임과 무책임의 결정적 차이

많은 여성들이 생각보다 성과 자신의 몸에 무지하다. 중 · 고등학교 때 받은 성교육만으로는 실제 성생활에 필요한 지식을 얻지 못한다. 순정만화나 로맨스 소설에서 표현되는 성애 역시 현실적이지 못하다. 포르노를 통해 얻은 정보를 가지고 섹스에 대해 잘 알고 있다고 말하는 것은 허세에 지나지 않는다. 실제로 성관계를 맺을 때는 아무 말도 못하고 남성의 성지식에 의존하게 되는 경우가 많다.

여자는 섹스를 하면서 피임을 해야 하는 것이 당연하다고 생각하지만 남자는 콘돔을 쓰면 잘 느껴지지 않는다고 징징거린다. "내가 잘 조절하면 돼. 배에다 하면 안전해"라는 말을 듣고 어이없게 체외 사정을 받아들인다. 이 얼마나 어리석은 짓인가? 결코 안전하지 않는 방식으로 섹스를 하고 난 뒤 '가임 기간이 아니었으니까 괜찮을 거야' '밖에다 했으니 괜찮을 거야'라고 믿고 싶어 한다.

그러나 이상하다. 생리 예정일을 훌쩍 넘겼는데 기미가 전혀 보이지 않는다. 불안한 마음에 친구들에게 연락해 하소연을 해본다. 친구들은 며칠 늦어지는 것뿐이라고 괜히 이렇게 걱정하고 스트레스를 받으면 오히려 더 늦어진다고 마음 편히 가지라고 말한다. 혹여나 불안하면 임신 테스트기로 시험해보라고 말해준다. 친구의 위로를 듣고 안심해보려고 한다. 그렇게 며칠이 지나간다.

여자는 약국 입구에서 들어가지도 못하고 서성인다. 다른 사람이 없는 걸 확인하고 난 뒤 약국 안으로 들어간다. "임신테스트기 주세요"라고 조그마한 목소리로 말한다. 약사는 아무렇지 않게 건네주었지만 그 눈빛에 오히려 민망함과 부끄러움을 느낀다. 미혼의 어린 여성이 약국에서 결코 사고 싶지 않은 물품, 임신테스트기를 사가지고 와 화장실로 직행한다.

테스트기에 남은 선명한 보라색 두 줄. 그 순간 '망했다'라는 생각밖에 들지 않는다. 다시 약국에 가 다른 테스트기를 사서 확인해본다. 역시나 임신 판정. 어떻게 하지? 남자친구에게 전화를 건다. 이놈 새끼는 이런 중요한 순간에 전화도 받지 않는다. 몇 번이나 전화를 건 끝에 통화가 되었는데 첫 마디부터 퉁명스럽다. "왜?" 여자는 왜라는 한마디 때문에 마음이 상한다. 하지만 그는 혼자서는 감당이 안 되는 이 사실을 털어놓을 유일한 사람이다. 임신 사실을 알리자 남자의 입에서 나온 첫마디가 "아, 씨"였다. 짜증이 가득 섞인 그 말을 들으니 여자는 눈물만 쏟아진다. "어떡해?" "어떡하긴. 애를 가진 건 너니까, 네가 알아서 해." 내가 지금까지 만난 남자가 이토록 매정한 남자였던가. 속상하고 걱정스러운 마음에 눈물이 멈추지 않는다.

냉정하게 생각해본다. 부모님께 이 사실을 알리면 아버지는 절대 용납하지 않으실 것이다. 임신 사실을 들켰다간 머리카락이 잘린 채 감금당할지도 모른다. 부모님의 도움을 받을 수는 없다. 부모님께 비밀로 할 수밖에 없다. 병원비는 어쩌지? 출산할 때까지 정기적으로 병원을 가야 할 텐데 그 비용은 어떻게 감당하지? 아르바이트를 더 늘리면 될까? 하지만 점점 배가 불러오면 일하기도 힘들 텐데 그것도 불가능하다. 학교는 어떡하지? 이제 막 전공 심화 과정으로 넘어와 공부해야 할 것도 늘어나고 과제도 많아졌는데 임신한 몸으로 학교를 제대로 다니지 못할 것이다. 지금 상황에서 출산하고 나서 학교를 다시 다닐 수 있을 거란 보장도 없다. 그래도 아이를 낳는다면 산목숨 죽으란 법은 없으니 어떻게든 살아갈 수 있을지도 모른다. 하지만 고졸 학력으로 얻을 수 있는 직업은 뭐가 있지? 게다가 애를 돌봐야 하니 출근 시간은 정해져 있지만, 퇴근 시간은 없는 그런 직종의 일은 할 수 없을 것이다. 회사에서는 학력도 부족한데, 아이까지 딸린 어린 여자를 취직시켜줄 것 같지도 않다.

여기까지는 괜찮다. 쉽지 않더라도 돈을 벌 방법을 찾을 수 있을지 모른다. 하지만 우리나라의 미혼모 지원 제도를 찾아보니 갑갑하기 짝이 없었다. 게다가 아버지 없이 자라게 될 내 아이가 사회적으로 겪게 될 편견과 차가운 시선을 생각하니 마음이 아프다. 홀로 아이를 낳아 키운다는 사실에 대해서도 사람들은 숙덕거리며 이야기를 만들어내겠지. 상상만 해도 비참해진다. 내가 왜 이런 일을 당해야 하지? 여자는 사회적 냉대를 받으면서도 이 아이를 낳으려는 이유를 생각해보았다.

아직 그 존재도 느껴지지 않는 생명을 빼앗는다는 죄책감 때문일까? 낙태 수술도 두렵다. 태아를 없애는 동시에 내 몸에도 지울 수 없는 상처를 남기게 되는 것이 무서웠다. 하지만 이 문제를 해결할 방법은 낙태밖에 없다. 남자친구라도 곁에서 힘이 되어주고 도와주겠다고 한다면 어떻게든 이런 선택은 하고 싶지 않았다. 하지만 그와의 관계는 끝나버렸다는 걸 알았다. 콘돔을 쓰지 않겠다고 이기적으로 굴 때부터 썩은 종자라는 걸 깨달았어야 했는데 여자는 갑자기 화가 나기 시작한다. 그에게 전화를 해서 “이 개만도 못한 무책임한 놈아! 무정자증에나 걸려버려라! 아니 발기불능이나 되어버려라!”라고 고래고래 소리를 질러버린다. 하지만 그런다고 임신이 없던 일이 되진 않는다.

친구들은 불가피한 선택이라고, 아무도 너를 비난할 수 없다고 위로의 말을 건넸다. 수술하는 날에 같이 병원에 가주고 몸조리를 하는 동안에도 곁을 지켜주며 마음을 써주었다. 하지만 여자는 속상하고 슬펐다. 하지 않아도 될 이런 경험을 하게 된 것은 자신이 야무지지 못한 탓이라 자책했다.

여자는 생각했다. 이런 일을 당하지 않으려면 피임을 제대로 해야 한다. 콘돔을 쓰지 않겠다는 남자와는 헤어짐도 불사하겠다. 정기적인 관계를 가지는 깊은 사이가 된다면 콘돔만으로는 안심할 수 없으니 자신도 피임을 할 것이다. 결혼을 약속하지 않은 연인 사이라면 피임은 당연히 철저히 해야 하는 일이라는 것을 너무 큰 대가를 치른 후에야 여자는 배우게 되었다. •

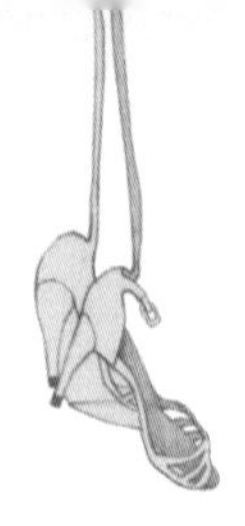

아름다운 긍정

나의 섹스 라이프에 대한 만족도를 그래프로 그린다면 2010년은 암흑기로 남을 것이다. 일적인 부분에서 성장을 했고 연봉도 오르고 칼럼니스트 일도 잘 풀리기 시작했다. 그러나 회사라는 조직이 그러하듯 지불한 비용만큼 노동력을 뽑아내려고 했다. 잦은 야근과 그에 따른 야식과 스트레스로 인한 폭식, 그리고 때마침 찾아온 이별로 경미한 알코올중독 증상까지 겹치면서 내 생활은 엉망이 되기 시작했다. 쉬는 날은 부족한 잠을 채우기 급급하고 운동으로 다져왔던 몸은 탄력을 조금씩 잃기 시작하더니 근육이 사라진 자리에 지방이 자리 잡기 시작했다.

어둡지 않으면, 이불을 뒤집어쓰지 않으면, 부끄러워서 도저히 섹스를 할 수 없는 지경에 도달했다. 이런 상태로 옷을 벗고 싶지 않았다. 운동도 예전처럼 전투적으로 하기 싫고, 굶는다는 건 상상도 할 수 없는 일이 되었다. 다이어트, 그것은 외근과 회식이 잦을 수밖에 없는 일의 특성상 언제나 실패할 수밖에 없는 단어였다.

통통하게 살이 오르는 과정에도 내가 가진 본래의 매력 덕분에 호감을 보여주는 남성들이 존재했다. 진지하게 연인 사이로 발전하지 않더라도 섹스를 해도 괜찮을 것 같은 상대도 있었다. 하지만 나는 도저히 나의 벌거벗은 몸을 볼 수 없었다. 그해 나는 다시 처녀가 될 수 있을 정도로, 몸에서 사리가 나올 정도로 금욕적인 생활을 했다. 섹스에 대한 욕구 자체가 희박했다. 스스로 매력적이지 않다고 여기기 시작하자 길을 걷는데도 사람들이 나를 마치 존재하지 않는 사람처럼 툭툭 치고 지나간다고 느껴졌고, 내 몸은 점점 더 부풀어서 지구의 반을 덮을 만큼 거대해질 거라는 두려움을 가지게 되었다.

애초부터 몸에 대한 만족도가 높은 편은 아니었다. 실제 내 몸이 가진 특징보다는 어떻게 보였으면 하는 기대와 소망이 커서 불만스러울 수밖에 없었다. 특히 섹스를 떠올릴 때면 낭창낭창한 팔다리를 가진 그러나 가슴은 풍만한 여자의 벗은 하얀 몸이 자동 연상되곤 했다. 그렇기 때문에 섹스를 하기에 적당한 나이가 되었을 때 내 몸을 보는 나의 눈은 처절할 정도로 객관적이었다. 순정만화와 영화를 통해 섹스를 상상하고 배웠기에 따르는 부작용이었다. 그녀들 같은 완전무결한 몸이 아니라면 알몸이 될 수 없다고 생각했다.

애인 씨가 진지하고 단호하게 "좀 밝은 곳에서 하고 싶어. 널 보고 싶어. 섹스를 하며 짓는 네 표정도 궁금하고 네 몸을 보고 싶어"라고 불만을 이야기하기 전까지 나의 섹스는 불 꺼진 방에서 이뤄지는 것이었다. 모닝 섹스를 편하게 즐길 수 있게 된 것도 그의 크나큰 사랑 덕분이었다. 그러나 나는 알몸이 되는 것이 두려웠다. 혹여나 '실망하면 어쩌지?' 하는 불안한 마음을 항상 품고 있었다.

그런데 이것은 비단 나만의 문제가 아니었다. 내가 처한 상황에 대해 주변 사람들에게 상담해보니, 축복받은 몸매를 가진 친구들 역시 남자친구 앞에서 완벽한 나체로 편안하게 있을 수 없다고 말했다. 많은 여자들은 조신한 척하는 것과 별개로 자기 몸에 대한 왜곡되고 엄격한 시각을 가지고 있었다.

생각해보면 남자들은 섹스가 끝난 뒤 팬티도 입지 않은 채 알몸으로 잘만 돌아다닌다. 원래부터 옷을 입지 않고 살았던 사람처럼 벗은 채로 냉장고에 가서 물을 꺼내 마시고 방 안을 휘휘 돌아다닌다. 근사한 근육으로 둘러싸인 몸도 아니고 멋진 엉덩이를 가진 것도 아닌데 거칠 것이 없다는 듯 자연스럽다.

나는 생각을 고쳐먹기로 결심했다. 살이 빠지면 더욱 예뻐질 것이다. 하지만 무리하게 다이어트를 해서 건강을 해치고 싶은 마음은 없었다. 과식이라도 하면 죄책감을 느끼며 토하는 일 따위 더 이상 하고 싶지 않다. 자신의 몸에 만족감을 느끼지 못하고 끊임없이 다이어트에 집착을 하다 거식증에 걸린 여자들을 보라. 예뻐지기 위해 시작한 일이지만 뼈만 앙상하게 남은 몸은 아름답기보다 징그럽다.

지금의 나는 충분히 매력적이고 근사하다. 그렇게 생각하고 자신감을 갖는 게 가장 중요하다. 내 몸을 칭찬해주기로 했다. 팔목과 발목이 타고나길 가늘다. 키가 큰 덕분에 팔 다리도 길다. 포동포동해도 몸매의 비율이 나쁘지 않다. 한국 여성은 A컵도 다 차지 않는 사이즈가 대부분이라지만 나는 의술의 도움을 받지 않고도 글래머러스한 라인을 드러낼 수 있다. 배와 허벅지, 등과 팔에 군살이 있다는 단점보다는 더 많은 장점이 있는 몸이다.

물론 많은 여성들이 살을 빼면 그만큼 자신감이 올라가고, 섹스에서도 적극적일 수 있다고 말한다. 하지만 몸무게에 의존하는 자신감은 진정한 자신감이 아니다. 몸과 정신이 함께 건강해지는 것이 중요하다. 마르고 예쁜 몸을 가졌는데도 바비 인형의 무결점 몸매와 포토샵으로 보정한 잡지 속 몸매와 끊임없이 비교하며 자신감을 잃고 불행을 느끼는 여자들을 보라. 자신의 몸을 스스로가 사랑하지 않으면 아무 소용이 없다. 자신의 몸에 만족하지 못하면 당연히 섹스에도 집중할 수 없다. 섹스의 즐거움을 한껏 누릴 수 없다. 나의 검은 역사는 2010년으로 충분하다.

마른 여자가 좋다고 말하는 남자들은 철없고 아무것도 모르는 풋내기들이다. 살을 만졌을 때 오는 안정감이나 만족감을 모른다. 마른 몸은 전혀 관능적이지 않다. 뼈가 도드라질 정도로 다이어트에 성공했을 때 난 마른 상대와 섹스를 했었다. 흥분이 고조되면서 섹스는 조금씩 과격해졌는데 서로 몸이 닿을 때마다 뼈와 뼈가 부딪혔다. 섹스를 하는 내내 섹스를 하는 건지 타박상을 입는 건지 구분이 되지 않을 정도로 아팠다. 섹스가 끝나고 샤워를 하며 거울을 들여다보는데 온몸이 멍투성이였다. 마른 몸으로 했던 섹스를 나는 멍듦으로 기억하고 있다. 그 섹스는 부드럽지도 편안하지도 않았다.

내가 내 몸에 대한 생각을 고친 것만으로도 훨씬 더 많은 기회가 찾아왔다. 해가 지날 때마다 나는 조금씩 더 나은 사람이 되어가고 있다. 노련해지는 것과 동시에 나를 사랑하고 그만큼 사랑을 베풀 수 있는 사람이 되어갔다. 나를, 내 몸을 사랑하지 않으면서 사랑하고 사랑받길 원하는 것은 불가능하다.

그동안 육체 이미지에 대해 엄격하고 냉정했다면 오늘부터 자신에게 관대해져 보자. 세상이 조금 더 말랑하고 부드러워질 것이다. •

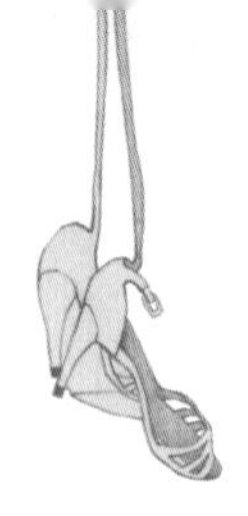

새로운 즐거움

연애 부재의 기간, 외로움이 밀려오는 밤이었다. 누군가의 체온이 간절한 그런 밤이었다. 정확하게 섹스가 필요했다. "하고 싶어 미칠 것 같은 밤이 있잖아. 그런데 불행히도 섹스를 할 만한 사람이 하나도 없는 거야." 우울한 나의 현실을 P양에게 고백하자, 그녀는 "그럼 마스터베이션을 해"라고 서슴없이 말했다.

그 당시 나는 자위에 대한 거부감을 가지고 있었다. 자위를 하는 나를 상상하면 뭔가 쓸쓸한 느낌을 지울 수 없다고 해야 할까. 성적 매력이 없어서, 아무도 나를 여자로 바라봐주지 않아서 혼자서 욕구를 해소한다는 궁한 느낌이 싫었다. "자위를 할 바에 차라리 원나이트를 택하겠어!"라고 도도하게 말하긴 했지만 당시 나는 자위도, 하룻밤을 위한 상대도 찾지 못하고 밤새 침대에서 뒤척이면서 이 발정기가 하루 빨리 지나가기만을 바랄 수밖에 없었다.

자위를 달갑지 않게 생각한 또 다른 이유는 포르노그래피에서 여성의 자위를 다루는 방식 때문이었다. 과장된 신음 소리와 함께 자신의 몸을 스스로 탐하는 여자를 바라보는 카메라의 시선, 그것은 남성을 위한 전희였다. 남자들의 관음증을 채워주기 위한 방식이었기에 부정적인 인상을 지울 수 없었다. 자위를 한다는 것은 음탕하고 음란한 여자라고 말하는 것처럼 여겨졌다.

성적인 관계를 가지고 경험치를 쌓아나가다 보니, 나의 욕망이 단순한 것이 아니라는 것을 자각하게 되었다. 사랑하는 남자에게 사랑받기 위해서, 그가 원하는 것이기 때문에 수동적으로 임하는 것이 아니었다. 섹스를 통해서 나라는 존재를 느끼고 거기서 힘을 얻을 수 있었다. 자신의 성적 매력을 긍정하는 것 또한 자존감을 높이는 데 도움이 된다는 것을 알았다.

그러나 한국이라는 보수적이고 이중적인 사회는 여성이 그런 힘을 느끼게 되는 것을 두려워하는 것 같다. 소년들의 자위는 사회적으로 이해가 형성되어 있다. 오히려 적극 권장한다. 성적 욕구는 분출해야 하는 것이라고 말한다. 배출된 정액을 닦을 용도로 아들에게 일반 화장지 대신 좀 더 부드러운 티슈를 사주라던 구성애 씨의 성교육 덕분인지도 모르겠다. 남자들의 성욕은 참기 힘든 본능이라고 받아들여진다. 그러나 그녀의 성교육이 진보적인 듯 보이지만 소녀들에게는 여전히 아기를 낳기 위한 섹스, 즉 결국 순결만을 강요했다. 소녀들의 자위는 금기시했다. 2차 성징이 시작된 소녀들이 자신의 몸에, 그리고 성적 쾌락에 눈뜨는 것을 어떻게 해서든 막으려고 하는 듯했다. 여성에게 성적인 행위는 생식을 위한 기능인 것처럼 억압했다.

여성들이 자기 안의 욕망을 느끼지 못하도록 억압하고 표현하는 것을 막는 사회구조 속에서는 성적 욕망이라는 자연스럽고 본능적인 감정에도 죄책감을 느끼게 된다. "나는 자위를 해요"라고 고백한다면 사람들은 '자신을 긍정할 줄 알고, 욕망을 깊이 있게 성찰하고 계발하는 적극적이고 능동적인 여성이구나'라고 생각하기보다는 '일주일에 몇 번이나 할까? 자위를 하면서 누굴 상상할까?'와 같은 자극적인 호기심을 품거나 부도덕하고 정숙하지 못한 여자라고 판단할 가능성이 높다.

그렇다보니 '내가 남들보다 성적 욕구가 비정상적으로 과한 것이 아닐까?' 혹은 '이렇게 쾌락을 추구하는 것이 죄를 짓는 일은 아닐까?'라는 생각을 하게 된다. 하지만 자위는 조금씩 자신의 욕망을 알아나가는 방법이자, 여성인 나를 인식하고 알아가는 행위일 뿐이다.

몸의 쾌락을 추구하는 순수한 행위. 자위야말로 자기애를 바탕으로 한 근사한 탐구이다. 솔직히 남자들은 클리토리스를 제대로 애무할 줄 모른다. 대체 어디서 배운 것인지 모르겠지만 강하게 비벼대기만 하면 여자들의 몸이 스위치 온이 되는 줄 안다. 적당한 강도와 적당한 속도라는 게 사람마다 다른데 파트너에 맞춰가려고 하기보단 늘 자기가 하던 방식을 고수하는 남자들이 대부분이다. 게다가 여자들이 어느 정도 달아올라 반응을 보이면, 지금 하던 만큼 꾸준히 애무를 하면 되는데 더 센 자극을 주려고 해 몸의 리듬을 깨버릴 때가 많다.

내 손은 나의 클리토리스가 원하는 자극의 완급을 완벽히 알고 있다. 몸은 리듬을 만들어내고 입에서는 자연스럽게 탄성이 터져 나온다. 완벽하게 나를 위한 시간이다. 상대의 비위를 맞추어가며 오르가슴을 가장하지 않아도 되고, 상대의 욕망을 채워주기 위해 원하지 않는 행위를 하지 않아도 되는 순수한 즐거움의 시간이다.

섹스하는 도중에 어떻게 애무해주길 말하는 것이 쉬운 일은 아니다. 그러나 마스터베이션으로 나의 어디가 어떻게 예민한지 알고 있다면 상대를 리드하기가 수월해진다. 클리토리스를 애무하는 그의 손 위에 내 손을 올려놓고 내가 원하는 속도와

강도로 교정해주면 되는 것이다. 그 방법이 더 큰 즐거움을 준다는 것을 신음 소리로 강력히 표현해주기만 하면 된다.

성적 욕망을 가지고 있다는 것, 그것이 강렬하다는 것은 부도덕하거나 음란함을 의미하는 것이 아니다. 내부에 강한 에너지를 가지고 있다는 말이다. 생명력이 요동친다는 의미이기도 하다. 몸이 느끼는 것에 귀 기울이는 것은 자신을 사랑하는 방법 중 하나이다.

잠에서 완전히 깨지 않은 이른 아침의 침대 안에서, 전신을 비추는 거울이 있는 샤워부스 안에서, 혹은 나를 자극시키는 야동을 발견했을 때 그것을 보면서 흥분을 고조시키는 비밀스러운 탐험을 해보는 것! 자신의 틀을 깨고 모험을 시도할 때, 새로운 즐거움을 손에 쥘 수 있을 것이다. •

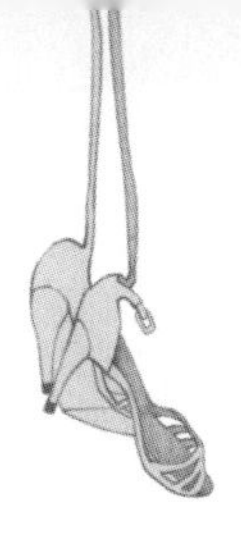

그들의 이중 기준

종종 혼자서 마티니를 마시곤 하는 바에서 세나는 민준을 만났다. 세나가 신청한 노래가 바에 흘러나오자 민준은 그 노래와 어울릴 만한 다른 몇 곡의 노래를 세나에게 알려주었다. 세나는 음악적 취향이 비슷하면서도 자신보다 조금 더 해박한 지식을 가진 민준에게 끌렸다. 몇 번의 데이트를 했다. 야경이 좋은 레스토랑에서 식사도 하고, 새벽에 만나 드라이브도 하고, 서울 근교로 여행을 가기도 했다. 민준을 만날 때마다 새로운 음악을 접하는 게 즐거웠고 음악뿐만 아니라 다른 취향도 잘 맞는 사람이라 좋았다. 괜한 줄다리기로 에너지를 낭비하지 않고 사이좋게 잘 지내고 있었다.

처음 만난 그날 적당히 취한 둘은 그 바의 화장실 앞에서 진한 키스를 나누었고 그대로 헤어지기 아쉬웠던 세나는 결국 민준과 하룻밤을 보냈다. 그렇게 시작한 관계였다. 만난 지 한 달 즈음 되었을 때 민준은 자신의 집으로 세나를 초대했다. 집 안 곳곳에 초를 켜두고 맛있는 와인을 따고 직접 만든 파스타와 샐러드를 대접했다. 세나는 그동안 연인이나 다름없는 관계로 지내고 있으니 이제 관계를 공식적으로 규정짓고 싶은 생각이 들었다. 하지만 노골적으로 물어보고 싶진 않았다. 이런저런 얘기를 나누다 세나는 민준에게 "어떤 여자랑 결혼하고 싶어요?"라고 질문을 던졌다. "어리고 순진하고 이왕이면 집에 돈 많은 여자." 그의 대답에 세나는 뒤통수를 강타 당한 기분이 들었다. 아무리 둘 사이가 좋아진다 하더라도 이 관계의 결실은 연애 그 이상이 될 수 없다는 것이 전제되어 있었다.

세나는 처음 만난 민준과 그날 바로 섹스를 했지만 단순히 성욕을 해결하기 위함이거나 충동적으로 관계를 맺은 것은 아니었다. 단지 호감을 느낀 상대에게 그 감정을 몸으로 표현한 것뿐이었다. 그러나 민준은 세나와 관계를 가지고 있으면서도 자신이 결혼할 여자에 대해서는 이중 기준을 품고 있었다.

그 자리에서는 세나는 "모든 남자들이 바라는 결혼 상대군요"라고 답했지만 민준이 마지막으로 선택할 여자는 자신이 아니라는 사실에서 모욕감을 느꼈다. 그가 이런 식의 생각을 가진 남자였다면 그렇게 쉽게 섹스를 하지 않았을 거라고 자신을 자책하기 시작했다. 솔직하게 행동했지만 결국 그 사람에게 자신은 잠시 놀이 상대였을 뿐이며, 결국 자신의 경솔함 때문에 관계를 망쳤다는 몹쓸 망상에 빠지게 되었다.

그런데 왜 세나는 민준을 탓하기에 앞서 자신을 먼저 비하하는 것일까? 그녀는 값어치 없이 행동했고 멍청한 짓을 저지른 것일까? 왜 그녀는 그런 생각부터 한 것일까? 관계가 긍정적으로 유지될 때 성급한 섹스는 전혀 문제가 아니었다. 이제 와서 서둘러 해버린 섹스가 잘못이었다고 판단하는 것은 납득할 수 없다. 그에게 품었던 호감, 섹스를 하며 느꼈던 쾌감은 분명한 사실이었다. 세나는 그 사실을 기반으로 그와 조금 더 발전적인 관계를 가지고 싶다고 생각했을 뿐이었다.

이렇게 세나가 자신을 탓하는 동안 민준은 어떤 비난도 받지 않고 새로운 여자를 만나 즐기고 섹스를 할 뿐이었다. 이 이야기를 들으면 대부분의 사람들은 세나가 헤프게 행동했기 때문에 남자가 그 관계를 가볍게 생각했다고 말한다. 그래서 섹스는 빨리하면 안 되는 거라고 말한다. 섹스를 하지 않는 것이 비싸게 구는 것일까? 섹스를 유예시켰다고 세나와 민준의 관계가 달라졌을까? 그럴 리 없다. 민준은 어차피 여자를 노는 상대와 결혼 상대로 나누고 있었다. 그런 이중적인 기준을 가지고 여자를 만나는 남자의 태도는 문제 삼지 않고, 마음이 가는 대로 섹스한 여자에게 문제를 전가시키는 건 크나큰 잘못이다. 세나도 은연중에 남성이 만들어낸 이중 기준을 스스로에게 적용하고 있었다.

소위 여자를 성녀와 창녀로 구분하는 남자들의 태도는 몹시 비겁하고 이기적이다. 여자들의 성적 능동성은 억압하면서 남성들은 쾌락을 추구하는 동시에 안전하게 종족을 번식하려는 의도가 녹아 있는 셈이다.

그렇다면 남자들이 원하는 대로 성에 무지하고 순진하고 연약한 척하여, 창녀가 아닌 존재로 분류되어 남성의 보호와 사랑 그리고 결혼이라는 제도에 안착하는 것은 여자로서 행복이 보장되는 것일까? 이런 이중적인 기준이 존재하는 세상에서 어떤 여자도 행복해질 수 없다. 남자가 성녀로 분류한 여자에게 바라는 것은 생식, 말 그대로 내 아이를 만들어 낳아줄 자궁밖에 없다. 여성을 성적인 존재로 인정해주거나 성을 즐길 수 있게 도와주지 않는다. 남자들에게 자신의 아내나 어머니는 고결하게 생식을 위해서 섹스를 할 뿐이다. 남자들의 편리를 위해 성(聖)스러운 여자로 인정받는 것은 성(性)적인 존재가 되길 포기해야 하는 것이다.

민준 역시 어리고 순진하고 이왕이면 돈 많은 여자와 결혼을 했을 때 성적인 만족감은 느낄 수 없을 것이다. 의무적으로 섹스를 한다 치더라도 그는 여전히 한눈을 팔며 자극적인 쾌락을 찾아 헤맬 것이다. 그렇게 행동하면서도 그는 '누구와도 쉽게 잘 수 있는 가볍고 싼 여자들과 의미 없는 관계'를 가진 것뿐이라고 생각할 테고 성적 방종을 저지르면서도 죄책감 따위 느끼지 않을 것이다.

이런 이중 기준은 비겁하기 짝이 없는 남성을 도와주는 장치일 뿐이며 여성의 자존감을 파괴하고 여성의 행복을 박탈한다. 스스로 창녀같이 굴었다며 괴로워하거나 자신은 성녀로 분류되었음에 우월감을 느끼며 다른 여성의 성적 자유를 비난하는 행동은 결코 옳지 않다. 남자들이 만들어놓은 성녀와 창녀라는 이중 기준에 얽매이면 결코 좋은 섹스를 할 수 없다는 것을 깨달아야만 한다. •

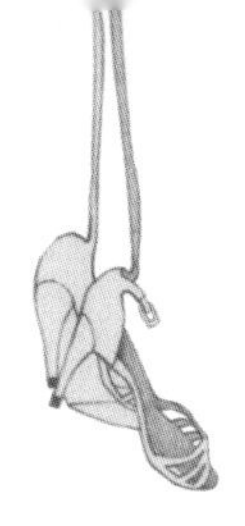

색기와 섹시

남자들은 자신을 압도하는 성적 매력을 가진 여자들에게 위협을 느낀다. 두려움을 느끼는 동시에 그 불안함을 해소하기 위해 그 여성들을 결코 적절하지 않은 방식으로 비난하고 흠집을 내려고 노력한다.

웹 검색을 하다가 '색기와 섹시를 구분하지 못하는 여자들이 많은 것 같다'라는 문장을 읽었다. 어떤 남자 분이 언어적 재치를 뽐내며 소리가 비슷한 단어로 만든 이 문장을 보고 나는 불편함을 느꼈다. 색기는 '성적 매력'을 의미하는 명사이고, 섹시는 '성적 매력이 있는'을 뜻하는 형용사이건만 두 단어에 어떤 차이가 있는 것일까? 그는 왜 그런 발언을 하게 된 것일까?

그와 비슷한 사례. 포미닛의 맴버 현아가 파격적인 퍼포먼스를 내세운 〈트러블 메이커〉라는 노래로 활동하던 시기였다. 스무 살을 넘긴 현아는 자신의 색기를 여과 없이 드러내고 있었다. 어떤 블로그에 〈트러블 메이커〉의 공연 영상을 일일이 하나하나 귀찮을 정도로 캡처해놓고 현아의 춤 동작이 얼마나 값싸 보였으며 가족들과 함께 보면서 얼마나 불쾌감을 느꼈는지 구구절절 써놓은 글을 보았다. 블로그의 다른 글을 더 읽어보니 서른 살은 훨씬 넘은 이 남자 분의 글에서 현아를 비난하는 이유는 단지 하나, 그녀가 지나치게 섹시하다는 것이었다. 그러면서 자신은 아이유의 팬이라고 당당히 밝혀두었다. 아이유가 최근 자신의 콘서트에서 〈트러블 메이커〉를 공연한 것을 보면서 그분은 어떤 생각을 했을까? 왜 아이유를 욕망하는 자신은 괜찮은 사람이라고 생각하는 것일까? 왜 그토록 현아에게는 거부감을 느끼는 것일까?

고전 영화 〈차이나타운〉, 〈포스트맨은 벨을 두 번 울린다〉를 보면서도 비슷한 기분을 느꼈다. 작가와 감독은 치명적인 매력을 가지고 남자를 좌지우지하며 자신이 원하는 바를 얻어내는 여성, 팜므파탈이라고 명명되는 캐릭터를 만들어냈다. 그러나 끝내는 그녀들의 삶을 망가뜨리고 불행한 죽음을 맞게 내버려 둔다.

넘쳐날 정도로 충분한 성적 매력을 가진 여자들에게 남자들은 가혹하게 군다. 남성을 취약하게 만들고 좌지우지할 수 있다는 사실에 불안함을 느끼는 것 같다. 그들은 그런 마음을 적절하지 않은 방식으로 드러낸다.

남자들은 여성을 단순히 성적 대상으로 바라보면서 왜 그걸 또 세분화해서 구분하려 할까? 은근히 섹시한 것이 좋다, 다 드러내는 것보다 보일 듯 말 듯 한 것이 훨씬 더 자극적이다, 쉽게 자주는 여자보다 감질나게 진도를 나갈수록 그녀에게 사로잡히게 된다, 하룻밤 만에 공략이 가능한 여자는 재미없다, 그러니 손해 보기 싫은 영악한 여자들은 줄 듯 말 듯 남자들의 애를 태우며 자신의 상품 가치를 높인다. 크고 반짝이는 선물을, 누구나 알 만한 명품 가방을 받지 않고는 하지 않겠다는 몹쓸 태도를 가지는 게 아닌가? 어느 누구도 솔직하지 않고 이해타산적인 섹스, 제 꾀에 빠져 섹스를 한 번 하려면 수많은 자원을 소모하는 것, 그것이 남자들이 원하는 것이었나?

그러면서 남자들이 궁극적으로 원하는 것은 낮에는 요조숙녀, 밤에는 요부라는 모순적이고 우습지도 않은 모습이다. 여자의 몸에 모드 온오프 스위치가 있어 순식간에 바뀔 수 있는 것도 아닌데 이런 말을 듣는 것도 불편하긴 매한가지이다.

자신은 고매한 척, 특정 여자(사랑한다고 느끼는)에게만 자신의 몸과 마음이 반응한다고 말하며 과도하게 벗어대는 혹은 성적 에너지가 넘치는 여자를 두고 까는 남자들을 볼 때면 이런 생각을 해본다. 바로 눈앞에서 색기 가득한 여자가 아무도 모르게 자신에게만 어떤 기회를 주겠다고 은밀하게 제안해온다면 무반응으로 일관할 수 있을까? 섹시하다고 생각한 여자와 단둘이 밤을 보내게 되었는데 그녀가 과한 색기를 드러낸다면 '내가 생각하던 여자가 아니야'라며 그 자리를 박차고 나갈 수 있을까? 남자들이 머릿속으로 상상하는 것 말고, 눈앞에 이 상황이 현실로 닥친다면 얼마나 신념을 지킬지 정말이지 궁금하다.

나는 색기가 있고 섹시하다. 연애와 섹스에 대해서 이야기하는 직업을 가졌기 때문도 아니고, 섹스를 밝히거나 화려한 성생활을 영유하기 때문도 아니다. 나는 태어날 때부터 성적인 존재였고 앞으로도 그러할 것이기 때문에 섹시하다. 게다가 이런 매력은 남성에게도 요구된다고 생각한다. 섹스를 해보고 싶다는 생각이 들지 않는 남자를 만날 생각은 없다. 성적 매력은 성별을 구분하지 않고 모두에게 필요한 것이다.

여성의 성적 능력을 비하하고 억압해야만 남성으로서 성적 주체성을 느낄 수 있는 남자들과 자신은 다르다고 말하는 남성이라면 내가 느끼는 불쾌함에 동조해줄 수 있을까? 여자를 이해하는 척하며 개념 있고 근사한 남자처럼 보이고 싶은 욕구 때문이 아니라 예를 든 사례에 여성 혐오가 얼마나 철철 넘치는지 수긍할 수 있을까?

아마 그것이 문제라고 여기지 않는 이들은 나만 쓸데없이 예민하고 시끄럽고 피곤한 여자라고 생각할 것이다. 부당하지만 어쩔 수 없다. 하지만 그들이 내게 준 불편함만큼 나도 이런 글을 통해서 불편함을 줄 준비가 되어 있다. 여성은 남성에게 편리하기 위해 존재하는 것이 아니기 때문이다. •

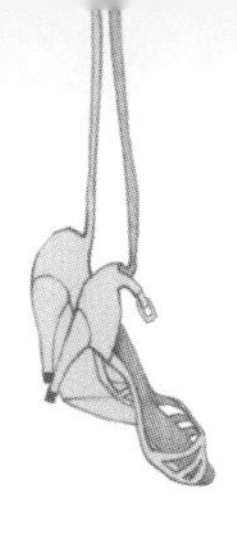

당신은 언제나 순결하다

나는 오후 두 시에 상담 메일을 확인한다. 호기심과 치기 어린 마음으로 보낸 장난스러운 메일 말고, 진지하게 답장을 보낼 메일을 고른다. 대부분 여성들이다. 그 사연을 읽고 있노라면 내게 해결책을 바라는 것이 아니라 누구에게도 털어놓지 못했던 이야기를 하고 있다는 생각이 든다. 낯선 사람, 그럼에도 왠지 이 사람이라면 내가 처한 상황을 이해해주고 토닥거려주지 않을까 하는 믿음을 가지고 긴긴 이야기를 들려준다.

그녀들은 자신이 처한 상황을 최대한 객관적으로 바라보고, 덤덤하게 글을 쓰려고 노력한다. 글쓰기를 하면서 지금까지의 상황을 정리할 수 있다는 건 그만큼 아픔과 상처에서 벗어났다는 것을 의미하고, 누군가에게 말하려 하는 것만으로도 치유가 되는 과정임을 의미하기에 조금이나마 다행이라고 생각하며 사연을 읽는다.

다른 여자의 삶을 간접 체험하는 것이기에 몇 번이나 정성스레 읽는다. 행간에 여전히 남아 있는 그녀들의 고통이 생생하게 전해질 때는 속상한 마음에 잠들지 못하고 끙끙대기도 한다. 답장을 쓰다가 몇 번이나 먹먹해지기도 한다.

연약하고 기댈 곳 없었던 외로운 마음을 추악한 욕망으로 농락한 사람에 대해 말하면서도 그에 대한 비난의 어투는 어느 곳에서도 찾아볼 수 없었다. 모든 것이 자신의 잘못이었다고 말한다. 그 마음은 충분히 이해할 수 있다. 그 남자를 선택한 것은 바로 자신이기에 그를 비난해버리면 한때나마 반했던 순간, 좋았다고 느꼈던 나의 삶마저 전부 잘못된 것이라고 인정하는 것이 두렵다는 건 알고 있다.

하지만 혹시나 사연을 읽는 내가 이런 상황을 더럽게 여길까봐 걱정된다는 구절을 읽었을 때, 속상하다 못해 어째서 섹스로 생겨나는 문제는 여자에게만 이토록 가혹한지 화가 날 지경이었다.

세상에 100명의 여성이 있다면 여성으로 살아가는 100가지 방식이 있는 것은 당연하다. 도덕이나 윤리 그리고 나의 신념만 가지고 무엇이 옳고 그르다는 판단은 할 수 없다. 나 역시 편협한 사랑이지만 내가 경험해보지 못한 일을 겪으며 하루하루를 살아가는 여성들이 선택한 것들에 대해 내 입장에서만 판단하지는 않는다. 그것은 그녀들에게 또다시 상처를 주는 것이기에 함부로 단정 짓거나 해결 방안을 제시하지도 않는다. 그녀들의 낮아진 자존감을 최대한 회복시켜주기 위해 노력할 뿐이다.

여성들이 관계나 섹스로 어려움을 겪는 문제의 원인은 대부분 어린 시절에서 발견되곤 했다. 불우한 가정환경, 가족과의 마찰에서는 도피했지만 좋지 못한 관계를 맺는 것으로 외로운 감정을 해소하고, 이기적이고 나쁜 남자와 관계를 지속하면서 상처가 곪아가는 경우가 많았다.

어린 친구들에게는 주체적으로 섹스를 선택하고 자신을 소중히 여기라고 누누이 말한다. 하지만 실제로 그것을 가능하게 만들어주는 보호막이 이 사회에는 잘 갖춰져 있지 않기 때문에 속상한 마음이 들 수밖에 없다.

본능적으로 먹잇감을 놓치지 않는 남자들이 있다. 자존감이 약하고 타인과 살을 부대끼는 순간을 통해 혼자가 아님을 확인받고 싶어 하는 여자들을 골라 자신의 욕구를 채우는 남자들. 감정을 이용해 성을 착취하는 것이나 다름없는 이 관계를 끊기 위해서는 스스로 바닥이라고 느낄 때까지 괴로움을 겪어야 한다. 하지만 그런 깨달음을 얻는 데는 꽤 오랜 시간이 걸린다. 그 관계를 끊으면 모든 것을 잃는다는 생각 때문이다. 우주 미아가 된 것 같은 기분을 다시는 경험하고 싶지 않기 때문이다. 그래서 그녀들은 자신이 처한 상황을 끊임없이 부정하며 더 나아질 거라는 식으로 자기 최면을 건다. 결국 형편없는 관계에 더 집착하게 된다.

그럴 때 섹스는 관계를 아슬아슬하게 이어주는 행위가 된다. 다정할 줄 알았던 그 사람은 무심하고 무책임하다. 그러나 섹스를 할 때만큼은 따스하고 나를 사랑해주는 것처럼 여겨진다. 관계를 유지하기 위해 섹스를 하는 것뿐이다. 그 사람과 사람들이 많은 곳에 나가 데이트를 하려고 해도 마지못해 따라 나온 남자가 친절하거나 매너 있게 행동할 리 없고, 그러다 보니 차라리 둘만의 공간에서 섹스에만 매진하는 것이 안전하다는 착각을 하게 된다.

그런 식으로 자연스럽게 그녀들은 섹스에 집착하는 태도를 가지게 되었을 것이다. 일반적으로 내숭을 떨고 섹스를 유예시키며 남자들이 매달리는 여자들과 자신을 비교했을 때 어딘가 잘못되어버린 것 같다. 그런 비교를 하며 자신을 비하한다. 그래서 그녀들은 '나는 더럽다'는 이미지를 품는다.

아무리 경계심을 늦추지 않고 조심스럽게 사람을 만나도 본인 의지와는 다르게 좋지 못한 관계에 빠지기도 한다. 그 관계에서 섹스까지 하게 되었을 때 여성들은 실패한 관계에 대한 자책이 남성보다 심한 것 같다. 그런 문제를 겪으면서 자존감이 낮아진 여성들에게 나는 남자의 뇌를 장착해주고 싶다. 아니, 모든 여성이 남자의 뇌를 가지고 섹스를 하고 철없이 열심히 살았으면 좋겠다. 자기 비하나 자책은 그만두고, 스스로를 더럽다고 생각하지 않았으면 좋겠다. 그녀들에게 어느 누구도 함부로 그렇게 말할 수 없다. 비록 잘못된 관계, 실패한 관계라 하더라도 그 실수를 통해 배운 것이 있고 예전과 다른 선택을 하기 위해 노력하고 있다면, 우선 자기 스스로를 괴롭히는 일부터 그만둬야 한다. •

5부

오감을 자극하는 판타지

판타지를 공상하라

〈섹스 앤 더 시티〉에서 사만다는 스미스라는 연하남을 만난다. 그가 배우라는 사실을 알게 되자 사만다는 그와 역할극 섹스를 즐기기 시작한다. 남편이 집을 비운 사이에 들이닥친 강도, 세무 결산을 도와주는 회계사, 강력계 형사와 팜므 파탈 등 사만다는 능청스러울 정도로 자신의 판타지에 빠져 연기를 하며 전희를 즐긴다.

사만다와 스미스의 관계는 유별난 측면이 있지만, 오래된 커플에게 권태가 찾아올 때나 부부 생활이 예전처럼 즐겁지 않을 때, 분위기를 쇄신하는 방편으로 각자의 성적 환상을 실현해보길 권한다. 이것은 일종의 역할극이 될 수도 있다. 연기할 줄도 모르고 쑥스러운데 어떻게 할지 걱정부터 할 필요가 없다. 몰입하라. 당신은 무엇이든 될 수 있다. 평소에

해보고 싶었던 것들을 침대에서 이룰 수 있다. 방전된 관계를 노력 없이 회복할 수는 없다. 서로에게 색다를 게 없다고 느끼고 있었다면 상대도 이런 제안을 반가워할 것이다. 영화나 드라마처럼 의상을 꼭 갖춰야 하는 것도 아니다. 지금 필요한 건 뭐? 바로 상상력! 그저 내가 되고 싶은 걸 생각해보고, 상대가 되고 싶은 게 무엇인지 귀 기울여주면 된다. 서로가 원하는 것에 대해서 충분히 공유한 다음에 자연스럽게 적용하면 되는 것이다. 그가 슈퍼맨이 되고 싶어 한다면 그렇게 하라. 그가 위험에 빠진 당신을 구해줄 것이다. 그리고 그 보답으로 섹스를 나누는 것이다. 어떤 역할에 대한 성적 환상은 비교적 간단하면서도 재미를 준다.

그러나 사람들에게 어떤 성적 환상을 가지고 있는지 물으면 주저 없이 대답하는 경우는 거의 없다. 마치 그런 생각은 전혀 해본 적도 없다는 듯, 그런 질문을 받고 이제야 생각해본다는 태도를 취하며 조심스럽게 이야기를 꺼낸다.

어릴 때부터 다양한 포르노를 접하며 자신만의 취향을 만들어온 남성과는 달리 섹스에 대해 말하지 않도록 교육 받아온 여성이라면 대부분 그런 태도를 취하기 마련이다. 그렇기 때문에 많은 여성들이 성적 공상을 하는 것을 좋지 않게 여긴다. 잠깐이라도 음란한 환상을 품었던 자신에게 죄책감이나 수치심을 느끼기도 한다. 성적 환상을 가지고 있으면서도 표현하는 걸 두려워하거나, 아예 시도조차 하지 않는 사람들도 많다.

상상은 섹스를 풍부하게 만들어준다. 욕구 불만에 빠져서 그런 것도 아니고 성도착증이라서 그런 것도 아니다. 상상과 현실을 잘 구분하지 못하고 현실적인 남녀 관계를 맺는 것에 문제가 있다면 치료가 필요하겠지만, 섹스를 조금 더 잘 즐기기 위해 자신이 원하는 성적 환상이 무엇인지 진지하게 생각해보는 시간은 누구에게나 필요하다.

그것은 구체적인 상황이나 행동이 아닐 수도 있으며, 어떠한 감각이나 기억, 소리, 향기 같은 것들로 표현될 수도 있다. 어떤 것이든 그런 환상을 통해서 현실에서는 차마 표현하지 못했던 강렬한 욕망이 무엇인지 깨닫게 되고, 내부에서 밀려오는 원초적인 힘을 느낄 수 있게 된다.

섹스는 관능적이다. 애초에 점잖은 행위가 아니다. 자신의 도덕이나 신념과 충돌하는 상상을 하게 될지도 모른다. 그렇다 하더라도 자신을 검열하지 말고 마음속 욕망을 인정하고 받아들이려는 태도가 중요하다. 말하기 불편한 것이 나의 욕망일지도 모른다. 대체 어떻게 그런 생각을 하게 된 건지 혼란스럽고 이상할 수도 있다. 현실의 나를 그대로 반영해 성적 환상이 만들어지는 것은 아니다. 다만 성적 환상 역시 내부에 잠재된 나의 욕망이므로 나 자신을 알도록 만들어주는 것이다.

내 경우에는 고등학교 시절 우연히 보게 된 잡지 〈키노〉에서 일본 성인 애니메이션을 다룬 기사를 호기심 넘치는 마음으로 읽다가 촉수물에 대해 알게 되었다. 식물 또는 괴물의 수없이 뻗은 촉수가 여자의 몸을 유린하는 두어 장의 장면이었는데도 난 비주얼 쇼크를 받았다. 동시에 괴롭힘을 당하는 여자를 보며 '만약 내가 저런 일을 당한다면 어떨까?' 하는 궁금증이 머릿속에 자리를 잡았다. 실제로 그런 일이 일어날 리야 없고, 실제로 겪게 된다면 좋을 리도 없겠지만 여전히 가끔은 상상해보곤 한다. 상상만이라면 짜릿하니까!

성적 환상은 말 그대로 머릿속의 공상이다. 대부분 사람들은 혼자서 그런 공상을 즐기고 그 욕망에 대해서는 철저히 함구한다. 공상이라는 말 자체가 현실적이지 못하거나 실현될 가망이 없는 것을 막연히 그리는 일이다. 이런 상상은 일상에 해를 끼치지 않는다. 오히려 어떤 면에서는 활기를 불어넣어준다.

다른 사람들은 섹스에 대해 어떤 환상을 품고 있는지 궁금해하면서도 그런 것을 공유할 기회가 없고 자신이 상상하는 것을 다른 사람들이 비정상으로 보진 않을까 두려운 마음도 생긴다. 나 역시 성적 환상을 누군가에게 털어놓을 때 혹시 나를 이상한 사람으로 생각하진 않을까 조심스러웠다. 성적 환상을 공유하려고 시도하는 것은 무척이나 유의미한 일이다. 동시에 현재 관계를 맺는 대상과 그것을 내밀하게 공유하는 것은 에로틱한 열정을 샘솟게 만들어준다.

섹스란 지극히 현실적인 행위지만 동시에 그것을 통해 일상에서 탈출한 기분을 느끼게 해준다. 섹스는 두 사람만이 공유하는 시간과 공간이다. 그런 행위에 두 사람의 상상력이 더해진다면 억눌려 있던 무언가가 열정적으로 폭발할 것이다. 환상을 통해 우리는 자유로워질 수 있고 순수해질 수 있다. 자신을 초월하고 창조적인 힘을 느낄 수 있다. 이런 상상력은 너무 익숙해서 지겹다고 여긴 상대에게 색다른 면모를 발견하게 해주고 의무감으로 하던 섹스를 즐길 수 있게 도와줄 것이다.

성적 환상을 공유한 뒤, 그것을 정교하게 실현하지 않더라도 일부분을 섹스에 접목시켜 나간다면 두 사람의 친밀감은 돈독해질 수밖에 없다. 성적 환상을 품는 것은 결코 부끄러운 일이 아니다. 오히려 누구든지 자신이 욕망하는 것을 정확하게 알아야 한다. 내가 원하는 궁극의 섹스를 꿈꾸어보라. 원하는 것이 무엇인지 알고 있을 때만이 그것을 실현 가능한 것으로 만들 수 있다. •

욕망의 진짜 의미

대학 신입생 오리엔테이션에서 만나 첫눈에 '우린 동류다'라는 걸 알아보고 지금까지 우정을 나누고 있는 권과 격양되고 흥분된 목소리로 이런 이야기를 나눈 적이 있다.

"드라마 〈1.5〉에서 정우성이 심은하를 벽에 밀치고 강제로 키스하는 장면을 보면서 나도 저런 키스를 받고 싶다고 생각했어."

"정말? 나도, 나도. 고등학교 때 수업 시간에 몰래 보던 만화책에서 남자 주인공이 지하 주차장으로 여자 주인공의 손목을 잡고 가서 차 보닛 위에 눕히고 키스를 나누는 장면이 나왔거든. 그때부터 내게도 그런 일이 벌어지길 바라왔지."

저항하고 반발하는 여자를 완력으로 제압하고 강제로 키스를 하거나 섹스까지 이어지는 장면들은 여성이 소비하는 각종 연애소설과 순정만화 그리고 드라마의 단골 레퍼토리다. 하지만 잘못 받아들이면 매우 위험한 상황으로 번질 우려가 있다. 남성들 역시 이런 장면이 의미하는 여성의 성 심리를 제대로 이해하지 못한 채 소비하고 있다. 남자들은 섹스에 대한 여자의 태도가 '좋으면서 싫은 척하는 것'이라고 생각한다. 성적인 접근에 대한 단호한 'No' 신호를 제멋대로 'Yes'라 해석한다. 그들이 보는 포르노에서 설정된 대부분 상황이 처음에는 거부하지만 강하게 밀어붙이면 순응하고 그다음에는 오히려 탐욕스럽게 즐기는 여자의 모습이다. 그런 식의 착각, 자기만의 논리로 성폭력을 정당화하려는 사람들이 우리 사회에는 생각보다 많이 존재한다.

출근하는 지하철 안에서 누군가 몸을 밀착시킨 뒤 엉덩이를 더듬는다. 마사지사가 오일 마사지 도중 부드러운 몸의 감촉을 견디지 못하고 가슴을 애무하기 시작한다. 낯선 여행지에서 처음 만난 남자가 인적이 드문 골목길로 끌고 가 치마를 들춘다. 사지가 침대 모서리에 가죽 벨트로 묶이고 강제로 섹스를 당한다. 이것들은 불쾌한 범죄이고 실제로는 절대 일어나지 않기를 바라는 일일 것이다. 하지만 어떤 여자들은 누군가에게 강제로 당하는 섹스를 상상한다. 이런 상상에 자연스럽게 빠져들었다가 순간 정신을 차리고 죄책감을 느끼기도 한다. 하지만 이런 상상이 여성에게 의미하는 바는 무엇일까? 그저 헤프고 밝히는 여자이기 때문에 그런 상상에 빠지게 되는 것일까?

우선 모든 여자들이 누군가에게 강제로 '당하고 싶다'는 욕망을 품는 것은 아니다. 또 그 '누군가'가 '아무나'를 의미하는 것도 아니다. 이런 성적 공상을 즐기는 여자들은 비정상이거나 의존적인 성향을 가지고 있지 않다. 오히려 독립적이고 자부심이 높은 경우도 많다. 그녀들은 남자들이 자신에게 느끼는 성적 욕망에서 힘을 느낀다. 자제할 수 없을 정도로 압도적인 열정이 솟아나게 만드는, 결코 거부할 수 없는 대상이 되는 것. 힘으로 제압하고 유린해서라도 내 것으로 만들고 싶은 여성의 매력을 자신이 가지고 있고, 그것에 사로잡힌 남자가 이성을 잃고 자신에게 덤비는 모습을 보길 원하는 것이다. 상상 속에서 그 대상이 되는 남자도 내가 불쾌감을 느낄 대상이어서는 안 된다. 낯선 사람이 갑자기 손목을 낚아채 끌고 가고, 추행에 가깝게 노골적으로 내 몸을 만지는 상상을 한다고 해서, 아무 남자나 그렇게 해주길 바라는 건 아니다. 여자들의 상상 속에는 각자가 선호하는 남성상이 등장한다.

상상 속에서 남자들은 언제나 그녀들의 욕구를 미리 예측하고 그것을 실현시켜준다. 그녀들이 원하는 것을 설명하지 않아도 척척 이뤄준다. 무자비하고 공격적이고 이기적인 것 같아

보이지만, 그것은 결국 그녀들이 가진 전투력, 삶의 에너지를 의미한다. 폭력적인 것처럼 보이지만 그것은 안전하고 부드러운 형태로 행해진다. 그녀들이 만들어내는 성적 공상은 강제적이고 물리적인 힘으로 제압하지만 그녀들을 다치게 하거나 상처 입히지 않는다.

이런 상상을 즐기는 여성들이 현실에서 하는 섹스는 어떨까. 그녀들은 섹스를 할 때 상대방에게 상당히 많은 배려를 하고 있었다. 대부분의 성적 결정을 남성에게 일임하고 있었다. 하지만 섹스가 흡족하기 때문에 그런 것은 아니었다. 내 남자의 자존심과 남자다움을 보호해주기 위해서였다. 만족할 만한 쾌락을 얻기 위해서라면 본래 독립적이고 자기주장이 뚜렷한 자신의 면모대로 요구 사항을 상대에게 전하는 것이 당연하지만 여성스러워 보이지 않을까 봐, 섹스에 대해 목소리를 내는 것이 사회적으로 탐탁지 않게 여겨지기 때문에 자신이 원하는 것을 말하지 못했다. 하지만 상상 속에서는 말하지 않아도 그것들이 이뤄진다. 젖꼭지를 꼬집듯이 만지는 것보다 가슴 전체를 세게 움켜잡고 애무해주는 것을 더 좋아하고, 삽입하기 전에 손목에서부터 겨드랑이까지 입맞춰주는 행위를 잊지 않고 해주길 바라는 구체적인 행동이 말하지 않아도 이뤄진다.

욕정을 이기지 못한 남자가 강제로 그녀들을 취하지만 역설

적이게도 세부적으로 상상하는 구체적인 행위는 실제 섹스에서 그녀들이 원하는, 남자들이 그렇게 해주길 바라는 것들이 이루어진다. 누군가에게 강제로 당하는 섹스라 할지라도 부끄러워하거나 수치심을 느낄 필요가 없다.

성적 공상을 공개적으로 떠벌리고 모든 것을 털어놓으라는 것은 아니다. 하지만 그런 공상에 대해서 수치스러워하거나 불안해할 필요는 없다. 상상력은 섹스에 생기를 불어넣어준다. 그 상상을 통해 현실의 어떤 것을 충족시키려고 하는지 파악한다면 성적인 것뿐만 아니라 정서적으로도 훨씬 안정감을 찾을 수 있다. 성적 공상은 자칫 생기를 잃기 쉬운 섹스에 열정을 불어넣어주는 역할을 하는 것이다. •

그의 목소리

어릴 때는 연애의 대상을 고를 때 얼굴이나 키 같은 외형적 조건이 중요한 참고 사항이 되었다. 나이 들어가면서 보이는 것 이외의 것들이 관계 맺음에 더 중요하다는 것을 깨닫기 시작했다. 그럼에도 불구하고 결코 포기할 수 없는 것 하나가 있다. 그것은 바로 '목소리'.

성우 같은 목소리여야 하는 건 아니지만 시끄러운 하이 톤에 빠르고 수다스러운 말투를 가진 남자는 도무지 이성으로 느껴지지가 않았다. 믿음직스러우면서도 부드럽고 동시에 낮은 음색을 가진 남성은 호감도를 차곡차곡 쌓아가지만 그렇지 못한 남자들은 첫인상 점수가 계속 깎일 뿐이다. 달팽이관에 닿는 그의 목소리가 내게 스트레스 지수만 높인다면 그런 남자와의 섹스가 가능할 리 만무하다.

나와 생각을 같이하는 동지인, 윤은 조금 더 엄격하고 실천적인 편에 속한다. 그녀는 언제나 '타고난 목소리'로 밥벌이를 하는 청년들과 연애를 해왔다. 윤은 밴드의 보컬이나 성우 준비생들과 연애를 했다. 윤은 침대에서 뒹굴며 귓가에 속삭여주는 달콤한 말을 듣는 것 이외에 그들의 특장점이라고 할 수 있는 좋은 목소리를 이용해 전희를 즐겼다.

윤이 직업상 해외 출장이 잦다 보니 한창 열을 올려야 하는 연애 초반에도 애인과 일주일 넘게 떨어져 지내기 일쑤였다. 그럴 때 윤이 아쉬운 마음을 달래는 방법은 폰섹스였다. 처음에는 언제나 과거의 흥분을 되새김질하는 것으로 시작했다. "지난번 연습실에서 다른 멤버들이 잠깐 나간 사이에 했던 거 생각나?" 아무렇지 않게 일상적인 대화를 나누다 툭 던져보는 것이다. 이런 섹스 토크를 애인이 쑥스러워한다면 자연스럽게 넘어가면 그만이다. 하지만 입질이 온다면 조금 더 노골적인 장면 묘사를 이어간다. "그때 급하게 하느라 팬티도 제대로 못 벗었잖아. 팬티가 발목에 걸려 있는 채로 하는 거 의외로 자극적이더라. 게다가 애들이 생각보다 빨리 들이닥쳤어. 긴 치마를 입고 있어 다행이었지, 팬티를 제대로 끌어올리지 못해서 연습 끝날 때까지 허벅지에 걸린 채로 보고 있었다니까. 혹시나 누가 눈치챈 건 아닐까 멤버들 얼굴 살피면서 시침 떼고 앉아 있는데 또 몸이 젖어드는 거야."

윤은 폰섹스를 어렵게 생각할 필요가 없다고 했다. 둘이 나누었던 섹스를 그가 쉽게 상상할 수 있도록 촉촉한 목소리로 시각적인 묘사를 해주면 그만이라고 했다. 윤은 기분 좋은 칭찬도 잊지 않는다. 그가 성적인 자신감을 가질 수 있게 도와주는 것이다. "오늘 내가 사준 하늘색 셔츠 입고 있어? 자기처럼 어깨가 넓은 남자는 정말 셔츠가 잘 어울리는 것 같아. 그거 입고 있으면 주변에 사람들이 많아도 단추를 죄다 풀어버리고 싶다는 생각밖에 들지 않아. 그러고 나선 당신 가슴에 얼굴을 부비고 혀로 젖꼭지를 핥아주고 싶어."

섹스를 하고 싶다는 뉘앙스를 흘리는 정도만으로도 윤은 만족할 수 있었다. 당장 달려가 보고 싶지만 멀리 떨어져 있어 그럴 수 없는 마음을 그런 식으로 달랬다. 하지만 그는 윤의 도발에 자극받아 발기된 상황도 마무리 짓고 싶어 했다. 자신이 뿌린 씨앗이므로 애인의 자위를 돕기로 했다. 하지만 아무리 애인의 목소리가 좋아도 아귀가 딱 맞게 만족스러운 폰섹스를 해본 적이 없었노라고 윤은 볼멘소리를 했다. 남자와 여자의 차이에서 기인한 어쩔 수 없는 상황이기에 윤은 애인의 리드에 따라 그의 자위를 도왔다. 하지만 윤에게 애인의 지시란 엉뚱한 길로만 안내하는 내비게이션이었다.

아무리 섹스하는 상황을 상상한다고 하더라도 "내가 지금 네 입술에 키스하고 있어. 느껴져? 지금은 가슴을 만지고 있어. 지금은 오른쪽 가슴을 조금 더 세게 움켜쥐었어." 같은 말들은 '아, 이 아이 뭐하고 있나?' 싶은 기분이 들게 했다. 애인의 지시대로 자신의 몸을 만지는 데 지겨움이 밀려올 수밖에 없었다.

"자위를 할 때는 몸을 달구는 의미로 내 몸을 쓰다듬어보긴 하지만, 보통 자극이 오는 곳으로 직접 손을 뻗기 마련이지. 헤매지 않고 어떤 곳을 만지면 좋은지 자신에 대해서 너무나 잘 알고 있으니까 상대가 진짜 섹스를 하듯이 그렇게 돌아 돌아오면 난 이미 느낄 만큼 느끼고 끝난 상태가 되어버린다니까. 난 이미 마음이 차분하게 정돈되었는데 그 애가 끝날 때까지 거짓 신음 소리를 내주고 있어야 해. 누구랑 해도 그건 맞춰지지 않더라. 그건 어쩔 수 없는 것 같아."

윤은 귀를 쫑긋 세우고 수화기 너머의 반응에 귀를 기울였다. 그의 호흡이 격해지면 자신 역시 빠르고 강하게 신음 소리를 내뱉으면서 보조를 맞춰준다고 했다. 그가 분출에 성공했다는 게 느껴지면 차분하고 고요하게 그러나 여운이 느껴지는 옅은 숨을 내뱉었다.

"했어? 좋았어? 그런 질문은 던질 필요가 없어. 그런 건 분위기만 깨. 앞선 행위가 굉장히 교태로웠기 때문에 모든 게 끝난 뒤에는 수줍다는 듯이 조용히 있으면 호흡을 정돈한 그가 먼저 말을 할 거야. 그를 위해 이렇게 노력했으니 상황이 종료된 뒤 어색해질 수 있는 분위기를 수습하는 건 그에게 맡겨도 돼. 내가 뭘 더 하려고 하는 건 지나치게 능숙해 보이잖아."

폰섹스를 어딘가 모르게 어색하고 퇴폐적이라고 느낄 수도 있다. 하지만 그의 목소리가 날 젖어들게 만들기 충분하다면 목소리가 가진 색기를 전달받는 것도 나쁘지 않다. 지금 내 곁에 없는 그가 자위를 하는 순간에도 나를 떠올리게 하고, 그 상상이 실제의 나를 욕망하는데 도움을 준다면 시도해볼 만하지 않을까. •

슈트를 벗기다

K는 남자친구에게 네이비 계열의 셔츠를 선물하곤 했다.

"티셔츠를 벗기는 건 재미가 없어. 물론 그가 티셔츠를 벗으려고 팔을 들어 올릴 때 근육의 움직임은 흥미롭게 관찰하지만, 옷을 벗을 때 그의 표정이 셔츠에 가려지는 게 싫어."

남자친구의 셔츠 단추는 K 자신이 직접 풀길 원했다. 단추가 하나씩 풀릴 때마다 드러나는 가슴근육을 사랑했다. 어떤 날은 수줍은 표정을 짓다가도 어떤 날은 셔츠의 단추가 튕겨져 나갈 정도로 거칠게 셔츠를 벗겼다. "뻔한 것, 다음 패턴이 읽히는 것도 재미없잖아. 예상 밖의 행동이 성적 긴장감을 만들어. 한 번에 벗어버릴 수 있는 티셔츠보다 셔츠를 사랑하는 이유지."

세월이 지나면서 K의 셔츠 사랑은 슈트 사랑으로 발전했다.

"슈트에도 미묘한 유행은 존재해. 하지만 그런 유행에 관계

없이 자신만의 슈트 스타일을 완성하는 남자들을 볼 때면 그 자리에서 벗겨버리고 싶을 정도로 흥분이 돼. 슈트는 결국 자신의 체형에 얼마나 잘 맞느냐가 중요한 거야. 슈트 차림이 실망스러운 남자들은 의외로 많아." K는 카페에 앉아서도 슈트 차림의 남자들을 스캐너에 넣고 훑듯이 검색해나갔다. "저기 봐, 저렇게 어깨선이 맞지 않고, 소매 길이도 어중간한 건 끔찍한 거야. 어머, 게다가 여름이라고 반팔 셔츠에 재킷 입은 거 끔찍하다! 재킷을 입을 때는 셔츠 소매가 재킷 밖으로 살짝 드러나게 입지 않으면 멋스럽지 않은 거야. 가슴 부분이 붕 뜨거나 옆 라인이 펑퍼짐한 슈트 차림은 어수룩하게 보일 뿐 전혀 섹시하지 않아."

그런 K가 선배의 결혼식에 참석했다가 정장을 입고 나타난 후배의 옷태에 반하고 말았다.

"걔가 학교 다닐 땐 늘 빈티지한 면 티셔츠에 청바지만 입고 다녀서 몰랐는데 슈트 한 벌 제대로 빼입은 모습을 보니 남자더라. 그 녀석을 보는 순간, '오늘 너랑 잔다!'라는 목표가 절로 세워지더라고."

슈트가 잘 어울리는 남자에 대한 K의 판타지는 실로 강렬했다. K가 즐겨보는 미드는 〈화이트칼라〉. 주인공 닐 카프리는 정장에 페도라까지 맞춰 쓰고 등장해 슈트에 세련미를 더한다.

〈멘탈리스트〉도 그녀의 베스트 미드, 주인공 패트릭 제인은 베스트까지 갖춰 입어 쓰리피스 정장의 멋을 한껏 뽐낼 뿐만 아니라 셔츠색도 하늘색 계열로 선택해 지적이고 명석한 면모를 옷차림으로도 보여준다. 제목부터 〈슈트〉인 올해 새로 제작된 미드 역시 K가 사랑해 마지 않는 작품. 드라마의 내용은 등한시한 채 슈트 차림에 백팩, 자전거를 타고 로펌으로 출근하는 주인공의 모습을 구간 반복해서 지켜보다 오르가슴을 느낄 지경이라고 K는 표현했다.

그런 K에게 슈트가 잘 어울리는 남자를 벗긴다는 건 새로운 모험 과제이자 욕구 충족이었다. K는 피로연 자리에서 후배 곁으로 갔다. 아는 사람이 많지 않았던 자리였기에 둘은 자연스럽게 연대감을 쌓을 수 있었고 오랜만에 만났는데 한잔 더 하자로 이어졌다.

"남자들은 혼자 자취하는 여자 좋아하잖아. 나도 내가 혼자 사는 여자라서 정말 좋아. 언제든 자고 싶은 남자를 집으로 끌어들일 수 있잖아. 모텔은 뭔가 노골적이라서 싫달까나. 누구에게나 열려 있는 오픈하우스는 아니지만 슈트가 잘 어울리는 남자라면 웰컴이지. 집에 사놓은 보드카가 있다고 하니 녀석도 졸래졸래 따라오더라."

후배가 정장 재킷을 벗는 걸 돕다가 그의 견갑골이 움직이는 모습을 지켜보자, K는 급속도로 흥분되기 시작했고, 드레스룸에 재킷을 걸어놓고 돌아오며 화장대에 손을 뻗어 매혹적인 향을 풍기는 향수를 한 번 더 뿌려 자신감을 고취시켰다. 멀뚱히 서 있던 후배에게 다가가 "넥타이가 조금 삐뚤어졌네. 내가 다시 만져줄게"라고 말했다. 전형적이고 유치하다 못해 오글거리는 수법이지만 이런 상황에서는 굳이 색다른 방식으로 다가설 필요가 없다고 주장했다. K는 그의 몸에 최대한 가까이 다가서서 넥타이를 고쳐 매주면서 후배의 가슴을 살며시 쓸어내리며 K의 눈을 응시했다. 그녀는 누구나 눈치챌 수 있는 신호를 보냈다. K의 손이 후배의 허리 즈음 내려갔을 때 둘은 키스를 하기 시작했다.

"내가 그렇게까지 했는데 목석같이 굴면 비읍시옷 인증이지. 안 그래? 셔츠의 단추를 공들여 천천히 풀어보니 정말 내 안목은 틀림없었어. 내가 원하는 네모반듯하고 판판한 가슴이 거기에 있더라. 슈트가 잘 어울리려면 꾸준히 자기 관리를 잘 해야 해. 슈트야말로 몸매가 좋아야만 옷태가 살아나니까 말야. 그러므로 슈트 차림이 섹시한 남자랑 자는 건 시각적인 즐거움에서 실패할 확률이 적다는 걸 뜻하지!"

K가 슈트 차림의 남자를 밝히는 궁극의 이유였다. •

그러니까 즐겁게

희주는 병아리 같은 귀여운 얼굴에 작은 입을 가지고 있었다. 실제 나이보다 예닐곱은 어려보이는 얼굴이라 이제 막 소녀티를 벗은 스무 살이 된 여자아이처럼 보인다. 카페에 앉아 섹스 토크라도 할 때면 어떤 얘기라도 대수롭지 않게 듣곤 하는 나지만 희주의 얼굴과 이야기의 격차 때문에 깜짝깜짝 놀라기도 한다.

"입을 크게 벌리고 입 안 가득 뭔가 넣을 일이라는 게 자주 있는 게 아니잖아요. 음식을 먹을 때도 그렇고, 다 큰 여자애가 이런 식으로 먹으면 사람들은 속으로 흉볼걸요."

아메리카노와 함께 주문한 허니브레드가 나오자 희주는 9등분한 조각 중 한 조각을 포크로 잘라 꾹꾹 누르더니 한 덩이를 만들어 입 안으로 쑤셔 넣었다. 야무지게 씹어 삼킨 뒤 입가를 손으로 닦더니 "이거 묘하게 기분 좋아지는 거 알아요?"라고 말했다.

"아무래도 섹스는 몸의 감각을 일깨워 주는 일인 것 같아요. 예전에는 전혀 몰랐거든요. 이런 쾌감."

희주가 말하는 즐거움이 무엇인지 이해할 수 있었다. 3년 전 희주와 처음 만났을 때 그녀가 털어놓은 고민은 남자의 성기를 보고 싶지 않다는 것이었다. 자기 몸을 남자에게 보여주는 것이 부끄러워서가 아니라 자기 몸에 없는 남자의 그것을 마주 보고 싶지 않다는 이유에서였다. 어린 남자애들은 희주의 그런 태도를 이해하지 못했고 상처 받기도 했다. 칠흑같이 어두운 방에서의 섹스. 한 번만 하자는 게 소원이던 남자들은 처음에는 삽입하고 사정하는 것만으로도 만족스러워했다. 하지만 자신의 페니스를 만져주지도 핥아주지도 빨아주지도 않는 여자에게 곧 짜증을 내기 시작했다. 어르고 달래기도 하고 이별을 조건으로 내걸고 위협하기도 했다. 희주는 그럴 때마다 그 남자와 헤어졌다.

"섹스는 나도 좋아요. 하지만 커다랗고 단단한 성기는 너무나 무서워요. 그것이 있기에 내 몸이 즐거울 수 있다는 걸 머리로 이해하지만 그것의 실체를 마주하고 싶지 않아요. 그러니 만질 수도 없죠."

그런 자신이 문제가 아닐까 생각한 건 지금의 약혼자를 만났을 때였다.

"그는 내게 그걸 요구하지 않아요. 딱 한 번 얘기했을 뿐인데 내 머리를 토닥이며 무리하지 않아도 된다고 말해줬어요."

자신의 성기를 다정한 손으로 만져주길, 따스한 입으로 빨아주길 바라지 않는 남자는 없다고 생각했다. '그도 원할 테지만 나를 위해 참아주고 있다.' 이런 생각을 하니 희주는 항상 부채감을 품을 수밖에 없었다. 그와의 섹스는 만족스러웠고 관계도 안정적이었다. 이토록 자신을 기분 좋게 만들어주는 그에게 상을 주고 싶다며 그녀는 어떻게 해야 오럴섹스를 할 수 있을지 내게 물어왔다.

나는 섹스에 대해서 글을 쓰고 이야기를 하지만 의학적으로 혹은 정신분석학적으로 전문적인 지식을 가진 것은 아니었다. 그럼에도 희주가 겁을 먹고 있는 것은 발기된 성기, 자신의 동의도 없이 자신을 성적 대상으로 보고 흥분한 남자들의 그것에 대한 거부감은 아닐까 하는 생각이 들었다.

"그와 함께 잘 때 시도해보아요. 잠든 그의 성기를 보는 것으로 시작하는 거예요. 말랑말랑하고 작은 그 녀석을 보는 거예요. 의외로 귀엽다고 생각할지도 몰라요. 그럼 만져보는 거죠. 한 번에 못할 수도 있어요. 틈이 날 때마다 시도해봐요. 섹스가 끝나고 깊이 잠든 그는 잘 모를 테니까요."

그 방법이 효과가 있을지 조언을 한 나조차도 알 수 없었다. 잘 되길 바라고 믿어보는 수밖에 없었다. 열흘 뒤 늦은 밤 희주에게서 전화가 왔다. 벅차고 들뜬 목소리였다.

"입에 넣었어요. 조그마해서 입에 밀어 넣자 입 안에 다 들어가더라고요. 그가 뒤척이더니 잠이 깨서는 뭐하는 거냐고 물어요. 그런 거 굳이 할 필요 없다며 이리 와 같이 자자며 날 안아줬어요. 근데 왠지 할 수 있을 것 같았어요. 그를 눕혀 놓고 다시 그의 다리 사이로 가서 앉았어요. 말랑하기만 하던 녀석이 조금 단단해졌더라고요. 그걸 입 안에 넣고 혀로 핥기 시작했어요. 규칙적인 힘으로 빨아보기도 하고요. 그랬더니 그의 성기가 입 안 가득 부풀어 오르더라고요. 숨을 쉬기가 불편했어요. 하지만 입천장과 목구멍까지 닿는 느낌이 나쁘지는 않았어요. 그는 만족한 듯 신음 소리를 냈고 내가 약간 힘겨워한다는 걸 느꼈는지 나를 끌어올려 옆에 눕히곤 머리카락을 넘겨주고 정성스럽게 온몸에 키스를 해주기 시작했어요. 결국 해냈다는 생각에 뿌듯했어요. 너무 행복해서 눈물이 날 지경이에요."

희주에게는 제2의 구강기가 찾아왔다. 그와 입을 맞추는 순간에 그의 셔츠가 아닌 벨트로 손을 뻗었다. 몸을 밀착시켰을 때 허벅지에 닿은 묵직함에 흥분을 느꼈다. 팽팽한 긴장감을 즐길 수 있어서 좋았다. 돌이켜보면 그 정도로 과감했던 적도 없었다. 그의 몸에서 마주치고 싶지 않은 부위였다는 게 믿어지지 않는다고 했다. 희주는 더 이상 그의 성기가 무섭지 않았고, 오럴섹스가 어렵지 않았다. 오히려 오럴섹스를 하면서 자신의 쾌감을 찾는 방법도 찾아냈다.

"그가 누워 있을 때 그의 한쪽 다리에 올라타서 그의 성기를 입에 넣었어요. 자극을 느끼자 그가 몸을 살짝 비틀며 다리를 움직였어요. 그 순간 클리토리스에 찌릿한 느낌을 받았어요. 그래서 전 몸을 그의 다리에 최대한 밀착한 상태에서 오럴섹스를 하기 시작했어요. 그의 미묘한 움직임에 따라 내 몸도 자극을 받는다는 걸 깨달았거든요."

희주는 그 강도를 스스로 움직임을 더해 조절할 수 있었고 그를 위해 오럴섹스를 하는 도중에 오르가슴에 도달하는 자신을 발견할 수 있었다. 그의 성기뿐만 아니라 자신의 만족감도 함께 부풀어 올랐다고 말했다.

희주는 그런 자신이 대견스럽다며 허니브레드의 남은 조각을 잘라 입 안으로 밀어 넣었다. 행복해 보였다. 오감을 만족시킬 수 있는 섹스에서 중요한 감각의 즐거움을 찾아서 즐기는 희주의 모습을 보니 나도 덩달아 즐거워졌다. 뿌듯한 마음이 들었고, 그에 지지 않을 만큼 흐뭇한 섹스를 해야겠구나 하는 투지 같은 것도 생겼다. 물론 섹스가 경쟁은 아니지만 왠지 이런 이야기를 들을 때면 탐욕스러운 기분이 드는 건 어쩔 수 없는 것 같다. •

손가락보다는…

윤주는 그가 자신의 옷을 하나씩 벗길 수 있도록 가만히 서 있었다. 그는 실오라기 하나 걸치지 않은 윤주를 침대에 반듯하게 눕히고는 따뜻한 물수건을 가져와 천천히 몸을 닦아주기 시작했다. 바짝 긴장해서 뻣뻣하던 윤주의 몸은 조금씩 풀리기 시작했다. 그는 누구의 손도 닿은 적이 없었던 몸 구석구석까지 꼼꼼하고 정성스럽게 닦아주었다.

"머리끝에서 발끝까지 깨끗해진 몸은 촉촉하게 물기를 머금은 상태였죠. 아, 이제 다 끝났구나라고 생각했는데 그가 갑자기 온몸을 혀로 핥아주기 시작했어요. 그 당시 나는 고양이라는 생명체에 매료되어 있었죠. 고양이가 자신의 털을 단장하며 혀로 그루밍하는 모습을 넋 놓은 채 바라보기 일쑤였죠. 가끔 고양이가 그루밍을 하다 내 손을 핥아주면 그게 너무 좋아

황홀해지곤 했어요. 고양이 혀에는 돌기가 있어 그렇게 핥아도 끈적끈적하게 침이 묻어나오지 않아요. 게다가 까끌까끌한 혀의 감촉이 좋아서 고양이 혀를 가진 남자를 만나고 싶다는 망상까지 할 정도였죠."

그는 고양이 혀를 가진 남자는 아니었지만 고양이가 그루밍을 하듯이 윤주의 몸을 혀로 애무해주었다.

"그가 내 두 다리를 벌리고 그 사이에 얼굴을 가져갈 때 당황스러워서 그를 밀어내고 다리를 오므리려고 애를 썼어요. 내 몸의 일부이긴 하지만 나조차도 제대로 본 적 없는 곳이었고 특유의 냄새가 그를 불쾌하게 만들진 않을까 걱정되었거든요. 부끄러웠어요."

하지만 그는 괜찮다는 듯 윤주의 허벅지를 토닥거려주며 다시 한 번 다리를 벌리고 혀로 성기를 애무해주기 시작했다. 윤주는 처음 느껴보는 부드러우면서도 강렬한 자극에 정신이 이상해지는 것 같았다.

"그가 그곳을 애무해주는 동안 그의 머리카락을 빗질하듯 쓸어주고 있었는데 갑자기 폭발할 듯한 기분에 휩싸여서 그의 머리카락을 움켜잡고 말았어요. 그는 그걸 어떤 신호라고 느꼈는지 조금 더 강하게 애무하기 시작했고 그 순간 나는 미지의 힘을 가지게 된 듯했어요. 무척 만족스러운 경험이었어요."

삽입 섹스가 끝난 뒤에도 귀찮거나 피곤한 기색 없이 혀로 그곳을 애무해줄 때는 엉덩이를 팡팡 두들겨주며 그를 마음껏 예뻐해주고 싶은 기분이 들었다고 했다.

"그가 아니었다면 오럴섹스의 즐거움이 무엇인지 전혀 모르고 살았을 거예요. 은밀한 부위에서 느껴지는 그의 혀와 숨결은 그 자체만으로 짜릿했어요. 전 비위가 약하고 편도가 민감한 편이라 그에게 오럴섹스를 해주는 게 쉬운 일이 아니거든요. 그걸 이해해주고 무리하지 않아도 된다고 하면서 자신은 그토록 헌신적으로 애무해주었으니 감동받을 수밖에 없었죠."

윤주의 경험담이 남자들을 고취시킬 수 있다면 얼마나 좋을까? 섹스를 하면서 여자에게 오럴 섹스를 받길 바라고 유도하는 남자는 많다. 입으로 페니스를 애무해주는 것을 싫어할 남자는 없다는 걸 여자들도 잘 알고 있기에 원하지 않더라도 해줘야 할 것 같은 의무감과 부채감을 느끼곤 한다.

그러나 여자들 중 정작 자신이 오럴섹스를 받는 것에는 거북함을 느끼는 경우가 많다. 남자가 해주려고 해도 지레 거부하기도 하고, 입으로 해주길 바란다는 말이 부끄러워 요구하지 못하는 경우도 허다하다. 그렇다보니 여자가 별로 안 좋아하는 것 같더라는 말로 오럴섹스를 건너뛰고 수월하게 섹스를 하려는 남자도 있다. 하지만 섹스의 즐거움을 제대로 향유하고자

한다면 혀가 주는 쾌감에 심취해볼 것을 권한다. 힘들게 그의 페니스를 애무해주었다면, 손가락으로 대충 성기를 자극해서 젖게 만든 다음 서둘러 삽입하려고 하는 남자를 제지할 필요가 있다. 기브 앤 테이크! 확실히 할 필요가 있다. 몸의 긴장을 풀고 편안한 자세로 누워 그에게 몸을 맡긴 채 입술과 혀를 느끼는 것은 손가락을 이용한 애무에 비할 바가 아니다.

제대로 된 오럴섹스를 받아본 여성들은 손가락보다는 혀에 대한 선호도가 훨씬 높다. 손톱 정리를 잘 하지 않았거나 손가락이 무딘 남자를 만나면 거칠고 투박한 움직임 때문에 오히려 질에 상처가 나지 않을까 걱정해야 한다. 황홀한 느낌보다는 아프거나 엉뚱한 곳을 건드리고 있다는 느낌을 받을 때도 많다. 혀는 그런 두려움을 동반하지 않는다. 혀가 닿는 모든 곳이 자극적이다.

여자들이 오럴섹스를 맘 편히 즐기지 못하는 이유는 성기에서 나는 냄새나 질액의 맛이 이상하진 않을까 하는 걱정 때문이다. 심각하게 고민할 필요는 없다. 질염을 앓고 있는 게 아니라면 샤워만으로도 불쾌한 냄새는 제거할 수 있다. 비타민 섭취나 식습관에 따라 냄새나 맛이 달라지기도 한다지만 자각할 정도로 이상하지 않다면 쓸데없이 수치심을 느낄 필요는 없다.

가끔 샤워를 하지 않은 채 화르르 타올라 서로의 몸을 탐하게 될 때 그가 나의 몸 아래로 내려가 싫은 기색 없이 오럴섹스를 해준다면 부끄러워 말고 즐기면 그만이다. 성기에서 나는 특유한 체취는 이성에게는 강력한 페르몬이다. 나폴레옹이 괜히 조세핀에게 편지를 써서 자신이 돌아갈 때까지 몸을 씻지 말라고 했겠는가?

여성의 질 벽 세포는 끊임없이 재생되기 때문에 질액 속에는 단백질이 풍부한데, 그 단백질 속에 휘발성 지방산이 성적인 체취를 만들어낸다. 소위 남성이 어떤 여성을 매력적이다 판단하게 되는 것은 바로 이 물질 때문이다. 질 벽에는 탄수화물인 글리코겐이 풍부하다. 그것을 분해하는 것은 유산균인데 최종적으로 젖산과 아세트산이라는 산성 물질이 이를 만들어낸다. 그렇기에 질은 산성을 유지하며 산성도 때문에 나쁜 균을 방어할 수 있다. 질 분비물이 젖산과 아세트산만으로 이루어진 경우에는 중성적인 냄새가 나지만 앞서 말한 휘발성 지방산이 질 분비물에 섞이면 독특한 냄새가 나게 된다.

남성 커뮤니티의 글들을 보다보면 질에서 나는 특유한 냄새를 두고 비릿하다거나 역하다는 표현을 하는 남자들이 있다. 그러나 그런 말 때문에 오럴섹스에 대해 두려움을 가질 필요는 없다. 자신의 페니스에서 나는 냄새를 참으면서 오럴을 해주는 여자에게 고마워할 줄 모르는 어리석고 가여운 남자들의 말은 무시해도 좋다.

어떤 음식의 냄새는 여성의 질 분비물 냄새와 비슷하다고 한다. 그 음식들은 무척 비싸 쉽게 먹을 수도 없는 것들이다. 결국 여성의 체취는 그 정도로 값어치가 있는 훌륭한 것이다. 수치심을 느끼지 말고 오럴섹스를 즐겨도 좋다는 말이다.

그런데 반대로 성교 후에 질에서 나는 냄새가 진하게 느껴지고 두통을 유발할 정도로 역해서 불쾌할 때가 있다. 처음 섹스를 하거나 오랜만에 하게 되면 그런 냄새가 거슬릴 정도로 심하게 느껴질 때가 있다. 샤워를 해도 내부에 이상한 냄새가 남아 지워지지 않는 느낌을 받을 때가 있다. 그것은 질 속에 이물질이 들어가 체내에서 반응하는 것뿐이다. 정기적으로 관계를 가지게 되면 몸도 차차 익숙해지면서 특유의 냄새도 옅어지게 된다.

그럼에도 질에서 지독한 냄새가 며칠간이나 지속된다면 산부인과 검진을 받아야 한다. 질염 진단을 받은 것도 아닌데 질에서 나는 냄새가 신경 쓰인다면 아마 익숙하지 않은 냄새에 대한 거부반응일지도 모른다. 예민하기 때문에 남들보다 과하게 느낄 수도 있다. 내 몸에서 나는 냄새가 사라진다면 성적 매력도 함께 사라지는 것이다. 그러므로 쓸데없는 고민 말고 자신이 얻어낼 수 있는 쾌락을 한껏 즐기길 바란다.

섹스는 남자도 여자도 모두 즐겨야 한다. 서로가 서로를 즐겁게 해주는 행복한 시간이 되기를 바란다. 서로가 서로에게 사랑스러운 시간이 되기를 바란다. •

차 안 남녀를 생각하다

둘만의 독립적인 공간에서 신중하게 선곡을 하고 야릇한 분위기를 만든다면 스킨십의 진도를 뽑아낼 수 있다는 점에서 차 안의 데이트는 흑심을 품은 남자에게 꽤나 훌륭한 수단이 된다. 좋은 차종을 보유한 남자일수록 자신의 차 안으로 여자를 유혹하기 수월하기에 남자들은 사회경제적 지위가 높아질수록 자동차에 욕심을 내곤 한다. 여자 역시 자동차로 드러나는 남자의 경제력에 혹하는 것을 부정할 순 없다.

나 역시 남자의 값비싼 장난감, 자동차에 관심이 높았던 적이 있었다. 데이트하던 남자들의 관심사가 자동차인 경우가 많았고 그 덕분에 내 안에 웅크리고 있던 질주 본능을 깨달을 수 있었다. 순식간 가속되어 쌩하고 달려나가는 차 안에서 간담이 서늘해지면서 마음 졸일 때의 짜릿함은 섹스만큼이나 나를 신나게 만들었다. 시내는 시속 60킬로미터로 제한되어 있지만, 명절의 귀향 행렬로 고속도로에 차들이 빽빽한 이른 아침의 서울 도심은 통행하는 차가 거의 없었다. 그 도로 위를 교통법규를 위반한 채 내달렸던 건 위험하고도 근사한 일탈이었다.

베엠베가 '하늘을 나는 꿈을 간직한 차'라는 의미를 로고로 표현하고 있음을 알게 된 이후, 나는 나의 드림카로 베엠베 엠쓰리를 꼽은 적도 있었다. 하지만 차에 대해 알수록 취향도 분명해져 차체가 낮아 도로에 붙어가는 느낌을 주거나, 도로의 포장 상태를 여실히 느낄 수 있는 차종, 차체가 작은 차는 점점 선호하지 않게 되었다. 그 남자가 모는 차의 모델과 상관없이 베엠베라는 브랜드라서 혹하는 일도 없어졌다. 여자들이 외제차 로고면 꺄악할 거라 생각하고 제일 값싼 모델을 몰면서 겉멋만 부리는 남자도 많다는 것을 알게 되었기 때문이다.

쿠페를 선호하는 비교적 젊은 연령대의 남자들과 데이트를 할 때, 그들은 틈만 나면 한적한 곳으로 드라이브를 가려고 했다. 잠깐 내려서 바깥 구경을 하고 차로 돌아왔는데 보조석 의자가 뒤로 확 젖혀 있는 걸 보고는 그 의미를 모른 척 허리를 꼿꼿이 세우고 앉아 틈을 주지 않았다. 안전벨트는 내 힘으로! 차 안에서 들을 음악도 내가 선곡해온 발랄하고 신나는 것으로 채웠다. 나는 은밀한 행위를 누가 엿보거나, 들킬지도 모르는 상황에서 하는 건 원하지 않았다. 그 사실을 분명히 밝혔는데도 카섹스를 하자고 조르고 치근덕거리면 호감도가 뚝뚝 떨어졌다. 그럴 거라면 요령껏 바깥에서 안이 보이지 않도록 선팅이라도 하던가, 물티슈는커녕 주유하고 받은 티슈도 하나 없는 상황에서 덤빌 때는 녀석의 에어백을 터뜨려주고 싶은 심정이었다.

자동차는 인체공학적으로 설계되어 있다지만 앉으라고 만들었지, 둘이 엎어지라고 만든 게 아니다. 180센티미터가 넘는 큰 체격의 남자와 내가 보조석에서 포개지는 건 상상만으로도 갑갑하고 불편했다. 움직임도 부자연스러운 상태에서 하게 될 섹스가 만족스러울 리 없었다.

물론 카섹스를 내 삶에서 완벽하게 배제한 건 아니었다. 쿠페가 아닌 뒷좌석이 넓은 차종에 선팅이 잘 되어 있고 사람의 통행이 적은 곳에서라면 시도해볼 수 있을 것이다. 앞좌석을 최대한 당기고 숙여 현명하게 공간을 만들어낸 뒷좌석에서 차문에 기대고 다리를 뻗으면 반 정도 누운 상태를 연출할 수 있다. 하지만 누군가 새까맣게 선팅이 된 차 안에서 벌어지는 일에 호기심을 가질지도 모르는 일, 청각을 곤두세우고 주변 소리에 집중한 채 조심스럽고 조용히 섹스를 하는 건 내게 피곤한 일처럼 여겨졌다.

자기 차를 가진 남자들에게 카섹스는 당연한 욕망일지 모르겠지만, 나는 차의 묘미를 솔직히 잘 모르겠다. 아마도 그런 모습을 목격했을 때 좋지 않은 기억을 가지고 있기 때문인 듯도 하다. 언젠가부터 집 앞에서, 그것도 가로등이 버젓이 그들을 비추고 있어 차 안의 행동이 애쓰지 않아도 잘 보이는 곳에서 '차 안 남녀'를 연출해주시는 커플이 등장했다. 처음에는 여자 친구를 데려다주러 왔다가 넘쳐나는 사랑을 어찌하지 못해 충동적으로 저지른 일탈 행위일 거라고 생각하고 넘어갔다. 유흥가 주변 취객의 고성방가도, 도로변의 소음도 없는 조용하고 한적한 주택가에 살고 있는데 '왜 하필 우리 집 앞인가?'에 대해서도 주차할 곳이 마땅치 않아서 일거라고 관대하게 넘어가려고 했다.

하지만 이 남녀가 눈에 띄는 횟수가 현저하게 늘어났다. 집에 들어가는 시간이 일정치 않은 덕분에 차 안에서 벌어지고 있는 장면은 매번 달랐다. 상황이 종료되고 옷매무새를 가다듬고 있는 여자의 모습을 보는 건 양호한 편에 속했다. 보조석이 뒤로 젖혀진 상태에서 여자 위로 올라탄 남자의 뒤태를 보는 것에 비하면 말이다. 무릎을 약간 구부리고 엉거주춤한 자세로 허리띠를 풀고 팬티를 내리려고 애쓰는 모습은 얼마나 우스꽝스러운지 모른다.

똑똑, 차창을 두드리고 "한강 고수부지나 남산이 질려버린 건가요? 그래서 이곳을 찾아오는 건가요? 그렇다면 상암동 월드컵 경기장을 추천합니다. 정문에서 왼편 주차장은 가로등도 일찍 꺼져요. 서울 경마 공원은 어떠세요? 마니아들에게 알려진 장소죠. 아니면 요즘 각광받고 있다는 서울-분당 간 고속화 도로로 나가보는 건 어때요? 같은 취향을 가진 분들이 일정한 간격을 두고 주차하고 있을 거예요. 거긴 자동차 전용도로이니 오토바이도, 사람도 없죠. 그러나 여기는 주택가! 주택가치곤 인적이 드문 편도 아니잖아요. 한두 번도 아니고 쾌적한 주거 환경을 침해하고 있다는 걸 알고 있나요?"라고 그들에게 말해주고 싶었다.

자꾸 이 커플을 집 앞에서 마주쳐야 한다는 사실이 불쾌해졌다. 아무리 성적으로 자유분방해진다고 하더라도 섹스라는 행위 자체는 밀폐된 공간에서 은밀하게 나누는 것이라고 생각한다. 누군가의 섹스를 엿보는 것도, 누군가 나의 섹스를 볼 수 있다는 생각을 하는 것도 나는 불편했다. 그런 탓에 카섹스는 아무래도 긍정적인 마음이 생기지 않는다. •

물어주세요

그는 뒤에서 나를 안았다. 뒷덜미에 머리를 파묻고 흡입력 있는 키스를 하기 시작했다. "싫어. 미숙한 애들이나 함께 보낸 밤의 흔적을 눈에 띄게 남기는 거야. 그런 거 촌스러워." 단호하게 거부하는 목소리가 그를 더 자극한 것일까? 목선에서 어깨로 이어지는 선을 따라 키스를 퍼붓던 그가 어깨를 깨물었다. 놀람과 고통을 동시에 느낀 나는 치타에게 목을 물려 꺼져가는 생의 마지막 에너지를 쏟아내는 가젤처럼 바동거리며 몸부림을 쳤다. 그는 두 팔로 나를 붙잡고 반동을 줄 때마다 그만큼 더 강해진 악력으로 나를 물었다. 참으려 해도 입에선 신음 소리가 새어나왔다. 내가 뱉어낸 신음 소리였지만 스스로를 흥분시킴과 동시에 그를 만족시키고 있었다. 아프다고 말하는 대신에 저항하기를 멈췄다. 그 역시 턱의 힘을 서서히 풀었다. 하지만 내 허벅지에 닿은 그의 페니스는 빈틈없이 단단해져 있었다.

다음 날 침대에서 나와, 아무것도 걸치지 않은 채 미묘하게 변한 몸을 관찰했다. 긴장감과 호르몬, 지난밤 동안 그 둘은 적절하게 작용해 몸을 탄력적으로 만들어놓았다. 좋은 섹스를 하고 난 뒤 즐기는 비밀스러운 유희. 거울 속 내 몸에는 그와 보낸 격정적인 시간이 새겨 있었다. 어깨에 선명하게 남은 잇자국. 그는 치열이 고른 편이라 동그란 모양이 새겨져 있었다. 자국 주변으로 장난삼아 물었다고 하기에는 제법 심한 멍이 들어 있었다. 그뿐 아니라 서로의 뼈가 부딪혔던 곳에도 고스란히 멍이 남아 있었다.

잇자국이 남은 곳을 지긋이 눌러보았다. 통증이 유쾌하진 않았지만 견딜 만한 가치가 있었다. 둘의 격렬했던 몸짓을 다시금 떠올리게 만들었다. 침대에 나를 눕히고 저돌적으로 내 몸 위에 올라탄 그의 무릎과 계속해서 부딪혔던 허벅지에도 멍은 남아 있었다. 그가 못 견디겠다는 표정을 지으며 가슴을 움켜쥐었던 그 자리에도 희미하게 손자국이 남아 있었다. 피부가 약해 멍이 잘 드는 체질이 오히려 섹스를 재현하는 데 도움이 되었다. 내 몸 구석구석 그가 만졌던 곳들이 화끈거리기 시작했다.

어젯밤의 기억으로 몸을 쓰다듬을 때마다 아픔을 느끼면서도 웃음이 터져 나와 얼굴은 묘하게 일그러졌다. 연쇄살인범의 희생자 사진에서 볼 수 있는 잇자국과 멍을 생각한다면 끔찍스럽겠지만 내 몸에 남은 것은 일방적인 폭력이 아니라 내가 허락한 행위였다. 고통을 인내한 것은 나 자신이었지만 관계를 통제한 것도 바로 나였다.

타인의 신체 부위나 어떤 물건보다 내 몸에 남아 있는 멍을 통해 성적 쾌락을 되살릴 수 있었다. 우리 둘이 보낸 밤은 반듯하지 않은, 혹은 사악한 밤인지도 모른다. 하지만 부드럽고 조심스러운 섹스에서 느낄 수 있는 감정과는 또 다른 즐거움이 있었다. 마술적이고 영적인 힘이 내 안에서 차올랐다.

나의 사소한 성도착, 나만의 페티시즘. 그건 내 몸에 남겨진 멍자국이다. 사실 그 사람처럼 무자비하게 날 물어줄 수 있는 남자는 흔치 않다. 머릿속에 어떤 판타지를 품고 있든 현실의 나와 섹스를 하는 동안에는 정상 범주를 보여줘야 한다는 강박에 걸린 것처럼 남자들은 "널 아프게 하고 싶지 않아"라는 말로 나의 소망을 좌절시켰다.

오, 제발. 그대여, 부디 날 물어주세요.

당신의 달콤한 입술보다 단단한 이를 내 몸에 박아주세요.

우리의 영화

드디어 우리에게도 권태기가 찾아온 것일까? 그가 하는 섹스의 패턴도, 그에 반응하는 나의 패턴도 예상 가능했다. 이런 상황이 점점 걱정되기 시작했다. 그의 손을 묶거나, 눈을 가리거나, 자극적인 속옷을 입거나, 역할 놀이를 하는 것도 우리에겐 더 이상 새로운 것이 아니었다.

비상대책위원회를 소집했다. 내 이야기를 다 듣고 난 뒤 민은 "비디오를 찍어보지 그래?"라고 말했다. 나는 뜨악한 표정을 지을 수밖에 없었다. "촬영감독과 조명감독 그리고 반사판 없이는 절대 못할 일이지. 비지엠을 담당해줄 음악감독도 필요해. 얼렁뚱땅 디지털카메라로 대충 찍는 섹스 동영상을 민망해서 어떻게 봐! 나는 절대로 못 해!"

민은 몸을 내게 기울이며 은밀하게 속삭였다. "그래도 효과는 좋을걸?" 민은 자신의 경험담을 털어놓았다. 재작년 여름 남편과 갑작스런 여행을 떠났는데 그 근처 펜션에는 빈 방이 없어 역 근처의 허름한 모텔에서 잠을 잘 수밖에 없었다고 했다. 몇 달 뒤, 남편과 뜨거운 밤을 보낼 계획으로 어둠의 경로를 통해 자극적인 포르노그래피를 찾던 중 몰래카메라로 찍은 영상 리스트 중 제목에 이상한 촉이 오는 것이 있었다. 재생해 보았더니, 얼굴 부분은 제대로 보이지 않고 음성도 명확하게 들리지 않지만 그것은 분명 자신과 남편이었다.

그 순간 민은 '죽고 싶다'는 생각만 들고 어떻게 해야 좋을지 몰라 끙끙거리기만 했다. 누구도 알아볼 수 없겠지만 모욕감을 느낄 일이었다. 민은 퇴근하고 돌아온 남편에게 자신이 찾은 영상의 존재를 알려주었다. 남편도 당혹스러워하며 영상부터 확인해보자고 했다. 영상을 보고 난 뒤 남편은 누구인지 알아볼 수 없게 만든 영상이니 이걸 가지고 경찰에 신고해봐야 우스운 일이 될 게 뻔하고, 새로운 영상물에 밀려 잊히게 내버려두면 될 것 같다며 대수롭지 않게 말했다. 그 말을 들으니 민의 걱정도 조금 사그라졌다.

그런데 그녀의 남편은 총기가 가득 차올라 반짝이는 눈을 했다. 그 영상을 다시 돌려보며 '우리가 이런 섹스를 했단 말이야?' 하며 흡족해하더란다. 여행이라는 일탈과 낯선 장소에서의 섹스는 상당히 진취적이었고 그때를 되새김질이라도 하듯이 남편은 그녀에게 달려들었다고 했다.

“남자들은 자신의 능력에 도취되는 걸 좋아하잖아. 그 영상을 보면서 자신이 마치 포르노 스타라도 된 것같이 엄청 열심히 하는데 귀엽더라. 너희들에게도 그런 게 필요하지 않겠어?”

그 얘기를 들으니 둘의 섹스를 촬영해보는 것도 재미있을 것 같았다. 하지만 원치 않는 촬영을 당한 것이 아니라 해도 혹여나 섹스 영상이 유출되는 일이 벌어질 수도 있는 노릇이었다.

“자신이 어떻게 하는지 보고 싶지 않아? 그런 호기심이나 욕망이 문제가 될 건 없잖아. 포르노그래피를 보며 그런 욕망을 키웠든, 과도한 나르시시즘에서 비롯한 것이든 촬영한 걸 보면서 섹스가 조금 더 즐거워지고 재미있어진다면, 시도해볼 만하잖아. 한 사람의 강요로 억지로 하는 게 아니라 동의만 한다면 얼마든지 할 수 있어. 우린 그 이후로 직접 촬영도 하거든.”

여자라서 문제가 되기보다는 전문 배우의 연기로 연출된 것이 아닌, 자신의 원초적이고 동물적인 모습이 드러나는 게 민망하고 싫다. 또한 대한민국에서 섹스 비디오가 유출되는 것은 한 여자의 일생이 망가지는 것이나 마찬가지라는 인식 탓에 —당최 이해하기 힘든 부분이지만— 조심할 수밖에 없다.

앞으로의 삶에 치명적인 실수가 될 수 있는 일을 벌이면서도 민은 안심할 수 있는 방법을 생각해냈다. 작동법이 익숙한 카메라로 촬영을 하고 컴퓨터에 파일을 옮기지 않는다. 카메라 안에서만 재생한 뒤, 남편과 함께 있는 자리에서 파일을 영구히 삭제한다는 구체적인 규칙을 세운 것이다.

그녀의 말대로 두 사람이 동의하고 섹스에 흥을 돋우기 위해서 촬영이라는 방법을 쓰는 것도 나쁘지 않게 느껴졌다. 하지만 마음의 준비가 필요한 일이었다. 권태기를 극복하는 것도 중요한 과제였지만 당장은 내키지 않는 방법이었다. 그래도 언젠가 한번은 해볼 수 있지 않을까? •

✤ 에필로그

지금 당장, 당신과

"성(性)에 관한 문제처럼 논쟁거리가 될 만한 주제를 다룰 때면 누구든 진실을 그대로 말하기는 어려워요. 그저 어떤 의견을 갖게 된 과정을 밝힐 뿐이지요. 청중이 화자의 한계와 편견과 개성을 지켜보며 그들 나름대로 결론을 이끌어낼 기회를 제공할 뿐이에요."

버지니아 울프가 말했다. 그녀의 말대로 이 책에서 나는 '나의 한계'와 '편협함'을 드러냈고 그 와중에도 '나만의 방식'으로 섹스에 대해 말했다. 진실한 목소리를 내려고 애를 썼지만 쉽지는 않았다.

다양한 사람들을 만나 이야기를 나누다보니 나는 한국에서 여성으로 살아가는 방식을 제대로 터득하지 못한 것인지도 모른다는 생각이 들었다. 남자들에게 아양을 피우고 욕망하는 것을 숨기기보다는 '이 사람이다' 싶은 촉이 올 때 "너랑 자고 싶어" 또는 "너랑 해보고 싶어"라는 말을 먼저 하는 것이 편했다.

어떤 사람들은 여자가 그렇게 행동하면 안 된다고 말한다. 자고 난 후에도 내가 좋아서 그랬는지, 섹스가 만족스러웠는지 어땠는지 남자들이 눈치채지 못하도록 자신의 감정을 숨겨 신비감을 유지하고, 계속해서 남자가 안달을 하도록 만들어야 한다고 조언한다. 여성의 성욕은 표출해서는 안 되는 것이고 남자를 도발하는 행동은 결코 미덕이 될 수 없다고 말한다.

하지만 내 감정을 제대로 인지한 상태에서 상대도 내게 호감이 있다고 판단하면, 나는 그 사람이 궁금하다. 그 사람과 섹스를 하고 싶어진다. 둘의 관계가 어떻게 될지 아무도 모르지만 그런 모험이 위험하다고 생각하지는 않는다. 인간적인 신뢰가 바탕이 되어 있다고 믿기 때문에 시도하는 것이다. 물론 거절당했다고 해서 관계가 쉽게 소멸해버릴 거라고 생각하지도 않는다. 그런 충동이 내 안에서 일어나도록 만들어주는 사람은 이 지구상에 흔하지 않다. 그런 일은 수시로 일어나지 않는다. 그렇기 때문에 놓치고 싶지 않다. 그동안 보낸 시간을 근거로 내가 먼저 섹스를 제안하는 것이 단순히 욕정을 이겨내지 못해서, 헤픈 여자라서 그런 것이 아니라는 것을 그들도 알아줬으면 좋겠다. 이것이 나의 진실이고 나의 방법이다.

Simple is the best.

사랑과 섹스의 가시밭길을 걸으며 상처투성이가 된 적도 있지만, 어떻게든 나아가고 있다고 생각한다. 글을 쓰면서 경험하고 고민한 것들을 풀어놓을 수 있는 작업이 좋았다. 당신도 어떻게든 사랑과 섹스를 즐기고 누리는 자신만의 방법을 찾을 수 있길 바란다.

여성으로서 살아가면서 겪게 되는 섹스에 대해 다양하게 담으려고 노력했다. 물론 많은 부분이 미흡하고 다뤄지지 않은 계층의 이야기들이 존재한다는 것을 분명히 알고 있다. 그러나 섹스에 대해 고민하는 보통의 여자들이 조금이나마 '나 홀로 이러는 건 아니었구나' 하는 동지 의식을 느낄 수 있었으면 좋겠다.

이 책의 프롤로그를 쓴 후 반년이라는 시간이 흘렀다. 내 마음은 고요해지지도 평화로워지지도 않았다. 내 인생에서 꾸준히 실패하고 있는 걸 하나만 대라면 그건 바로 사랑이지 않을까. 에리히 프롬도 말했다. "사랑처럼 규칙적으로 실패하는 모험은 거의 없다." 지금까지의 연애는 모두 끝이 나버렸으니 종국에는 나 역시 패배자라고 말할 수도 있다. 이제는 모든 것을 겸허하게 받아들이고 포기해야 하는 게 아닌가 싶은 마음이 들기도 한다. 하지만 나는 여전히 사랑을 꿈꾼다. 사랑하는 사람과 끊임없이 대화하고, 서로를 이해하기 위해 노력하고, 야하고 좋은 섹스를 하고, 관계에서 만족감을 얻고 싶다.

사랑에 빠진 나는 귀를 열고 마음 가득 그를 채운다. 쉽게 사그라지지 않도록 내 안에서 그 감정들을 잘 보듬어 키운다. 증명할 수 없는 사랑의 감정이 받아들여지지 않는 절망적 상황이 오기도 하고 그로 인해 세상 모든 것이 끝나버린 것 같은 기분을 느끼기도 한다. 하지만 슬퍼할 필요는 없다. 아니다, 마음껏 슬퍼해도 된다. 괜찮은 척할 필요는 없다. 다 토해내도 괜찮다. 절망해도 사랑하는 마음의 에너지, 그 자체는 고갈되지 않는다. 그렇기 때문에 사랑이다. 실패의 순간들을 지나쳐왔기에 지금의 내가 존재한다.

내가 믿고 있는 문장이 하나 있다.

"그가 유난히 내게만 빛나 보이는 것은 그 빛을 내가 주어서이다."

나는 반짝거리는 것을 또다시 찾을 수 있다. 그때에도 나는 이렇게 말할 것이다.

"지금 당장, 당신과 하고 싶어요."

국립중앙도서관 출판시도서목록(CIP)

사랑만큼 서툴고 어려운 / 김현정 지음.
-- 고양 : 위즈덤하우스, 2012
p. ; cm

ISBN 978-89-5913-699-5 03810 : ₩13800

성심리[性心理]

182.2-KDC5
155.3-DDC21 CIP2012003552

사랑만큼 서툴고 어려운

초판 1쇄 인쇄 2012년 8월 23일 초판 1쇄 발행 2012년 8월 29일

지은이 김현정 펴낸이 연준혁
기 획 신미희

출판 6분사 분사장 이진영
편집 정낙정 박지숙 박지수 최아영
제작 이재승

펴낸곳 (주)위즈덤하우스 출판등록 2000년 5월 23일 제13-1071호
주소 (410-380) 경기도 고양시 일산동구 장항동 846번지 센트럴프라자 6층
전화 (031)936-4000 팩스 (031)903-3891
홈페이지 www.wisdomhouse.co.kr
종이 월드페이퍼 인쇄·제본 (주)현문

값 13,800원 ISBN 978-89-5913-699-5 03810